**Ein Buch
für Erwachsene
ab 18 Jahre**

D1695615

Druck und Vertrieb:
Lulu Enterprises Inc.

Bibliografische Information der Deutschen Nationalbibliothek
Die Deutsche Nationalbibliothek verzeichnet diese Publikation in der Deutschen Nationalbibliografie; detaillierte bibliografische Daten sind im Internet über http://dnb.d-nb.de abrufbar.

Zweite, korrigierte und ergänzte Auflage 10/2010
Copyright:© 2010 by Antoine du Pré, all rights reserved

Verantwortlich für Druck und Vertrieb:
Lulu Enterprises Inc., Raleigh, USA
Internet: http://www.lulu.com

Coverfoto:
Copyright: © Kateryna Govorushchenko über iStockphoto.com
(http://deutsch.istockphoto.com/stock-photo-2936021-incognito.php)
Photographer: iconogenic (Almere, Netherlands)

Bild auf Seite 1:
No Copyright Terms for this picture in the public domain due to copyright expiration (Date of publication before 1923)

Alle Charaktere und Handlungen sind Fiktion und stehen auch in keinem Zusammenhang zu den Bildern auf dem Buchcover.

Alle Rechte vorbehalten einschließlich der Einspeicherung und Verarbeitung in elektronische Medien

ISBN 978-1-4467-8542-3

Antoine du Pré

Natalie

Aus dem Leben einer persönlichen Assistentin

Zum Autor:

Antoine du Pré, geboren 1961 in Frankreich, lebt bereits seit vielen Jahren in Deutschland. Er besuchte hier deutsche Schulen und studierte an renommierten, deutschen Universitäten. Um dieses Buch zu verfassen, interviewte er Menschen, die ihm ihre heimlichen, tiefen Bedürfnisse offenbarten und recherchierte zudem in der Fetisch Szene. Heraus kam ein unterhaltsamer, facettenreicher und spannender Roman, der viele unterschiedliche Leidenschaften und Wünsche der Menschen - ob heimlich oder öffentlich gelebt - in der heutigen Welt wiederspiegelt.

„Starke Frauen sind von
unerbittlicher Konsequenz."

von:

Heinrich Laube, * 1806 - † 1884;

deutscher Journalist, Schriftsteller,
Kritiker und Theaterleiter

Für Ursula,

die mir in guten und
in schlechten Zeiten zur Seite
gestanden hat

INHALTSVERZEICHNIS

LANGWEILIGE ABENDE	9
DER ANRUF	15
DIE VILLA AM STARNBERGER SEE	17
SCHWARZ, WEIß, ROT	27
DIE NEUE ASSISTENTIN	33
DIE ERSTE AUFGABE	43
ENDLICH FREI?	51
DIE GASSIRUNDE	61
DIE KUTSCHE	67
BESTANDEN	75
ESTORIL	83
DR. MARTINEZ	91
DIE VORBEREITUNG	95
MATILDAS KRANKENHAUS	99
EINE NEUE LEBENSEINSTELLUNG	103
DIE NEUE IM TEAM	111
VERSCHIEDENE JOBS	121
RHONDA	127
EIN ERFOLGREICHES TEAM	139
REISELUST	143
NATALIES RACHE	157
FREIHEIT	171
WEHMUT	176
RÜCKKEHR	181
NEUE PLÄNE	184

Langweilige Abende

Es war Donnerstag und einer dieser langweiligen Abende, bei denen Daniel abgespannt von der Arbeit kam und nicht wirklich wusste, was er eigentlich zu Hause wollte. Nach der Scheidung vor neun Monaten, bei der er noch die geliebten Hände seiner Exfrau in die Hände seines Nachfolgers gab, hatte er keinen großen Drang verspürt, zu Hause zu bleiben. Wenn, vertrödelte Daniel seine Zeit im Internet oder vor dem Fernseher, aß ein paar Brote und trank dazu seinen geliebten schwarzen Tee mit Milch.

Eigentlich war er ein gutaussehender, sportlicher Typ mit dunklem, vollen Haar und einem leicht südländischen Äußeren. Aber als sein Job auf der Kippe stand und er die Probleme der Firma mit nach Hause brachte, litt auch die Ehe, die bei seiner Frau letztendlich in den Armen eines Anderen endete.

Lieber früher als später, dachte er sich. Die Beziehung basierte sowieso mehr auf materieller Ebene als auf Gefühl. Und wenn Du mal ein Bier trinken gehen willst, musst Du auch nicht mehr fragen, fuhr es ihm durch den Kopf und grinste sich im Spiegel an.

Also machte er sich auf, zog sich seinen Trenchcoat über und verließ das Haus. Ziel war ein nettes, gemütliches Lokal, wo es ein gut gezapftes Helles gab. Aber nur eines, dachte er, Du willst ja Deinen Führerschein behalten. Daniel sah schon die langen, schlanken Beine auf einem Hocker an der Ecke der Theke, die schräg in den Raum ragten, als er in die Bar kam. Auch bemerkte er, dass ihn die dunklen Augen der Besitzerin dieser Beine von Anfang an verfolgten. Es gab einige Männer, die mit verstohlenen Blicken um die Person warben, die er kaum sehen konnte. Er schaute sich nach einem Hocker an der Theke um und fand ihn – direkt neben diesen auffälligen Beinen. Ein Mann war gerade ruckartig aufgestanden und ging. Praktisch, dachte Daniel, schauen wir uns das Wesen doch einmal von der Nähe an. Die Frau, der diese Beine gehörten, schien etwa fünfunddreißig

Jahre alt zu sein. Sie trug ein rotes Business Kostüm mit einem kurzen Rock, schwarze Seidenstrümpfe und extrem hochhackige, rote Pumps, die durch ihre stark geschwungene Form schon am Eingang auf sich aufmerksam machten.

Obwohl immer noch ein Mann versuchte, sie für sich zu interessieren, beugte Daniel sich zu ihr herüber und sagte lächelnd: „Sie haben sehr auffällige Beine." Die dunkeln Augen schauten ihn verdutzt an, weil er sich sofort wieder in Richtung Theke wandte und beim Keeper ein Helles bestellte. Dann wand er sich wieder zu ihr und wartete vergnügt auf ihre Antwort. „Fallen die so sehr auf?", fragte Sie mit einem stolzen Lächeln. „Ja, allerdings!", entgegnete er. „Das rot Ihrer Pumps ist in diesem Raum eine Signalfarbe, die nicht nur Fliegen anzieht." „Die Fliegen habe ich gerade alle verscheucht. Ich habe aber gehofft, dass wir beide uns ein wenig unterhalten könnten", antwortete sie verschmitzt. Nach diesem Satz verabschiedete sich der Mann, der noch bei den Beiden stand. Nach Daniels Ansicht war er sowieso etwas zu klein für sie. Von der Statur passe ich doch wesentlich besser, dachte Daniel so bei sich. Er betrachtete sie. Sie hatte dunkles, lockiges Haar, etwa halblang. Außerdem hatte sie einen sehr langen schlanken Hals, der sofort auffiel. Der schlanke Hals ging nach oben in harten Linien in eine porzelanähnliche Kinnpartie über, geprägt von einem sinnlichen Mund und einer vielleicht nicht ganz zierlichen, aber zur Größe des Gesichtes ideal passende Nase. Interessant waren auch ihre dunkelbraunen Augen, die einerseits in einem asiatisch anmutenden Schlitz, andererseits auch in einem großen, fragenden Blick enden konnten. Sie hatte nun den Gesichtsausdruck mit dem Schlitz für sich ausgewählt. „Was ist Ihnen denn nach dieser kurzen Zeit an mir aufgefallen, dass Sie mit mir das Gespräch suchen?", fragte Daniel ruhig. Oh je, dachte er ärgerlich, die Frage war bestimmt ein Fehler. Aber es kam anders. „Ich kann Alpha Männchen von anderen Männern unterscheiden", antwortete sie mit einem beinahe unsichtbaren Lächeln, bei der sich lediglich ihre kleinen, feinen Grübchen über ihren Mundenden anhoben, „sie gingen mit einem Selbstverständnis in dieses Lokal, dass sich sofort jede Frau hier nach ihnen umgeschaut hat. Das machte mich aufmerksam." Daniel lächelte über das Kompliment dieser Frau, die, während sie sprach, gekonnt ihr Haar zurückwarf. „Leider habe ich nicht mehr viel Zeit", drängte sie, „würden Sie mir einige Daten von sich verraten?" „Was möchten Sie denn genau wissen?", fragte Daniel verwundert. Welche Daten meinte sie? „Größe, Gewicht, Schuhgröße, Kleidergröße, Größe Ihrer Hände…", antwortete sie sachlich. „Darf ich fragen, warum?" „Ich bin mir noch nicht sicher, aber ich hätte sie einfach gerne gewusst. Ich bitte Sie, es ist wichtig, damit ich mir alles so zusammenstellen kann." Was meinte sie mit *zusammenstellen*? Ihre Fragestellung irritierte ihn. Aber sie wurde unruhig, als wäre sie tatsächlich unter Zeitdruck und so nannte er ihr alle Daten. Manchmal fragte sie penibel nach Einzelheiten, die seine Größen betrafen. Auch bei der Penisgröße ließ sie nicht locker, weil Daniel sich bei dieser intimen Frage nun doch ein wenig zierte. Sie fragte aber mit einer Unverbindlichkeit, dass er sie ihr dann doch nannte. Bei der Größenangabe verzog sie nicht die Spur eines Mundwinkels. Während des Interviews, auf das er sich verwundert einließ, zückte sie ein kleines Buch und notierte sich alle Angaben. „Warum fragen Sie mich das alles?", versuchte er es nochmal. Sie hatte bestimmt zwanzig Minuten ununterbrochen das Gespräch diktiert. Alle Einwendungen seinerseits überging sie nonchalant und fragte ihn von neuem. „Ich bitte Sie, es ist wirklich nichts Schlimmes." So redete sie sich mit schmeichelnden Blicken oder einer Unschuldsmiene im Gesicht jedes Mal heraus. „Ich bin auf der Suche nach einer persönlichen Assistentin", antwortete sie allerdings diesmal auf seine Frage. „Mit dem weiblichen Geschlecht kann ich da aber nicht dienen, auch wenn der Job bei Ihnen sicherlich interessant ist", gab Daniel mit einem Lächeln zurück. „Ja, dessen bin ich mir auch bewusst", sagte sie, „aber als Sie hereinkamen, kam mir eine interessante Idee." „Und die wäre?", fragte er. „Hierüber sollten wir uns bei Gelegenheit mal unterhalten, leider muss ich jetzt gehen", gab sie geheimnisvoll zurück. „Haben Sie eine Visitenkarte?", fragte sie noch. „Ich bin einige Tage beruflich unterwegs, aber ich melde mich bei Ihnen. Versprochen!" Das Wort „versprochen" gab sie mit einem derartigen Statement zurück, dass er ihr verblüfft seine Karte gab. War er es doch sonst, der die Telefonnummer der Frauen abgriff. Aber diese Frau war in ihrer Gestik und mit ihrer Art der

Kommunikationsführung derart geschickt unterwegs, dass Daniel sich ihre Verhaltensweisen lieber anschaute und sie gewähren ließ. Sie hatte ein bestimmtes Ziel vor Augen, aber es schien einfach noch nicht reif, dass sie es ihm erzählen wollte.

Sie bezahlte artig ihre Drinks und stieg von ihrem Hocker. Sie war mit ihren Pumps ziemlich exakt so groß wie Daniel. Aha, dachte er, zwölf Zentimeter Absätze. Bei seinen einen Meter achtundachtzig musste sie also etwa ein Meter sechsundsiebzig groß sein. Ihr Kleid betonte wie selbstverständlich ihre schlanke und weibliche Figur. Er half ihr in ihren schwarzen Mantel und gab ihr ihre scheinbar nagelneue, ebenfalls schwarze Mandarina Duck Handtasche, die auf der Theke lag. „Ich melde mich bald, versprochen", versprach sie nochmal mit einem sehr freundlichen Lächeln. „Würde mich freuen. Vielleicht haben sie ja Lust auf einen Tagesauflug in der übernächsten Woche. In der Zeit habe ich Urlaub", schlug er vor. „Wie lange denn?", fragte sie interessiert. „Drei Wochen, aber ich habe nur die Absicht, zwei Wochen unterwegs zu sein", erwiderte er. „Das trifft sich gut", meinte sie und nickte zustimmend. „Buchen sie nichts, ich habe da, glaube ich, eine viel bessere Idee." Mit dem letzten Wort drehte sie sich um und verschwand zwischen den Besuchern an der Theke.

Ein eigenartiges Treffen, grübelte Daniel. Sie hatte ihn permanent über alles Mögliche ausgefragt, aber von sich selbst hatte sie so gut wie gar nichts preisgegeben. Er sah sie noch kurz aus dem Ausgang verschwinden. Eine andere Frau oder sogar zwei schienen sie abzuholen. Also wandte er sich seinem Bier zu, das er während des Gesprächs nur sporadisch angerührt hatte. Das Glas war noch beinahe voll, aber das Bier warm. Ein gutes kühles Bier gönnst Du Dir noch, bevor Du nach Hause fährst, sagte er in Gedanken zu sich. Etwa eine halbe Stunde später war er auf dem Heimweg und dachte noch einmal über diese Frau nach. Eigentlich hatte er einen dieser langweiligen Abende erwartet, aber diesmal kam es anders. Oh Gott, Du Profi! Noch nicht einmal ihren Namen kennst Du. Naja, warten wir mal ab, ob sie Wort hält. Er parkte seinen Wagen in der Tiefgarage und fuhr mit dem Aufzug hoch in seine Dachwohnung, die einen guten Ausblick über München bot. Okay, dachte er, ab ins Bett. Morgen musst Du wieder fit sein. Er warf noch einen letzten Blick über die in der Nacht funkelnden Lichter der Stadt, die er so liebte. Damit schlief er auch sofort ein.

Der Anruf

Das Ende der darauffolgenden Woche und damit der Beginn von Daniels Urlaub nahte. Gebucht hatte er mal wieder nichts. So ein Mist, dachte er, es ist immer das Gleiche mit Dir. Wenn Du etwas unternehmen willst, tust Du es immer im letzten Moment. Er nahm sich vor, am Freitagnachmittag nach der Arbeit direkt nach Hause zu fahren und im Internet ein gutes last Minute Angebot zu buchen. Von ihm aus konnte es ruhig schon Samstag oder Sonntag losgehen. Die dunkelhaarige Schönheit aus dem Lokal hatte er nur noch sporadisch im Kopf. Sie hatte sich nicht mehr gemeldet. So wie es schien, war sie wohl doch eine dieser Frauen, die gerne ihre Spielchen trieben und ihr Selbstbewusstsein mit unverbindlichen Flirts aufmöbelten. Er war nicht gewillt, seinen Urlaub wegen der Laune einer Frau an sich vorbeiziehen lassen. Für ihn war ein Urlaub in Abu Dhabi das Ziel seiner Träume.

An diesem besagten Freitag klingelte vormittags sein Handy. „Hallo Daniel, hier ist Rhonda, die Dame mit den roten Schuhen aus dem Lokal vorletzter Woche. Erinnern Sie sich noch an mich?" „Ja, natürlich. Wie geht es Ihnen? Konnten Sie Ihre Geschäfte erfolgreich abschließen, von denen sie mir an dem Abend erzählt haben?", fragte er sie, um irgendwie das Gespräch zu beginnen und um ihr zu zeigen, dass er ihr zugehört hatte. „Ja, so in etwa. Ich habe auf jeden Fall alles bekommen, was ich wollte. Und das war für mich schon ein schöner Erfolg", entgegnete sie, „Daniel, haben Sie heute Abend vielleicht Zeit für mich? Ich möchte Sie gerne einladen." „Warum nicht. Wo wohnen sie?", fragte er und ärgerte sich schon wieder, weil er es ihr so leicht machte, mit ihm ein Date zu vereinbaren. „Ich schicke Ihnen meine Adresse per Email, ich habe doch ihre Karte, schon vergessen? Ich wohne direkt am Starnberger See." Nette Adresse, ging es ihm spontan durch den Kopf. „Einverstanden", willigte Daniel ein, „wie wäre es denn mit 19.00 Uhr?" Für ein Spielchen mit dieser Frau war es nun endgültig zu spät.

„Gute Zeit. Ich erwarte sie, ich freue mich auf ihr Kommen." Schon klickte es und sie war nicht mehr in der Leitung. Ziemlich effizient, die Dame, sinnierte er. Er wollte noch ihre Telefonnummer auf dem Display checken, aber sie hatte keine Nummer mit gesendet. Kurz darauf traf auch die versprochene Email mit der Adresse ein. Als er das Treffen noch einmal kurz bestätigen wollte, kam die Email wieder zu ihm zurück. Sie hatte den Empfänger nicht erreicht.

Die Villa am Starnberger See

Daniel kramte in seinem Kleiderschrank nach einer anständigen Abendgarderobe und wurde mit der Kombination einer Boss Jeans und einem edlem Sakko des italienischen Designers Cavalli fündig.

Seine Absicht, nach einer Reise zu recherchieren, war erst mal verflogen. Die geheimnisvolle Art von dieser Rhonda war gezielt, das wusste er. Jede ihrer Handlungen schien beabsichtigt, so als wäre sie darauf geschult. Obwohl er ein Gefühl in der Bauchgegend hatte, er könne bei ihr in eine Falle laufen, zog ihn diese selbstbewusste Frau nun an wie ein Magnet. Und wenn er nicht zu ihr hinfahren würde, würde er es auch nicht herausfinden.

Daniel kalkulierte etwa eine Stunde für die Fahrt. Im Auto gab er die Anschrift von Rhonda in das Navigationssystem ein und ließ sich von ihm zum Starnberger See führen.

Während der Fahrt musste er schmunzeln, als ihm nochmal das Telefonat am Vormittag durch den Kopf ging. Rhonda verband das „Sie" mit seinem Vornamen. Eigentlich ist es nicht die deutsche Art, dachte er. Aber aufgrund ihres Vornamens schien sie möglicherweise mit England oder den USA in Berührung gekommen zu sein. Vielleicht war das der Grund. Aber der Name Daniel klang sowieso schön aus ihrem Mund und diese Art verband sie beide irgendwie, fand er und wertete Rhondas kleine Eigenart zu ihren Gunsten.

Gerade zu dem Zeitpunkt, wo er die Meinung vertrat, er wäre nun gleich am Ziel, gab sich das Navigationssystem geschlagen. „Das Ziel liegt in der Nähe!", sagte die Frauenstimme aus dem Äther. „Na prima!", fluchte er laut. Ein Blick auf die Uhr verriet, dass er schon fünf Minuten hinter der vereinbarten Zeit lag. Der Freitagabend Verkehr hatte seinen Tribut gezollt. Es dauerte für ihn noch eine kleine Ewigkeit, bis ein großes, weißes Tor mit großen, mediterranen Blumenkübeln davor in seinem Blickfeld auftauchte. Es stand kein Name an der Klingel, dafür gab es eine eingebaute Kamera. Auch von oben wurde der Vorplatz vor der Einfahrt von einer weiteren Kamera überwacht. Aber dann sah er, dass auf der rechten Seite vom Tor in goldenen Lettern die Hausnummer prangte. Es stimmte also. Er klingelte und nach einigen langen Sekunden meldete sich eine weibliche Stimme, aber es war nicht Rhonda. „Guten Abend", meldete er sich und versuchte einen ruhigen Ton zu finden, weil er sich doch dabei erwischte, dass er nun doch ein wenig nervös auf dieses Rendezvous reagierte, „hier ist Daniel, ich habe eine Verabredung mit Rhonda." Ohne Kommentar öffnete sich das weiße Tor mit einem Summton. Er stieg wieder in seinen Wagen und fuhr den Schotterweg entlang, der von hohen Bäumen eingerahmt wurde. Der Schotter knirschte unter den Reifen, aber dann verriet ihm ein neues Geräusch, dass er nun auf einem gepflasterten Weg fuhr. Nach etwa einhundert Metern erreichte er das Haus. Es war eine große alte Herrschaftsvilla mit roten Ziegeln, dessen Bauherr wohl einen Hang zum Italienischen gehabt haben musste und einem weiteren, kleinem Haus, dass wohl früher für das Personal vorgesehen war, dazu kamen mehreren Garagen auf seiner rechten Seite. Der Eingang befand sich etwas seitlich zum See, der im Halbdunkel durch die Bäume hindurch glitzerte. Auf der rechten Seite schien ein Weg in die Hügel hochzugehen. Er verlor sich nach einiger Zeit im Dunkeln, aber man konnte ahnen, dass es weiter hinten steiler nach oben ging. Im Haus brannte Licht, Rhonda schien also zu Hause zu sein.

Die Eingangstür wurde bereits geöffnet, als Daniel aus dem Wagen stieg. Am Eingang stand eine blonde, junge Frau um die dreißig in einem weißen, hochgeschlossenen Kleid. Die Konturen des schlanken Körpers und ihrer vollen Brust zeichneten sich im Hintergrundlicht ab. Sie trug Pumps mit hohen Absätzen, etwas höher als die, die Rhonda an dem einen Abend getragen hatte. Sie hatte ein schmales, harmonisch proportioniertes Gesicht mit etwas kantigeren Zügen, die ihre hohen Wangenknochen betonten, grüne, durch Kajal betonte Augen und nette Grübchen um einen schön geschwungenen, sinnlichen Mund. Sie sah Daniel interessiert an.

Eine interessante Haltung hat die Dame, erkannte er. Wieder fiel Daniel ihre etwas zu groß geratene Brust auf, die sie allerdings auch zusätzlich betonte, indem sie sie aufgrund ihrer ungewöhnlichen Haltung zusätzlich herausdrückte, dann durch ihre sehr schlanke Taille und durch ein Hohlkreuz mit einem kleinen, aber knackigen und etwas nach hinten herausragenden, süßen Po. Trotzdem bewegte sie sich ziemlich normal, auch wenn es schien, als wolle sie durch einen sehr aufrechten Gang, der bedingt durch die hohen Schuhe ihren Rücken in einen deutlich sichtbaren Bogen zwang, ihre edle Herkunft beweisen. „Hallo Daniel, Rhonda erwartet sie bereits", begrüßte sie ihn mit einem freundlichen Lächeln und gab Daniel ihre schlanke, leicht kühle Hand, „gehen Sie einfach durch die große Tür dort rechts in den Salon." Dann ging sie mit ihm durch die Eingangshalle auf eine hohe, hölzerne Flügeltür zu, öffnet sie höflich und bat Daniel mit einer Geste hinein.

Im Salon angekommen, empfing ihn Rhonda mit einem freudigen Blick. „Hallo, Daniel. Es freut mich, dass Sie da sind, herzlich willkommen." Sie war von einer weißen Ledercouch aufgesprungen, auf der sie gerade noch mit einer anderen jungen Frau gesessen hatte. Der Salon, in dem die Couch stand, war hoch und groß und mit geschmackvoll eingerichteten Holzmöbeln ausgestattet. Sie schienen gerade noch in eine Diskussion über Unterlagen vertieft gewesen zu sein, die sie, während sie aufstand, auf den Tisch vor ihr legte. Daniel fiel auf, dass Rhonda ein sehr ähnliches Kleid wie die Blondine trug, die ihm die Tür geöffnet hatte. Der Schnitt schien tatsächlich identisch zu sein, nur hatte sie in diesem Fall ein schwarzes Kleid an. Ihr Haar hatte sie diesmal hochsteckt, so dass man ihren langen, schlanken Hals sehen konnte. Dann erhob sich auch die junge Frau von der Couch, die bei ihr gesessen hatte. Sie schien es schwer zu haben, sich zu erheben. Aber auch sie trug das gleiche Kleid, diesmal aber in einem sehr schönen dunkelrot. Dazu trug sie Pumps in der gleichen Farbe. Sie war ein südländischer Typ mit schwarzen Haaren und schien etwas jünger zu sein als die beiden anderen Frauen. Daniel schätzte sie auf etwa sieben- oder achtundzwanzig. Rhonda stellte den männlichen Besucher den anderen Damen vor, während ihm die Blondine ein Glas Champagner zur

Begrüßung in die Hand gab: „Dies sind meine Freundinnen Lisa und Caterina, wir teilen uns dieses Haus. Lisa ist gebürtige Amerikanerin, spricht aber auch ein hervorragendes Deutsch." Lisa lächelte bei diesem Kompliment. „Caterina ist Brasilianerin. Wir haben uns vor zwei Jahren in der Nähe von Estoril in Portugal kennengelernt." Sofort schossen Daniel die schroffe Atlantikküste und der permanente, häufig kühle Wind nördlich von Lissabon durch den Kopf. Dort hatte er bereits Obidos und Nazaré besucht und sofort in sein Herz geschlossen. Es war dort wesentlich schöner als an der mit EU Geldern zugebauten Algarve. Es hatte einfach noch etwas Portugiesisches an sich, auch wenn dieses Flair ebenfalls langsam durch zunehmenden Tourismus nachließ. Daniel fing schon an zu träumen, wie er durch die engen Gassen von Obidos ging, aber es war ja Konversation angesagt und er riss sich zusammen, was ihm allerdings angesichts der geballten Ladung dreier gutaussehender Frauen auch nicht besonders schwer fiel. „Wie kommt man dazu, sich in Estoril kennenzulernen?", fragte er interessiert, während er Caterina die Hand gab und sie die Begrüßung artig mit einem kleinen Knicks beantwortete. „Wir waren auf einem Mediziner Kongress in Lissabon eingeladen. An einem der Tage gab es eine Tour für die Gäste, um sie ein wenig zu bespaßen. Da haben wir uns dann kennengelernt und sind seitdem unzertrennlich", beantwortete Caterina in einem leichten Akzent seine Frage und richtete ein sanftes Lächeln an Rhonda, die neben ihr stand. Das sieht man, dachte Daniel und schmunzelte ein wenig. Und alle drei schienen den gleichen Designer zu bevorzugen. Beeindruckend waren die Figuren der drei Frauen. Sie hatten allesamt die gleiche edelmütige Haltung. Auch Rhonda hatte die gleichen Attribute. Sie hatte eine sehr schlanke Taille, ein leichtes Hohlkreuz, das sie dazu zwang, ihre Brust nach vorne zu halten und den ebenso sexy anmutenden Po, der ein wenig herausstand. Auch sie trug hochhackige Pumps, allerdings diesmal in schwarz und natürlich passend zu ihrem Kleid. In der Bar war ihm Rhondas Figur noch nicht so aufgefallen. Es beschäftigte ihn. Die Drei waren keine Models, die mit ihrem Oberkörper üblicherweise ihren Beinen hinterher liefen. Ihre Haltung war erotisch und weiblich zugleich. Sie betonten ihre femininen Attribute und schienen stolz darauf zu sein, Frauen zu sein. Aber das diese Eigenschaften für alle Drei galt, konnte doch eigentlich nur ein Zufall sein. Es war an ihm, dies herauszufinden.

„Sind sie denn alle drei aus der Medizinbranche?", wollte Daniel wissen. „Ja", sagte Lisa zuerst, „wir arbeiten alle drei im medizinischen Bereich. Nachdem wir uns kennenlernten, haben wir uns der Schönheitschirurgie zugewandt. Dort verdient man aktuell das meiste Geld und kann zudem noch richtig forschen. In der Branche gibt es medizinisch noch viel Handlungsbedarf. Wir haben uns alle auf Lasertechnik konzentriert, weil hiermit die Schönheitsoperationen am schnellsten zu vollziehen sind und außerdem im Ergebnis perfekt aussehen. Mein Job hier ist aber eher die Vermarktung als die Technik. Das ist das Fachgebiet von Rhonda und Caterina." Noch bevor Daniel zu einer weiteren Frage ansetzen konnte, fiel ihm Rhonda ins Wort: „So, ihr Lieben. Ich würde mit meinem Gast noch gerne etwas essen gehen. Vielleicht haben wir ja später Gelegenheit, uns noch genauer über das Thema zu unterhalten." Die beiden Freundinnen nickten. „Wir haben uns in der Videothek einen Film ausgeliehen. Solche herzzerreißende Filme magst Du ja eh nicht. Dann mal viel Spaß mit Deinem Gast und lasst es euch schmecken." Die beiden Frauen brachten das Paar zur Tür und schlossen die Tür hinter ihnen. Lisa kniepte Daniel noch aufmunternd zu, während Caterina ihm das Zeichen gab, dass sie ihm die Daumen drückte. Er musste grinsen. Zuerst diese ausgesuchte Höflichkeit und jetzt das. Was hatte Rhonda den Beiden denn erzählt? Das erste Treffen in der Bar verlief doch eher sachlich? Rhonda war schon ein Stück in Richtung der Garagen vorgegangen und hatte die Gesten ihrer Freundinnen nicht gesehen.

Aber sie schien den Geschmack für das Exklusive zu haben. Sie holte einen metallic roten, viertürigen Maserati aus der Garage, der – inzwischen war es nun richtig dunkel geworden – in der Außenbeleuchtung der Villa edel funkelte. Daniel stieg ein, ohne ein Wort über den Wagen zu sagen. Innen war der Maserati mit einem beigen und einem, dem Kontrast dienenden, whiskyfarbenen Leder ausgeschlagen und roch auch herrlich danach. Es mischte sich sofort mit dem nach Moschus riechenden Parfum, das Rhonda an sich trug. Sie wollte ihn heute Abend betören, das wurde ihm jetzt unvermittelt klar. Rhonda fuhr den Wagen gekonnt aus der Ausfahrt und bog ab in Richtung Starnberg. Sie fuhren durch Starnberg hindurch und bogen dann ab in Richtung Ammersee. Dort angekommen, folgte sie eine Weile der Uferstraße am See entlang, dann ging es gezielt an einem Hügel eine Seitenstraße hinauf, wo sie den Wagen vor einem kleinen, urigen Restaurant parkte, in dem man Rhonda schon gut zu kennen schien und deshalb freudig begrüßte.

Auf der Fahrt sinnierte Daniel über die drei Frauen, die er nun kennengelernt hatte. Da war Rhonda, sehr attraktiv und mit einem sehr selbstbewussten, aber völlig ungezwungenen, beinahe selbstverständlichen Auftreten, die sich dabei aber trotzdem eine Unnahbarkeit ausbot und selbst darüber entscheiden wollte, wen sie in ihre Nähe lassen wollte. Da war Lisa, die durch ihren sinnlichen Mund und ihre Grübchen den lasziven und erotischen Typ abgab und durch ihren besonders hochmütigen Gang auffiel, trotzdem aber die Zurückhaltendste der Drei zu sein schien und da war Caterina, scheinbar das Küken des Teams. Caterina machte einen unbekümmerten Eindruck, aber es war in ihren blitzenden, fast schwarzen Augen sichtbar, dass sie die Heißblütigkeit ihrer Kultur besaß. Allen dreien war anzusehen, dass sie eine gute Bildung und Erziehung besaßen und zudem intelligent waren. Insbesondere Rhonda besaß kluge Augen und scheinbar einen analytischen Verstand, den sie bereits bei ihrem kurzen Gespräch mit Daniel in dem Lokal aufblitzen ließ.

Rhonda hatte einen Tisch am Fenster reserviert, aus dem man hinunter zum See schauen konnte, dessen Größe aber wegen der Dunkelheit höchstens durch die Lichter in Ufernähe zu erahnen war.

Es war ein vergnüglicher Abend. Das Restaurant war zwar einfach und hatte ausschließlich typische Gerichte nach bayerischem Gusto anzubieten, aber die schmeckten einfach phantastisch. „Ich mag solche Lokale", gestand Rhonda schwärmerisch, „hier komme ich öfters hin, wenn ich am Starnberger See bin." Dann erzählte sie Daniel endlich von sich. Sie hatte

Medizin studiert und dann eine spezielle Ausbildung in Lasermedizin genossen. Sie erzählte außerdem, dass ihr Estoril an das Herz gewachsen war und dass sie dort mit ihren beiden Freundinnen noch ein weiteres Haus besitzen würde, das alle drei nur allzu gern und so oft wie möglich bewohnten. „Weißt Du", sagte sie, ohne Daniel direkt das „Du" angeboten zu haben, „es hat einen wunderschönen Blick auf das Meer. Ich mag die Weite. Außerdem lebt man dort schon in den warmen Winden und Wasserströmungen des Südens, während man einige Kilometer weiter nördlich eher ein raues, kühleres Klima geniest." Daniel bestätigte Rhondas Ausführungen über das Klima aus eigener Erfahrung und erzählte er ihr seinerseits von den Orten Obidos und von Nazaré, die er schon mal besucht hatte und ihm in guter Erinnerung geblieben waren und etwa 100 km nördlich von Lissabon lagen. Das Gespräch zwischen den Beiden war ein permanenter, kleiner Kampf. Immer versuchte jeder, das Gespräch zu führen und den anderen zu kontrollieren. Rhonda schien es zu merken, dass sich Daniel nicht die Butter vom Brot nehmen lassen wollte und machte sich einen Spaß daraus. Immer wieder wog die Gesprächsführung vom einen zum Anderen.

Rhonda erzählte Daniel von einer bekannten Schönheitschirurgin, die in der Nähe von Estoril eine private Klinik unterhielt. „Sie kann aus jedem einen anderen Menschen machen. Der Kontakt kam zustande, als sie von unserer Lasertechnologie und von Projekten, die ich in Russland ins Leben gerufen hatte, erfuhr. Jetzt wendet sie unsere Technologie professionell an und traut sich damit nach und nach immer mehr zu. Die Ergebnisse sind einfach phantastisch, weil man den Eingriff nach kurzer Zeit nicht mehr sieht. Es wirkt dann so, als wäre es immer so gewesen. Zwischenzeitlich sind wir auch richtig gut befreundet." Sie schwelgte förmlich in ihren Erzählungen. Zudem kannte sie sich in ihrem Fach exzellent aus. Es machte Spaß, ihr zuzuhören. Als sich der Abend dem Ende neigte, zeigte sie Daniel drei digitale Bilder mit drei Frauen. „Welche der drei Frauen gefällt Dir am besten?", fragte sie. Er war überrascht über diese Frage, vertiefte sich aber in die Bilder, weil ihn Rhonda so ernsthaft darauf angesprochen hatte. Jede Frau war für sich attraktiv, aber vom Typus her unterschiedlich. Dann tippte er auf das Bild mit der Frau mit den rötlichen Haaren. „Diese hier hat das hübscheste Gesicht. Von der Dunkelhaarigen würde ich wahrscheinlich die Figur nehmen. Die Figur der Rothaarigen wirkt wegen der vollen Brust doch schon etwas aufreizender, auch wenn es durchaus noch harmonisch aussieht." „Entscheide Dich für eines davon", drang sie. „Na gut, wie gesagt, das Gesicht der Rothaarigen empfinde ich am Attraktivsten, weil es viel Sinnlichkeit ausstrahlt. Gesichter sind für mich entscheidend. Warum fragst Du?" „Meine Freundin in Estoril benötigt permanent Anhaltspunkte über den persönlichen Geschmack. Ich habe es mir zur Aufgabe gemacht, für sie zu recherchieren, wann und wo es geht.", antwortete sie in einem leicht unsicheren Singsang, dem Daniel aber keinerlei Bedeutung beimaß. Sie tranken zum Abschluss noch einen Espresso. Rhonda ließ es sich nicht nehmen, die Rechnung zu bezahlen. „Ich habe Dich zu mir eingeladen, also bist Du heute mein Gast", sagte sie mit einem gewinnenden, strahlenden Blick, „aber Du kannst Dich gerne mal revanchieren. Da habe ich gar nichts gegen." Ihre Augen blitzten. Da war er, der Wink mit dem Zaunpfahl. Die Gedanken schossen ihm nur so durch den Kopf. Während es vorher nur Indizien gab, dass sie ihn mochte, war dies der Hinweis, dass sie sich wiedersehen würden, wenn er es einigermaßen geschickt anstellen würde. „Hast Du noch Lust auf ein Glas Champagner?", fragte sie ihn mit einem hintergründigen Lächeln. Dabei zog sie ihm zaghaft mit dem rot lackierten Fingernagel ihres Zeigefingers über die Wange. „Ich würde mich jedenfalls sehr freuen", schloss sie ihren Satz und ihr Mund verzog sich wieder einmal unmerklich, aber diesmal, als ob sie Daniel einen Kuss zuwerfen wollte. „Dann sollten wir das tun", lächelte er selbstsicher mit einem leicht schwingenden Ton, „kannst Du denn noch fahren?" „Kein Problem", erwiderte sie und zog die linke Augenbraue hoch, „so viel war es nicht". So gesagt, stieg sie mit dem eng anliegenden Kleid etwas unbeholfen wieder in den Maserati. Erst jetzt fiel Daniel auf, dass sie doch ziemlich steif in der Lehne ihres Wagens saß. Auch am Esstisch hatte sie immer sehr gerade gesessen und war nie einmal aus Bequemlichkeit in den Stuhl hinein gesunken. Hatte sie einen Haltungsschaden? Er wollte es weiter beobachten. Wenn nicht, hatte sie sich diese vornehme Haltung antrainiert, soviel war sicher. Bei ihren Fahrkünsten gab es jedenfalls nichts zu bemängeln. Sie ließ den Maserati souverän über die Landstraße fliegen, bis sie den Abbieger, der zu ihrem Haus am See führte, erreichten.

Schwarz, weiß, rot

Das Tor öffnete sich automatisch, als Rhonda den Knopf einer Fernbedienung drückte, die sie in der Mittelkonsole aufbewahrte.

An der Haustür angekommen, öffneten sofort Lisa und Caterina. „Mann, seit ihr neugierig!", fluchte Rhonda, die sich förmlich ertappt fühlte. Wahrscheinlich hatten die Beiden nur auf ihre Rückkehr gewartet. Ihre Freundinnen grinsten breit, zogen sich aber nach dem Kommentar gleich diskret zurück. Rhonda ging mit Daniel in die Küche, einem klassisch eingerichteten Raum mit hoher Decke, dezenten Deckenverzierungen und einem ziemlich großen Edelstahl Kühlschrank, neben dem außerdem noch ein Weinkühlschrank stand, in dem man wegen der abgedunkelten Scheiben seinen Inhalt nur erahnen konnte. Gezielt griff sie nach einer Champagnerflasche, gab sie Daniel zum öffnen in die Hand und holte währenddessen vier Champagnergläser aus der Vitrine. „Lisa und Caterina lassen eh keine Ruhe", witzelte sie. Dann nahm sie ihn an der Hand, führte ihn aus der Küche durch die große Eingangshalle und ging mit ihm die breite Treppe hinauf. Sie führte ihn in ein Zimmer, das zwar sehr edel ausgestattet war, aber nicht ihr eigenes zu sein schien. Daniel fiel jedenfalls sofort auf, dass dies nicht ihr Zimmer sein konnte, sondern eher als ein Gästezimmer genutzt wurde. Es fehlten einfach die persönlichen Dinge.

Daniel goss Champagner in zwei Sektgläser. Ein Blick zur Seite verriet ihm, dass Rhonda die anderen beiden Gläser an die Seite auf ein Board gestellt hatte. Dann führte sie ihn auf die Terrasse. Von dort aus sah man das Glitzern des Starnberger Sees, wenn man genauer durch die Bäume hindurchschaute, die das Ufer markierten. Es wehte ein unruhiger, aber warmer Wind. Die Bäume rauschten unbeständig und wanden sich langsam hin und her. Die Beiden tranken etwas und nach einem kurzen, gegenseitigen Blick in die Augen küssten sie sich lange und zärtlich. Daniel fand es schön, Rhonda im Arm zu halten, jedoch merkte er nun, was die ganze Zeit ihre Bewegungsfreiheit eingeschränkt hatte. Sie trug unter ihrem schwarzen Kleid ein sehr steifes Korsett, das ihr ihre Haltung die ganze Zeit vorgab. „Warte hier auf mich", hauchte sie ihm in sein Ohr, als sie seine tastende Hand bemerkte, „ich bin sofort wieder da." Ihre Wiederkehr ließ dann doch einige Minuten auf sich warten, aber endlich kam sie in langsamen Schritten auf die Terrasse zurück. Sie trug schwarze Lack Overknee Stiefel mit mörderisch hohen Absätzen. Die Absätze waren so hoch, dass sie nur schwerlich über die Terrasse gehen konnte. Nur wenige Zentimeter trennten Sohle und Absatz, die Stilettos scharrten gelegentlich über den Granit der großen Terrasse. Ansonsten trug sie – nichts. Ihr Haar trug sie nun offen und lag über ihren schmalen Schultern, ihre dunkelbraunen Augen zeigten Daniel ohne Umschweife ihre Wollust. Er spürte die Unebenheiten ihrer Haut, die das Korsett im geschnürten Zustand hinterlassen hatte, als er sie wieder in den Arm nahm. Sie bemerkte sein Tasten und flüsterte, während sie sich küssten: „In einigen Minuten ist es weg." Ihre Absätze waren so hoch, dass Daniel sich schon ein wenig nach oben recken musste, um ihr Gesicht mit Küssen zu bedecken. Sie schlang sich um ihn, küsste von seinem Mund an seinem Hals hinunter und wand sich in einem ähnlichen Rhythmus wie die Bäume, die in der Nacht rauschten. Ihre, kleinen, aber vollen Brüste rieb sie an seinem Oberkörper, während sie ihm sanft ihr rechtes Bein in den Schritt stellte.

Nach endlich langen Minuten voller Zärtlichkeiten gingen sie hinein. Während sie auf das Bett zugingen, zog Rhonda Daniel aus, so als wolle sie keine Zeit verlieren. Das Bett im Raum war groß und bequem. Doch als sie sich gerade gegenseitig hineinziehen wollten, ging die Tür zum Zimmer auf. Lisa und Caterina kamen herein. Sie waren ebenfalls nackt. Genauso wie Rhonda trugen sie Overknee Stiefel mit sehr hohen Absätzen, Lisa in weiß, Caterina in rot. Caterina schien es am Eiligsten zu haben, jedoch hatte sie sich wohl vorab mit Lisa abgesprochen. Sie sah, dass Daniel mit dem Rücken auf dem Bett lag, sprang sofort hinauf und setzte sich ohne Scheu mit ihren Schambereich direkt auf sein Gesicht, ohne das er noch etwas sagen konnte. „Mach! Leck mich!", hauchte sie lustvoll. Daniel sah noch, dass Rhonda ziemlich säuerlich dreinschaute, aber Lisa bemerkte es sofort, zog Rhonda, die Caterina nicht mehr hatte bremsen können, an sich und begann sie zu küssen und zu streicheln.

Caterina schob Daniel ihren ganzen Po über sein Gesicht, so dass er nur noch schwer atmen konnte. Die restliche Luft war erfüllt von Weiblichkeit und schwerem Parfum. Daniel spürte plötzlich, wie sich Lisa und Rhonda an seinem besten Stück zu schaffen machten. Abwechselnd nahmen sie sein Glied bis tief in den Mund und saugten so fest daran, dass Daniel laut aufstöhnen musste. Dann massierten sie es, mal mit einer Hand, mal mit zwei Händen und auch mal gemeinsam. Wer was machte, war wegen der stark eingeschränkten Sicht des rundlichen Pos von Caterina im Gesicht beim besten Willen nicht zu erkennen. Sie schmiegte sich fest auf seinen Mund – in der Erwartung, dass er nun seine Zunge in ihr feuchtes Inneres tauchen würde, um ihre Lust zu befriedigen. Ihm blieb kaum etwas anders übrig, da er kaum Luft bekam. In dem Moment, wo er anfing sie zu lecken, hob sie ihr hübsch geformtes Hinterteil wieder leicht an, so dass er wieder etwas Luft schnappen konnte. Dieser Teufel, dachte er, das war also Absicht. Daniel wusste nicht, wie lange sie auf seinem Gesicht saß, jedenfalls hatten sich Lisa und Rhonda im unteren Bereich ausgiebig vergnügt. Die Beiden hatten ihm mächtig eingeheizt, so dass er nicht umhin konnte, sich unter Caterina zu winden. Seine Bewegungen unter ihr machten sie wiederum noch wilder, da sie Daniel fest unter sich einklemmt hatte. Sie stöhnte laut: „Jaaa, gut machst Du das. Weiter!" und begleitete sein Winden mit den Bewegungen einer Rodeoreiterin. Rhonda und Lisa setzten sich nun auch auf ihn drauf, schmiegten sich fest aneinander und teilten sich beständig abwechselnd sein steifes Glied. Unablässig ließen es in sich eindringen und vollführten wie ihre Freundin, die ein wenig weiter oben saß, stöhnend rhythmische Bewegungen, während er unter ihnen zusammenpresst das Gefühl hatte, nach und nach im Bett zu versinken. Irgendwann tauschten die drei Frauen die Plätze. Nun saß Rhonda auf Daniels Gesicht und das Spiel begann von neuem. Er hatte es schwer, sich auf sie zu konzentrieren, denn Lisa und Caterina schienen weiter unten ganze Arbeit zu leisten. Immer wieder wurde er leicht gebissen und gezwickt, so dass er versuchte, die Ejakulation zu unterdrücken, um das Spiel der Beiden zu verlängern. Immerhin bekam er mit, dass Rhonda auch im Intimbereich ihr nach Moschus riechendes Parfum benutzte. Ansonsten war er bemüht, genügend Luft zu bekommen, den Rhonda zog es vor, sehr fest auf seinem Gesicht zu sitzen. Wegdrücken konnte er sie auch nicht, weil sie seine Arme mit ihren Beinen völlig einklemmte. Zudem hatten sie sich die Frauen zwischenzeitlich mit Champagner bedient. Zwischendrin hörte er sie die Gläser anstoßen. Ah ja, dachte er fast beleidigt, ich darf die drei glücklich machen, aber ich bekomme nichts. Die eine der beiden Frauen, die sich um sein kurz vor der Explosion stehendes Glied kümmerte – er konnte nicht sehen, ob es Caterina oder Lisa war – goss ihm den prickelnden Champagner über sein bestes Stück, um ihn dann wieder wegzusaugen. Daniel konnte es nicht mehr aufhalten und kam. Das Wechselspiel vollzog sich in der Nacht mehrere Male. Später dann widmete sich Daniel nacheinander den drei Frauen, die ihm vorkamen wie die drei Medusen aus einem Dracula Film, wo sie dem hilflosen Immobilienmakler Jonathan Hawker in Draculas Schloss in Transilvanien immer nur so viel Blut abzapften, dass er ihnen zu Diensten sein, aber nicht aus ihren Fängen flüchten konnte. Wie sehr diese Filmszenen seinem künftigen Schicksal glichen, sollte ihm in nicht allzu langer Zeit bewusst werden.

Daniel legte sich auf Lisa drauf, drang in sie ein und hob dann zusätzlich mit der einen Hand ihren Po an. Damit schaffte er es, noch einmal ein Stück tiefer in sie einzudringen, bis es nicht mehr ging, während sie dabei keine Wahl mehr hatten, als ihre Beine weit zu spreizen. „Oh ja!", stöhnte Lisa laut und krallte ihre langen Fingernägel in seinen Rücken, als Daniel nochmal sein Glied tief in sie hineinschob. Dann begann er langsam mit seinen rhythmischen Bewegungen, die er nach jedem Orgasmus steigerte. Jede der Frauen stöhnte dabei lustvoll auf, wenn er den Vorgang mit einer von den Dreien wiederholte, während die beiden, die in dem Moment außen vor standen, mit eifersüchtigen und lüsternen Blicken zuschauten. Sie schienen noch nicht einmal mehr Interesse füreinander zu haben und gierten darauf, die Nächste sein zu dürfen. Für ihn war es dagegen ein erotischer Traum, bei dem er immer darauf wartete, dass er beendet würde. Drei sinnliche Münder, die ihn verwöhnten, drei mit Kurven gesegnete Körper, die sich von allen Seiten an ihn schmiegten, sechs Hände, die zärtlich und leidenschaftlich seinen Körper streichelten und sechs Stiefel, die den schweren Geruch neuen Leders vermittelten - und alles war darauf ausgerichtet, ihn glücklich zu machen. Er lauerte beinahe darauf, dass sich der Regisseur, der sich für den Dreh verantwortlich zeigte, zu Wort meldete: „Okay, Cut! Vielen Dank, wir haben alles im Kasten. Sie können sich jetzt anziehen und nach Hause gehen." Aber nichts davon geschah. Er konnte sich sogar die Zeit lassen, jede der Eigenarten seiner Gespielinnen zu interpretieren. Caterina, die zügig zu Werke ging und sich ohne Ankündigung das holte, was sie nur in irgendeiner Form erregen würde, Lisa, die mit ihrer ganzen Zärtlichkeit auf ihn einging, aber ausgestattet mit Experimentierfreude und mit einem ausgeprägten Wissen, wie sich ihr Partner am Wohlsten fühlte und Rhonda, die von ihrer Art irgendwo zwischen den Beiden lag, aber mit einer Bestimmtheit und Dominanz alles vorgab, was als Nächstes geschehen würde.

Daniel hatte kein Zeitgefühl mehr. Er wusste noch, dass alle vier irgendwann einmal mit einem Glas Champagner anstießen und dass sie vermutlich gemeinsam einschliefen. Rhonda und Lisa lagen rechts und links in seinen Armen, während Caterina mit dem Kopf auf seiner Brust lag und sein bestes Stück in Händen hielt und es sogar leicht massierte, als sie langsam dahin dämmerte. Sie schien noch nicht ganz zufrieden, zeitlupenartig rutschte sie nach unten und nahm Daniels Glied derart tief in ihren Mund, dass sie mit ihren Lippen den Übergang zu seinem Körper erreichte und er tatsächlich in ihrer Kehle anstieß. Als es nach ihren intensiven Bemühungen wieder steif war, setzte sie sich mit einem lüsternen Blick noch einmal auf ihn und begann mit ihren gleichmäßigen Bewegungen, auf ihm zu reiten. Brasilianerinnen haben scheinbar einen ziemlich eigenen Rhythmus gefunden, dachte sich Daniel, der der kaffeebraunen Schönheit bei ihrem lustvollen Spiel zuschaute. Rhonda und Lisa schmiegten sich an ihn, dann nahm jede von ihnen eine seiner Hände und schoben sie sich langsam zwischen ihre Beine. Wenn er nach Caterina greifen wollte, hielten sie ihn fest, damit er sie weiter erregte und Caterinas Bewegungen auf sie übergingen. Nach dem Nachspiel schliefen sie ein.

Die neue Assistentin

Daniel wachte auf, als helles Licht in die Fenster schien. Während er vor sich hin träumte, stellte er fest, dass alle drei Frauen bereits aufgestanden waren. Er war allein, doch er roch in den Kissen, in denen er lag, noch den Duft der Frauen. Er dachte über die Erlebnisse der Nacht nach und kam zu dem Schluss, dass solche Nächte der Leidenschaft, und das gleich mit drei sehr attraktiven Frauen aus den unterschiedlichsten Kontinenten, Seltenheitswert hatten. Ehrlich gesagt war ihm so eine Situation zum ersten Mal passiert. Nach einigen Minuten der Besinnung stand er auf und ging in das Bad, das zum Zimmer gehörte. Wo sind denn meine Sachen, fragte er sich gedankenversunken und drehte sich nochmal kurz zum Bett um. Er sah sie nicht, machte sich aber keine weiteren Sorgen und stellte sich unter die Dusche. Die Klamotten würden schon auftauchen. Shampoo und Duschgel schienen dem Geruch nach eher etwas für Damen zu sein, aber es war nichts anderes da, also nutzte er es. Er fand einen Nassrasierer und nutzte ihn mit einem süßlichen Gel, um sich zu rasieren. Wieder zurück im Zimmer suchte er verzweifelt nach seiner Kleidung. Die Klamotten mussten hier doch irgendwo herumliegen, verflucht! Er öffnete zwei, drei Schranktüren, weil er vermutete, dass Rhonda sie vielleicht ordentlich weggelegt hatte, aber alles was er fand, waren Frauenkleider. Da schau an, dachte er, das gleiche hochgeschlossene Kleid, das Rhonda, Caterina und Lisa getragen hatten, nur diesmal in Dunkelblau. Dazu fand er auch die passenden Pumps, Strümpfe und auch die Overknee Stiefel, aber eben alles in einem zueinanderpassenden Dunkelblau, als ob jeder seine bevorzugte Farbe hätte. Aber die Drei hatten ja ihre bevorzugten Farben. Nanu, dachte er verwirrt, waren sie vielleicht früher vier? War eine von ihnen etwa ausgezogen?

Zurück im Raum, bemerkte Daniel einen leichten Schwindel. Verdammt nochmal, wo sind denn bloß die Klamotten?

Er schleppte sich noch zum Bett und ließ sich darauf fallen. Für einen Moment schien er die Besinnung zu verlieren, aber er blieb dann doch wach. Er fühlte, wie sich seine Motorik abschaltete. Nach kurzer Zeit konnte Daniel nur noch unbeweglich daliegen, atmen und die Augen bewegen. Was passierte mit ihm? Hatte er sich die Nacht denn so verausgabt, dass ihm sein Körper nun einen Streich spielte? Wie würden die drei Frauen auf seinen Schwächeanfall reagieren, wenn er nur noch hilflos daliegen konnte? Seine Situation wurde ihm peinlich, aber so eine Reaktion seines Körpers fand er schon ziemlich ungewöhnlich.

Rhonda, Lisa und Caterina kamen nach einigen Minuten in den Raum. Sie waren schon angezogen und fertig gestylt, als wollten sie zu einer Modenschau gehen. Wieder trugen sie schwarz, weiß und rot.

Rhonda setzte sich neben Daniel an das Bett, auf dem er lag und fing an zu reden, während die anderen Beiden zu den Schränken gingen und verschiedene Sachen herausholten. „Weißt Du, Daniel, Du hast Dich doch sicher gefragt, was wir unter unseren Kleidern tragen." Sie deutete auf einen der Schränke, als Lisa sie fragend ansah und fuhr dann fort: „Wir drei haben uns dem edwardianischen Korsettstil verschrieben, den uns unsere Freundin in Estoril näher gebracht hat. Ziel dieses Korsettstils vor etwa 100 Jahren war es, durch eine etwas nach vorne gebeugte, erzwungene Haltung der Trägerin eine weiblichere Figur und einen edleren Gang zu erreichen. Seelenruhig erläuterte sie Daniel die Historie, so als ob sie seine Lähmung noch nicht wahrgenommen hätte, „es begann ursprünglich mit der Erfindung einer Französin etwa um 1900, die mit dem neuen Stil eigentlich einen der Gesundheit zuträglichen Effekt für eingefleischte Korsett-Trägerinnen erzielen wollte. Diese Erfindung löste den etwas langweiligen viktorianischen Korsettstil ab und endete – leider, muss man sagen - um 1920. Man stellte schnell fest, dass man mit diesem Stil die Taille noch enger schnüren konnte als mit dem viktorianischen Vorgänger. Man muss sich dann aber zwangsweise einen etwas ungewohnten Gang aneignen, da die Hüften zurückgeschoben werden, während der Bauch völlig flach wird. Besonders anstrengend wird es dann bei hohen Absätzen, wo man sich dann mit dem Oberkörper schon sehr gerade halten muss, um nicht nach vorne überzufallen. Daraus entstehen aber andererseits dieses herrliche Hohlkreuz und auch der traumhafte Po, der durch das Korsett ziemlich stark betont wird. Deshalb nennt man es in Fachkreisen S-Curve Korsett oder auch Straight-Front Korsett. Nun ja", sie räusperte sich kurz, „ich möchte nun auch, dass Du Dich daran gewöhnst." Daniel konnte nicht antworten. Was wollte sie nur von ihm und warum erzählte sie ihm das? „Du kannst Dich doch sicher an das Lokal erinnern, wo ich Dich kennengelernt habe. Nun Daniel, ich habe Dich schon um einiges länger im Blickfeld und habe Dich ausgewählt, meine persönliche Assistentin zu werden. Da Du ja jetzt Urlaub hast, können wir die Zeit gemeinsam für Deine Probezeit nutzen. Was dann wird, werde ich am Ende Deines Urlaubs entscheiden", erläuterte sie völlig sachlich seine scheinbar schon vorgeplante Situation. Wollte sie ihn etwa drei Wochen hier behalten? Und wie sollte das mit der Assistentin funktionieren? Noch immer konnte sich Daniel keinen Reim aus den Erklärungen machen und auch kein Wort herausbringen. „Keine Angst", mischte sich Lisa ein, die Daniels ängstlichen und verwirrten Blick sah, „es ist nur ein harmloses Narkotikum. Du wirst Dich bald wieder bewegen können. Nur mit dem Unterschied, dass Du Dich dann so bewegst, wie wir es wollen." „Es wird Dir gefallen", ergänzte Caterina, die zwischenzeitlich ein dunkelblaues, schweres Korsett aus Jaquard Stoff und dunkelblaue Seidenstrümpfe auf dem Bett drapiert hatte.

„Zuerst einmal wollen wir den kleinen Freund hier verstecken", sagte sie, während sie auf einmal ein Höschen in der Hand hielt. Es war ein dunkelblaues Höschen aus Stretch mit eingearbeiteter Vagina. Caterina und Rhonda zogen es ihm gemeinsam an. Lisa hatte noch einen großen Metalldildo in der Hand, den sie sorgfältig mit einer Art Öl einrieb. Mit einer drehenden Bewegung drückte sie ihn – selbst in der Hocke sitzend – in Daniel hinein. „Wir nennen es Befehlsgeber", sagte sie geheimnisvoll. Rhonda versteckte zwischenzeitlich das Glied in einer speziellen Öffnung des Höschens, so dass es ganz nach unten zwischen die Beine gebogen wurde. „Unten ist eine kleine Öffnung", feixte Rhonda, „damit kannst Du ab sofort jederzeit auf die Damentoilette." Als sie das Glied und Hoden sauber verstaut hatte, zog sie das Höschen endgültig nach oben. „Das sieht doch richtig gut aus", sagte sie mit einem glänzenden Blick und rieb mit ihrer Hand über die nun flache Oberfläche des Höschens. Lisa begann dann, Daniel die dunkelblauen Seidenstrümpfe anzuziehen. Rhonda holte triumphierend dunkelblaue Schnürstiefeletten hervor. „Auf diesen Schuhen wirst Du laufen lernen", sagte sie. Der Absatz maß etwa 12 cm, eventuell auch mehr. Solche Schuhe hatte Daniel schon mal bei einer Modenschau von der Französin Sonia Rykiel gesehen. Sie stattete gerne ihre Models mit solchen hohen Schuhen aus. Es war ihm damals ein Rätsel, wie Frauen darauf laufen konnten. Aber wenn sie es konnten, sah es sehr weiblich und stolz aus. Die Schuhe passten wie angegossen, aber die Zehen rutschten bis in die Spitze und wurden leicht zusammengequetscht. Rhonda schnürte sie schnell und routiniert. Auch Caterina war nicht untätig. Sie legte Daniel einen dunkelblauen Bügel BH an, der einen starken Träger aufwies und hinten geschlossen wurde. Dann legte man ihm zwei Lederriemen, die an den Enden einer langen Eisenstange befestigt waren um die Hände, befestigte sie mit einer Öse, die mittig angeschweißt war, an einem Stahlseil, das auf einmal von der Decke hing und zogen ihn hoch, bis er aufrecht auf den Stiefeln stand.

„So, nun das Korsett", sagte Rhonda, „Du wirst die nächsten Wochen eine Diät bekommen, damit Du etwas abnimmst. So wird das Korsett nach und nach einfacher zu tragen sein. Später können wir dann auch eines nehmen, das die Taille noch stärker betont." Lisa legte Daniel das Korsett um und befestigte die Planchetten. Es war ein schweres Unterbrustkorsett in dunkelblau mit in Gold eingefassten, kederartigen Rändern, an dem auch die Strapsbänder befestigt waren. „Wie Du siehst, alles passt perfekt. War doch gut, dass ich Dich wegen deiner Maße interviewt habe, oder?" Rhonda zog das Korsett langsam zusammen, mal von oben, mal von unten. Geduldig zog sie die Schnüre an den Stellen, wo sie sich überkreuzten, aber jedes Mal ein Stück tiefer mit dem eingehakten Zeigefinger zu sich in der Richtung der Taille bis zu der Stelle, wo die Schnüre für nur ein einziges Mal einseitig in den Ösen saßen. Auf dem Weg dorthin bildeten sich zwei zunehmend längere Schlaufen. Hatte sie den engsten Punkt der Taille erreicht, zog sie die langen Schlaufen zu sich, bis sie wieder stramm saßen. Bei jedem Gang saß das Korsett allerdings auch ein Stück enger. Immer wieder begann sie das Ritual von neuem, bis sich zunehmend eine deutliche Taille abbildete. Daniel fühlte, dass sein Gesäß immer weiter nach hinten herausgeschoben wurde. In einem großen Spiegel gegenüber, in dem er sich sehen konnte, bemerkte er, dass sich vorne kein Bauch mehr abzeichnete. „20 cm habe ich bestimmt schon", schnaufte Rhonda nach einer Weile, „aber 5 cm sind bestimmt noch drin." „Lass mich mal", sagte Lisa und übernahm die Schnüre. Tatsächlich fühlte Daniel, wie sich mein Körper weiter zusammenzog und nun wie in einem Schraubstock gehalten wurde. Er ahnte langsam, worauf die drei sich einließen, wenn sie solche Korsetts trugen. Immer weiter schob sich sein Gesäß nach hinten, während sich vorne eine saubere, gerade, beinahe schon eine negativ gewölbte Linie bildete. Seitlich sprangen nun die Hüften stark hervor. Daniel musste seine Atmung ändern, um weiter Luft zu bekommen. Er konnte nur noch durch die Bewegung seiner Brust über dem Korsett aus- und einatmen. Caterina hatte indessen einen Karton gebracht und nahm zwei große Silikonbrüste in Hautfarbe und mit perfekt nachgebildeten Brustwarzen heraus. „Sind sie das?", fragte sie. „Ja! Größe G", antwortete Rhonda grinsend, „ich hatte mir schon gedacht, dass er auf die Rothaarige tippen würde." Jetzt wusste Daniel, warum Rhonda ihn gefragt hatte. Alles war sauber durchgeplant gewesen. Sie wollte, dass er sich seinen Wunschtyp aussuche und nun setzten sie es bei ihm um. Caterina steckte die Silikonbrüste unter den BH und betrachtete sich ihr Werk. „Das sieht richtig gut aus", lobte sie und zog dabei den Stoff des BHs glatter, damit sich die Brustwaren besser abzeichneten. Lisa war inzwischen mit dem Schnüren fertig. „Das Korsett ist ja komplett geschlossen", sagte Rhonda überrascht, während Lisa leicht keuchte, „und das beim ersten Mal. Ich bin richtig beeindruckt. Eine absolute Traumfigur." „Danke", sagte Lisa, „aber Deine neue Assistentin wird sicher noch unter dieser engen Schnürung leiden, besonders, weil es das erste Mal für sie ist." Rhonda überging lächelnd den Kommentar ihrer Freundin, die gerade die Strapsbänder an den Strümpfen befestigte, und nahm eine schwarze Gummimaske in die Hand. „So", sagte sie, „dann wollen wir mal an das Eingemachte gehen." Sie holte einen silbernen Gegenstand aus der Maske, der darin gelegen hatte und suchte dann nach einer Tube. Als sie sie gefunden hatte, strich sie das Innenteil des Gegenstandes mit dem Inhalt der Tube ein. Daniel versuchte, sich dagegen zu wehren, als sie mit dem Gegenstand auf sein Gesicht zukam, aber durch dieses Narkotikum war es nur der Hauch einer Bewegung. Dann erkannte er es. Es war eine Nasenform aus Metall, innen mit zwei parallel nebeneinanderlaufenden, langen Röhrchen versehen. Während Lisa Daniel an seinen Haaren ein wenig zurückzog, schob ihm Rhonda das Metallteil in und über seine Nase. Es war kalt und unangenehm. Die Röhrchen schienen ein bisschen zu groß zu sein und spannten seine Nasenlöcher weit auf. Trotzdem schob sie die Röhrchen vorsichtig weiter bis zum Anschlag hinein, justierte herum, bis die Nasenform richtig saß und drückte sie ihm dann für eine Minute fest auf die Nase. „So, Stupsnäschen, Du wirst über diese Ding noch froh sein", frohlockte sie mit hinterlistigen Augen, „und Du wirst gleich merken, warum." Lisa hatte ein schwarzes Panzertape in der Hand, das sie von der Rolle ablöste und dann mehrfach um Daniels Kopf herum klebte. Sie versuchte bewusst, unter seinen Haaren zu bleiben, aber vorne den Mund voll abzudecken. Sie hielt das Band stramm und klebte es dann fest. Rhonda presste währenddessen mit einem harten Griff seine Kiefer fest zusammen und wartete, bis Lisa fertig war. Dann begann Caterina, seinen Kopf mit einer Paste einzureiben. Es roch nach einer Art Fett. Rhonda schaute interessiert zu und hielt die Maske in der Hand. „So fällt es leichter, die Maske zu spannen", erklärte sie ihm. Daniel konnte diese Prozedere nur hilflos über sich ergehen lassen. Es war ein hoher Preis für diese phantastische Nacht. Rhonda nahm die Maske und zog sie ihm über den Kopf. Sie hatte Augen- und Nasenöffnungen, aber keine Mundöffnung. Dann zog sie die Maske langsam mit Bändern am Hinterkopf zusammen. Im Spiegel sah Daniel, dass die Maske anatomische Konturen und richtige, weibliche Gesichtszüge aufwies. Wo keine Mundöffnung zu sehen war, befand sich stattdessen die optisch auffällige Kontur eines großen Schmollmundes. „Das hast Du davon. Hättest Du kein Doppelkinn, hätten wir diese Maske weglassen können!", witzelte Rhonda. Die Maske ließ sich sehr leicht spannen, weil sie bedingt durch das Fett ungehindert über die Haut glitt. Nach einiger Zeit des Schnürens zeichnete sich auch die neue Stupsnase sauber in dem Gummi ab. Rhonda band am Hinterkopf eine Schleife, als von der anfänglichen V-Form, in der die Enden der Maske anfangs zueinander standen, nur noch eine gerade Linie übrig geblieben war. Die Maske presste Daniels Gesicht nun fest zusammen und gab ihre Form als die eigentlich richtige vor. „Merkst Du jetzt, wie wichtig der Nasenformer ist?", grinste Rhonda. Tatsächlich konnte Daniel trotz dieser Enge unter der Maske problemlos atmen.

Lisa kam mit einem blauen Kleid und einem String Tanga. Sie kniff ihm fest in die Schenkel, damit er beide Beine nacheinander anhob, um ihm das Höschen überzustreifen. Dann zog sie es über die Strapse. Daniel fühlte, wie sich der String in die Rille legte. Caterina hatte einen Unterrock gefunden, der etwa halblang war, sich aber wie ein Petticoat stark weitete und damit dem später darüber liegenden Kleid einen größeren Durchmesser verleihen sollte. Sie übernahm die gleiche Strategie wie Lisa. Sie kniff Daniel so fest in die Schenkel, bis er vor Schmerz das Bein anhob und zog ihm den Unterrock an. Dann raffte Lisa das dunkelblaue Kleid darüber und schob hinten den Reisverschluss schon einmal soweit hoch, so dass es über der künstlichen Brust hielt. Rhonda schien noch nicht zufrieden. Sie hatte einen Nassrasierer und etwas Crème geholt und rasierte Daniel die Arme. „Um den Rest scheinst Du Dich ja gekümmert zu haben", sagte sie und meinte damit wohl, dass er sich regelmäßig an den intimen Stellen und an den Beinen rasierte. „Aber dunkle Haare möchte ich bei meiner neuen Assistentin grundsätzlich nicht mehr sehen, verstanden?". Sie sagte es in einem derart kommandierenden Ton, dass selbst die beiden Freundinnen verdutzt aufblickten.

„Nun kommt der große Augenblick", sagte Lisa und hatte eine fleischfarbene Maske in der Hand. Es war eine hochwertige Frauenmaske mit grünen Augen, fertig geschminkt, die Augen mit dunklem Kajal betont und mit echt wirkenden, angeklebten, langen Wimpern. Geschickt zog sie sie Daniel von vorne nach hinten über den Kopf und justierte so lange daran herum, bis sie sich ihrer Sache sicher schien, dass die sich die

Gesichtszüge der darunterliegenden Maske einwandfrei abzeichneten. Auf einmal sah Daniel nur noch durch kleine, grünliche Glaslinsen, die die Iris und die Pupillen perfekt abbildeten und tatsächlich wie echte Augen aussahen. Als er sich daran gewöhnt hatte, sah er kurz darauf im gegenüber stehenden Spiegel eine gefesselte, glatzköpfige Frau. Lisa fummelte an seinem Hinterkopf herum und zog dann einen Reisverschluss herunter, der erst am Ende einer langen Halsform endete. Die Maske hatte noch einige Korrekturschnüre, mit denen man die Maske entweder locker oder fester an den Kopf anlegen konnte. Lisa zog die Schnüre noch etwas fester, damit sich Konturen der gesichtsformenden, darunter liegenden Maske besser abbildeten. Erst dann war sie mit ihrer Arbeit zufrieden. „Wir müssen Deine neue Assistentin noch einmal hinsetzen", sagte Caterina und schob schon einen Stuhl mit Lehnen heran. Rhonda löste die Lederbänder, die Daniels Arme die ganze Zeit in weitem Abstand voneinander gehalten hatten, während ihre beiden Freundinnen ihn festhielten, um ihn danach auf den Stuhl zu setzen. Rhonda zog das Kleid endgültig hoch, schob seine Arme durch die Öffnungen der kurzen Puffärmel und brachte dann den Reisverschluss des Kleides in seine Endposition. Schnüre und Reisverschluss der Frauenmaske versteckte sie unter dem hochstehenden Kragen des dunkelblauen Kleides.

„Wo ist denn die Perücke mit dem roten Haar?" fragte Caterina, die in den Schränken herumwühlte. „Im linken Schrank ganz oben", erwiderte Rhonda, „ich habe sie schon gebürstet. Du brauchst sie nur einmal kräftig zu schütteln. „Oh, ist das Naturhaar?" fragte Caterina, die die Perücke gefunden hatte. „Ja, ist es", antwortete Rhonda grinsend „Die war richtig teuer! Aber ich wollte einfach eine hochwertige Qualität, damit es echt wirkt." Mit diesen Worten zog Rhonda die rote, lockige Haarpracht der glatzköpfigen Frau über den Kopf. Daniel fühlte das lange Haar auf seinen Schultern. So muss es sich also anfühlen, wenn man lange Haare hat, dachte er und zwang sich, endlich mal eine effektive Abwehrreaktion zu starten. „Gib Dir keine Mühe", feixte Rhonda, die seinen Versuch bemerkte. „Das Mittel wirkt noch eine Weile. Wie Du merkst, hat es durchaus Vorteile, wenn man sich in der Medizinbranche gut auskennt.

Man kann alles für sich nutzen." „Meinst Du nicht, wir sollten noch Maßnahmen ergreifen, damit er sich nicht wieder auszieht?", überlegte Lisa. „Ja, sollten wir. Und zwar so lange, bis er von seiner neuen Rolle überzeugt ist", stimmte Rhonda sofort zu. „Was hältst Du hiervon?" fragte Caterina und hob einen schwarzen Lederhandschuh in die Höhe. „Genau das richtige, damit kann er trotzdem seine Aufgaben wahrnehmen." Rhonda grinste, weil Caterina den Handschuh hochhielt, als hätte sie gerade eine einmalige Entdeckung gemacht. Es war ein einzelner, sehr langer, schwarzer Lederhandschuh mit Schnallen, der beide Arme gleichzeitig aufnehmen konnte und der in einem Fäustling endete. Die Frauen legten Daniel bäuchlings auf das Bett und zogen seine Arme nach hinten. „Wir haben die Maniküre vergessen", rief Lisa. Sie holte schnell ein Etui und begann, seine Nägel zu feilen. Caterina klebte direkt im Anschluss daran künstliche, rote Findernägel auf, so dass sie schnell mit der Arbeit fertig waren. „Auch wenn man es gleich nicht zu sehen bekommt, soll es doch wenigstens perfekt sein. Wenn schon, denn schon!", argumentierte Caterina stolz und besah sich ihr Werk. Dann zogen sie ihm die Arme wieder nach hinten und stopften beide Hände in den Handschuh. Was soll das bloß, fragte sich Daniel, der noch nie mit so einer Fesselung konfrontiert worden war. Gab es denn keine zwei Handschuhe? Gab es nur eine Öffnung? Was Daniel nicht glauben wollte, bestätigte sich. Der Handschuh war tatsächlich für beide Arme gleichzeitig vorgesehen und hatte ausschließlich die Funktion, seinen Träger zu immobilisieren. Er wurde bis an die Schultern hochgezogen und dann mit Schnallen am Hals fixiert. Doch das war noch nicht alles. An dem Handschuh mussten der Länge nach Schnüre und Ösen befestigt sein, die Daniel aber so nicht sehen konnte. Lisa, die wohl die Schnürspezialistin zu sein schien, begann die Schnüre langsam von unten nach oben zusammenzuziehen. Daniel wurde bei jedem Ziehen der Schnüre noch einmal mehr gezwungen, seine Schultern weiter nach hinten in eine unnatürliche Haltung zu bringen, damit Lisa ihr Werk vollbringen konnte. Bald hatte sie die Ellbogen erreicht. Reichte das denn nicht? Seine Arme begannen, in der zusammengezogenen Position zu schmerzen. Aber es schien nicht so, erst als es für Lisa nicht mehr weiter ging und die Schulterblätter sich seinem

Gefühl nach fast berührten, hatte das brutale Zusammenziehen ein Ende. Daniel musste die Ellbogen nach innen knicken, um die Haltung ein wenig zu entspannen und damit es nicht zu sehr schmerzte. Lisa hatte einfach aus zwei Armen einen gemacht. Bis über die Ellbogen hinaus gaben beide Arme nun eine parallele Linie ab. Er wusste, so war er absolut hilflos. Er konnte höchstens in diesen Stiefeletten herum tippeln, zudem war es völlig unmöglich, eine Tür öffnen. An eine Flucht war so jedenfalls nicht zu denken. Aber es war von seinen Gastgeberinnen auch so gewollt.

Die erste Aufgabe

„Die Wirkung sollte nun nachgelassen haben", bemerkte Rhonda, die auf ihre Uhr schaute, „stellen wir ihn doch mal auf die Beine". Zu dritt drehten sie Daniel auf dem Bett auf den Rücken, ließen ihn nach vorne an die Bettkante rutschen, bis die Füße den Boden erreichten, um ihn dann mit einem Ruck in die stehende Position zu bringen. Daniel stand tatsächlich, Rhonda hatte Recht. „Und jetzt noch die Schürze", sagte Caterina und band ihm eine weiße Schürze um. Daniel konnte sich in dem großen Spiegel sehen, sah aber nur vier Frauen. Eine davon war er. Oh Gott! Du bist tatsächlich die große Rothaarige, dachte Daniel. Die drei Freundinnen führten ihn zu dem Spiegel, damit er sich besser betrachten konnte. Besonders sein künstliches Gesicht erwies sich als absolut lebensecht, ein Wunderwerk eines Maskenbildners. Nur mangels Mimik hatte es etwas Puppenhaftes. Dies traf die Beschreibung seines neuen Äußeren auch am Besten. Mit fantasievoller Kleinarbeit und einem unbestrittenen Hang zur Perfektion hatten ihn seine Gespielinnen in ein weibliches Pendant verkleidet. Und mit Puppen spielte man. Seine Rolle hatten sie eindeutig definiert, ab sofort hatte er die Aufgabe eines Dienstmädchens zu übernehmen, einer lebendigen Barbie, die schweigend Befehle entgegen nahm. Es lag auch nicht mehr in seiner Macht, mit zu bestimmen, wann diese drei Medusen mit ihrem Puppenspiel aufhören wollten.

„Siehst Du, so einfach geht das. Vor ein paar Stunden noch ein Alpha Männchen, das gleich drei Frauen glücklich machen kann und jetzt ist es eine von uns.", lachte Rhonda, die beeindruckt neben ihm vor dem Spiegel stand, „von nun an hörst Du auf den Namen Natalie. Und wenn Du die Probezeit schaffst, wird es für immer Dein Name werden. Wie Du siehst, ist es eigentlich gar nicht so schwierig, eine Frau zu werden." Rhonda war von ihrem Werk begeistert. „Das ist doch der richtige Augenblick, gemeinsam anzustoßen. Was meint ihr?", fragte Caterina. Sie holte eine Art Brett aus einem der Schränke. Es war ein Tablett, das an einer Seite abgerundet war.

Daran waren zwei Kettchen befestigt, die am anderen Ende wiederum mit einem breiten Lederhalsband verbunden waren. „Meinst Du, Natalie sollte jetzt schon mit ihrem Job anfangen?", fragte Lisa, die eher einen etwas genervten Eindruck machte. „Ist das nicht ein bisschen zu viel verlangt?" „Wir haben relativ wenig Zeit, Natalie ihre Aufgaben so beizubringen, dass sie sie perfekt für uns erledigt. Und dann will Rhonda Natalie ja auch noch für andere Aufgaben ausbilden." Caterina schien es mit dem Feiern eilig zu haben. „Damit hast Du dann wohl recht!", stimmte Lisa ihr zu. Caterina legte Daniel das Tablett an, indem sie die Schnallen, die zum Tablett gehörten, auf dem Rücken befestigte, die gerundete Seite umfasste dabei seine geschnürte Taille. Danach befestigte sie das breite Halsband. Es war so breit, dass er kaum mehr die Chance hatte, nach unten zu schauen. Er würde vorausschauend gehen müssen. „Gehen wir in den Salon", beschloss Rhonda, „das ist wirklich eine kleine Feier wert." Ihre Freundinnen halfen Daniel dabei, aus dem Zimmer zu gehen und führten ihn vorsichtig zu einem Aufzug, den er bislang noch gar nicht bemerkt hatte. Daniel hatte Mühe, durch die kleinen farbigen Linsen überhaupt etwas zu sehen. Unten im Erdgeschoss angekommen bemerkte er, dass es ihn überall schmerzte: Da waren dass eng anliegende Korsett, das ihm nur wenig Atmung zugestand, die Stiefeletten mit den hohen Absätzen, in denen seine Füße eingezwängt laufen mussten und die enge Gummimaske, die unter der Frauenmaske sein Gesicht zusammen presste, neu formte und für ein schweißtreibendes Unterfangen sorgte. Last not least war da noch der Monohandschuh, der ihm zusätzlich eine völlig hilflose, nach hinten gezwungene Haltung abrang und bei der die großen Silikonbrüste noch mehr zur Geltung kamen als es ohnehin schon der Fall war. Sie gingen an dem großen Spiegel in der Halle vorbei. Auf einmal waren Spiegel für Daniel interessant, er hatte den letzten Abend in dem Haus so gut wie gar nicht darauf geachtet. „Gefällst Du Dir, Natalie?", fragte Rhonda schnippisch und blieb mit ihm und ihren Gefährtinnen vor dem großen Spiegel in der Eingangshalle stehen. Er hatte keine Chance zu antworten, da die Gummimaske, unter der die Frauen ihm zudem noch den Mund mit Panzerband verschlossen hatten, die Kiefer fest zusammenpresste. Nur ein leises „Mmmh, Mmmh" brachte er heraus. Die Drei grinsten. Daniel war verwirrt über diese Frage. Das neue Äußere wirkte wie echt. Er gefiel sich ja schon irgendwie, weil er diesen Typ Frau, den er selbst ausgesucht hatte, ja eigentlich attraktiv fand, aber er wollte gar nicht in dieser Situation sein. Hätte man ihn gefragt, hätte er dieses Feminisierungsspiel auf jeden Fall als unmännlich abgelehnt. Nun war er Opfer eines ausgeklügelten Hinterhalts und musste auf ein baldiges Ende hoffen. Er sah tatsächlich aus wie eine hübsche junge Frau, so wie eine aus diesem Dreier-Team. Die weiblichen Proportionen stimmten. Korsett und Auspolsterungen bestimmten seine Kurven. Er war nur etwas größer und kräftiger als die Drei.

Sogar das hochgeschlossene Kleid, das die vom Korsett vorgegebenen Konturen zusätzlich betonte, dass sie weiblich wirkten, passte perfekt. Das er unter der Maske schwitzte und litt, sah man seinem freundlich wirkenden Puppengesicht nicht an. Es war perfekt geschminkt, hatte ausdrucksvolle, große, grüne Augen und einen dicken, roten Schmollmund. Es hatte eben nur immer den gleichen, freundlichen Gesichtszug. „Genug bewundert", sagte Rhonda, „Lisa, nimmst Du Natalie mit in die Küche?" Lisa zog Daniel an dem Chromring, der am Ende des Handschuhs angebracht war, mit in die Küche, während die anderen beiden Frauen durch den Salon auf die Terrasse gingen. Lisa stellte drei Sektgläser auf Daniels Tablett ab und holte eine Flasche Champagner aus dem großen Kühlschrank. Sie öffnete sie gekonnt mit einem leichten „Plopp" und füllte die drei Gläser. „So", erklärte sie, „ab jetzt beginnt Dein neuer Job. Und verschütte nichts, ansonsten werde ich Dich persönlich mit einer Siebenschwänzigen durchpeitschen. Hopp, hopp. Ab die Post, mein Schatz." Daniel bemühte sich, möglichst wenig wankend in den Salon zu gehen, während Lisa die Champagnerflasche verschloss und in den Kühlschrank zurückstellte. Er konnte nur ahnen, dass etwas auf dem Tablett stand. Schließlich war er gezwungen, durch den einarmigen Handschuh und das breite Halsband den Kopf etwas nach oben zu tragen. „Na, da kommt ja mein neuer Liebling", rief Rhonda stolz, die bereits mit Caterina auf der Terrasse an einem Tisch saß, „und wie sie sich bemüht, dass sie nichts verschüttet." Lisa war hinzugekommen und nahm die Gläser von dem Tablett. „Auf Dein Werk, Rhonda!", prostete sie Rhonda zu. Die

Drei hoben die Gläser, prosteten sich zu, während Daniel hilflos dabei stehen musste. „Willst Du uns nur mit einem Glas abspeisen, Lisa?", fragte Caterina bereits nach kurzer Zeit. Lisa grinste. Sie wusste, was Caterina meinte. Sie ließ es sich nicht zweimal sagen, drehte sich um und zog Daniel hinter sich her wieder zurück in die Küche. Dort holte sie die Champagnerflasche aus dem Kühlschrank und stellte sie diesmal auf sein Tablett. „Bleib immer in unserer Nähe, damit wir uns jederzeit bedienen können!", lautete ihre unmissverständliche Anweisung. Dann ging sie wieder zu den Anderen. Daniel konnte ihrem zügigen Gang nicht folgen und ging mühevoll balancierend in kleinen Schritten hinter ihr her. Lisa war bereits wieder bei ihren Freundinnen auf der Terrasse und setzte sich zu ihnen an einen großen Holztisch. Sie lachten und scherzten. Es war ein sonniger, warmer Tag, aber Daniel litt sofort darunter, weil sich unter seiner Maske die Hitze staute. „Stell Dich besser dort in den Schatten, da bleibt auch der Champagner länger kühl", sagte Rhonda mitleidig und wandte sich wieder ihren beiden Freundinnen zu. Daniel tippelte in den Schatten, der von einem nahe stehenden Baum verursacht wurde und wartete dort. Er wusste nicht, was er machen sollte. Wenn er weglaufen würde, würde man ihn mit diesen Stiefeletten nach kürzester Zeit wieder einfangen. Diese verdammten, hinterlistigen Weiber, dachte er. Sie hatten ihm eine heiße Nacht gegönnt und ihn dann mit einem ziemlich einseitigen SM Spiel überrumpelt. Und jetzt musste er sich Natalie nennen lassen und kam aus diesem Dilemma nicht heraus, zumindest erst mal nicht. Am Meisten ärgerte er sich über Rhonda, die die Sache eingefädelt hatte und sich nun an seiner Hilflosigkeit weidete. Sein Bauchgefühl hatte es ihm frühzeitig unter die Nase gerieben, mit ihr stimmte etwas nicht. Aber nein, er musste ja sofort ihrer Schönheit verfallen und alle Warnungen in den Wind schießen. Daniel entschloss sich schließlich, strategisch an die Sache heranzugehen und auf seine Chance zu warten.

Rhonda winkte mit ihrem leeren Glas. Sollte er sich nun auf den Weg machen? „Ich wiederhole das nicht nochmal, Natalie!", rief sie mit kalter Stimme. Langsam stöckelte er zu ihr hin. Sie nahm wie selbstverständlich die Flasche vom Tablett, bediente sich und goss auch den anderen etwas nach, dann stellte sie die Flasche wieder zurück. „Danke, Natalie", sagte sie freundlich, wandte sich aber sofort wieder den Anderen zu. „Wie hast Du es nur hingekriegt, dass Natalie eine derartige Traumtaille bekommen hat?", wunderte sie sich. Lisa schüttelte ungläubig den Kopf. Sie konnte es selbst kaum glauben, obwohl sie die Schnürung ja selbst vollendet hatte. „Ich habe unserer gemeinsamen Freundin in Ostdeutschland, die unsere Korsetts fertigt, ziemlich genaue Daten gegeben, teilweise auch mit Fotos dokumentiert, so wie Du gesagt hast. Wir haben uns dann zusammengesetzt und die Bilder anhand der Größenangaben ausgewertet. So war es möglich, eine exakte Passform zu schneidern. Dann habe ich, ehrlich gesagt, ein wenig geschummelt und bei der Taillenangabe einfach nochmal fünf Zentimeter abgezogen." Die Freundinnen lachten laut auf, Rhonda stimmte mit ein. „Wartet ab, wenn Natalie zehn Kilo abgenommen hat, können daraus nochmal locker fünf bis sieben Zentimeter gewonnen werden. Deshalb sollten wir uns auch strikt daran halten, dass sie ihre Diät beibehält." Caterina wandte sich im herrscherischen Ton an Daniel: „Natalie, geh bitte wieder in den Schatten. Der Champagner wird sonst warm."

Auf dem Rückweg in den Schatten passierte es, Daniel stolperte etwas und die Flasche fiel vom Tablett in einen Blumenkübel, der in dem Augenblick direkt neben ihm stand, den Fall der noch halbvollen Flasche aber glücklicherweise aufhielt. Lisa sprang auf und rettete sie, bevor ihr Inhalt auslaufen konnte. Rhonda fuhr sich durch die Haare. „Ich hole die Reitgerte", sagte sie. „Und am besten auch gleich die Fernbedienung!", rief Caterina. Rhonda kam nach kurzer Zeit mit der Reitgerte und der Fernbedienung zurück. „Natalie, komm bitte her!", befahl sie mit ernster Stimme. Ich bin doch nicht verrückt, dachte Daniel. Was bildete sich diese Frau eigentlich ein, das konnte sie doch ihm nicht …. Ein Schmerz durchfuhr seinen ganzen Körper. Daniel konnte sehen, dass Rhonda mit einem Gegenstand auf ihn zielte. Wieder durchzuckte ihn ein Schmerz. Es kam auf ihn zu wie ein kurzer, heftiger Blitzschlag. Der Schmerz kam aus dem Inneren seines Körpers und rührte von dem Metalldildo her, den ihm Lisa in den Anus geschoben hatte. Rhonda konnte ihn über eine

Fernbedienung aktivieren und damit Überzeugungsarbeit leisten. Tatsächlich, Lisa erwähnte ja den neuen Befehlsgeber. „Natalie, komm bitte her!", befahl Rhonda noch einmal, aber diesmal in einem noch schärferen Ton. Langsam tippelte Daniel zu ihr hin. „Leg Dich vorne über auf den Tisch!", forderte sie ihn auf. Caterina schien außer sich und drückte ihn – bevor er überhaupt reagieren konnte – bäuchlings auf den Tisch. Sie hob sein Kleid an und schob mit flinken Fingern das Höschen herunter, auch wenn es wegen des Strings nicht wirklich störte, aber er sollte so nicht weglaufen können. Das Höschen mit der eingebauten Vagina ließ sie, wie es war. Es war allerdings auch nicht nötig, seine Pobacken lagen auch bei diesem Höschen frei. Rhonda kam nun hinzu und sagte: „Halt still, für Deinen Ungehorsam bekommst Du zwanzig Peitschenhiebe." Dann begann sie mit einem festen Schlag, während die beiden Freundinnen mitzählten: „1 – 2 – 3 – 4 -…!" Rhonda ließ sich Zeit. Sie holte weit aus und traf mit der Gerte voll auf seinen Hintern. Der Schmerz war heftig, und wie schon bei den beiden Stromschlägen konnte Daniel wegen der sehr engen Maske nur ein leises „Mmmh, Mmmh" von sich geben. Die Laute wurden zwar aufgrund der zunehmenden Schmerzen immer länger, trotzdem blieben sie nur leise hörbar. Rote Striemen bildeten sich auf der Haut. Bei zehn rief Caterina: „Lass mich auch mal ran! Ich glaube, ich weiß jetzt, warum Du immer so gerne die Abschläge beim Golf übst." „Warum nicht", lachte Rhonda über Caterinas etwas skurril anmutenden Vergleich und trat einen Schritt zurück. „Aber dann solltest Du auch mit der siebenschwänzigen Peitsche arbeiten, schließlich ist das Deine Spezialität." Caterina lief hinein und kam nach kurzer Zeit mit ihrer Peitsche zurück. Daniels Hinterteil brannte immer noch. Dadurch, dass das Korsett bis über den Po ragte, hatte ihn Rhonda absichtlich immer unterhalb getroffen. Nun war Caterina an der Reihe: „11-12-13-14-…!" Der Schmerz war noch gemeiner als der mit der Gerte. Daniel hatte das Gefühl, dass ihn mehrere Gerten gleichzeitig an verschiedenen Stellen trafen. Jeder Schlag kündigte sich mit einem leichten Pfeifen der herunter schnellenden Riemen an. Bei zwanzig atmete Daniel auf, seine Haut brannte nun überall wie Feuer. Doch er hatte sich geirrt, denn die beiden Freundinnen, die ihr Werk bereits vollendet hatten, schauten Lisa an und hofften, dass auch sie nun auch auf den Geschmack gekommen sein müsste. „Meinst Du nicht, Natalie sollte jetzt noch zehn Schläge mit dem Paddel haben?", fragte sie Rhonda. Lisa nickte, obwohl ihr Daniel leid tat. Sie hatte die gemeinsame Nacht sichtlich genossen. Schon deswegen fiel es ihr schwer, ihn leiden zu sehen. „Na gut, dann hol ich mal mein Paddel". Sie verschwand mit schnellen Schritten im Haus. „Natalie, Deine Strafe wird mit sofortiger Wirkung auf dreißig erhöht. Am besten bleibst Du noch in dieser Position." Rhonda hatte gut reden, Daniel konnte sich vor Schmerzen und Demütigung kaum noch bewegen. Auch Lisa war schnell mit ihrem Paddel zurück. „21 – 22 – 23 – 24 - ...!" Es war jedes Mal ein harter, trockener Schlag, verbunden mit einem lauten Klatschen, den Lisa mit diesem Paddel verursachte. Endlich hatten die Frauen bis auf dreißig durchgezählt. „So, Natalie. Nun weißt Du, was Dir blühen kann, wenn Du Deinen Job nicht konsequent ausführst. Das hier war eine kleine Kostprobe. Wie Du auch siehst, kannst Du Dich bei keinem von uns lieb Kind machen. Jede von uns hat das Recht, Dich zu bestrafen. Und jetzt stell Dich wieder drüben in den Schatten." Lisa ordnete das Höschen und zog das Kleid über Daniels heftig schmerzenden Po. Alle anderen Schmerzen, die er durch diese restriktive Frauenkleidung erdulden musste, waren auf einmal vergessen. Er erhob sich langsam und das Tablett, auf dem er während der Bestrafung gelegen hatte, fiel wieder in seine ursprüngliche Stellung zurück. Lisa stellte die Champagnerflasche wieder auf das Tablett und befahl kurz und scharf: „Ab!", und gab Daniel einen leichten Klaps auf den wunden Hintern. Daraufhin tippelte er mit der ganzen schmerzhaften Erfahrung, die er gerade gemacht hatte, wieder in die schattige Ecke und schaute von dort aus dem Geschehen zu. Er konnte sich im verspiegelten Glas der Fenster betrachten. Er sah unverändert hübsch aus.

Endlich frei?

Rhonda, Lisa und Caterina verbrachten den ganzen Tag auf der Terrasse. Sie diskutierten über Produktionsabläufe und Preislisten, die sie an einem roten Sony Laptop, der Caterina zu gehören schien, kalkulierten. Um nicht nochmal ausgepeitscht zu werden, ging Daniel von allein zu dem Tisch, wenn die Gläser der drei Frauen leer waren. „Das ist sehr aufmerksam von dir, Natalie", sagte Rhonda freundlich. Auch die Anderen bedankten sich höflich, wenn er mit der Champagnerflasche um den Tisch herumkam. „Das hätte ich nicht gedacht", sagte Caterina, „Natalie lernt ziemlich schnell."

Es wurde Abend und Rhonda bemerkte: „So, das reicht für heute." Sie hatten sich den ganzen Nachmittag mit ihrer Arbeit beschäftigt. Lisa führte Daniel hinein und sagte: „So, jetzt wollen wir Dich mal aus Deinem hübschen Gefängnis befreien." Sie ging mit ihm zu dem Aufzug und fuhr mit ihm nach oben, um ihn dann ihn in sein Zimmer zu steuern. Dort begann sie, den einarmigen Handschuh zu lösen. Dann öffnete sie den Reisverschluss des Kleides und ließ es herabfallen. Sie zog die Perücke ab und drapierte sie über einen Glaskopf, den Caterina im Schrank stehen gelassen hatte, als sie die Perücke am Morgen herausholte. Danach löste sie die Frauenmaske, öffnete die Schnüre der darunter liegenden Gummimaske und auch die Schnüre des Korsetts. „So", sagte sie, „den Rest kannst Du selbst machen. Ich hole Dir inzwischen etwas zu essen und zu trinken." Daniel lag wie paralysiert auf dem Bett und versuchte, seine Arme zu bewegen, die beinahe den ganzen Tag fest und ohne eine Bewegungsmöglichkeit auf dem Rücken im Handschuh gesteckt hatten. Erst nach etwa zehn Minuten fühlte er, dass er sich wieder bewegen konnte. Das Blut kroch wieder in seine Adern und löste ein starkes schmerzhaftes Kribbeln in seinen Armen aus. Er stöhnte, als die Blutzirkulation langsam wieder anlief. Als der Schmerz nach etwa zehn Minuten nachließ, begann er, die Gummimaske abzustreifen. Dann suchte er mit den langen, roten Fingernägeln nach den Enden des Klebebandes und zog es ruckartig Stück für Stück von seinem Mund ab. Endlich konnte er freier atmen. Langsam zog er die Schnüre des Korsetts auf, während er bäuchlings auf dem Bett lag. Er bemerkte, wie sich sein Körper wieder ausdehnte und fühlte den Schmerz, den das Lösen auf einmal auslöste. Endlich hatte er sich aus seinem Gefängnis befreit, stand auf, ging langsam zum Spiegel und betrachtete sein völlig verschwitztes Gesicht. Mein Gott, dachte er, war das eine Tortur. Was sollte er nun tun? Sofort verschwinden? Er entschloss sich, erst einmal zu duschen und sich etwas zu entspannen, um wieder zu Kräften zu gelangen. Im Bad vor dem Spiegel versuchte er, die Metallnase loszuwerden. Er zog und drehte daran, so gut es ging, aber sie hielt bombenfest. Nach einigen vergeblichen Versuchen kapitulierte er für das Erste, dazu würde er schon eine Lösung finden. Er stellte sich unter die Dusche und wusch sich ausgiebig. Als er fertig war und sich mit einem Handtuch abtrocknend zurück in das Zimmer kam, stockte er. Während er unter Dusche stand und sich das Wasser über den Körper laufen ließ, musste Lisa noch einmal im Zimmer gewesen sein. Sie hatte ein Tablett mit Essen und zwei große Flaschen Wasser auf den Tisch neben sein Bett gestellt. Okay, dachte er, erst essen, dann denken. Er schlang das Essen herunter, das tatsächlich nach Diät schmeckte. Es war mit indischen Gewürzen verfeinert und bestand hauptsächlich aus verschiedenen Gemüsesorten, die er nicht wirklich identifizieren konnte, aber immerhin, es schmeckte. Dazu gab es ein großes Glas mit frisch gepressten Ananas Saft. Nach dem Essen trank er mit einigen großen Schlucken innerhalb kurzer Zeit das Wasser einer der 1,5 Liter Flaschen leer. Endlich konnte er wieder klarer denken. Doch ein kurzer Blick auf seine roten, langen Fingernägel verriet ihm, dass er da noch ein weiteres Problem zu lösen hatte. Also suchte er wieder nach seinen Kleidern, fand aber in den Schränken wiederum nur die ihm schon bekannten Frauenkleider, Dessous und hochhackigen Schuhe oder Stiefel. Heißes Zeug, dachte er und pfiff leise durch die Zähne und betrachtete einen der blauen Lackstiefel genauer. Da verstand sich jemand sehr weiblich zu kleiden. Genau der Geschmack, den Männer seiner Meinung nach am liebsten mochten, weiblich und sexy. Das musste er seinen drei Entführerinnen lassen. Sie waren zwar eigenwillige Psychopatinnen, aber sie waren zumindest äußerst erotische und gut aussehende Psychopatinnen. Man konnte sich natürlich auch die Frage stellen, ob diese beiden Faktoren nicht grundsätzlich in irgendeinem Zusammenhang standen. Trotz allem hätte seine Gefangennahme durchaus nachteiliger für ihn ausfallen können, aber letztendlich half ihm diese Feststellung auch nicht, wenn die Drei nicht bald mit sich reden ließen.

Er stöberte einen antik aussehenden, weißen Nachtmantel auf, der allerdings neu und mit vielen Rüschen versehen war. Besser als nichts, befand Daniel und zog ihn erst einmal über. Der Mantel passte. Dann ging er zum Fenster und stellte fest, dass es von außen vergittert war. Es war ihm gestern am späten Abend gar nicht aufgefallen. Auch die Tür, durch die er Rhonda in der letzten Nacht auf die Terrasse gefolgt war, ließ sich nicht mehr öffnen und war ebenfalls vergittert. Daniel lief hektisch zur Zimmertür und fand sie ebenso verschlossen vor. Er rüttelte fest daran, aber die Tür war stabil und saß fest im Schloss. Die Frauen hatten ihn eingesperrt. Wütend und müde vor Schmerz ließ er sich auf das Bett sinken. Er ließ nur eine Lampe im Raum an und legte seinen Kopf auf das mit Rüschen verzierte Kopfkissen. Er wollte nachdenken, was zu tun sei, aber bereits nach kurzer Zeit fühlte er einen Lufthauch im Zimmer, wurde schnell müde und schlief ein.

Daniel wurde wieder wach, als Licht durch die Fenster schien. Trotz seiner Situation musste er die Nacht tief und fest geschlafen haben. Ein Frühstück mit Tee stand neben seinem Bett. Es war alles aufgeräumt, also war jemand vor Kurzem hier im Zimmer. Er war überrascht, dass er davon nicht wach geworden war.

Gerade als er den letzten Bissen gegessen hatte, verfiel er wieder in diese Starre, die er bereits von gestern kannte. Er wehrte sich mit allen Kräften, trotzdem war er nach einigen Sekunden wieder völlig wehrlos, aber hellwach.

Kurz darauf kamen Rhonda, Lisa und Caterina in das Zimmer und brachten eine Tasche mit. Ohne dass er sich dagegen wehren konnte, zogen sie ihm den gerüschten Mantel aus und wieder als Natalie an. Nein, schon wieder dieses Korsett und dieser Slip mit dem Metalldildo, fluchte er schweigend. Mit einem sanften Lächeln auf dem Gesicht zog ihm Lisa wieder die Gummimaske über den Kopf, nachdem sie seinen Mund mit schwarzem Panzertape verschlossen und seinen Kopf wieder mit der Paste eingerieben hatte. Am Ende setzte sie ihm die Perücke mit den roten Haaren auf, nur dass sie die Haare hinten mit einer großen, dunkelblauen Schleife leicht zusammenband. „Guten Morgen, Natalie", fing Rhonda mit freundlicher Stimme an zu reden. „Du musst uns heute einen großen Gefallen erweisen. Wir erwarten heute Nachmittag Geschäftsfreunde. Würdest Du für uns den Service mit den Getränken übernehmen? Da wir auch nicht möchten, dass Du Dich hier wie eine Sklavin fühlst, werden wir Dir die Arme nicht wie gestern auf dem Rücken festbinden. Du kannst Dich ganz normal unter den Gästen bewegen und niemand wird wissen, wer Du wirklich bist." „Heute Vormittag müssen wir aber Geh- und Gestikübungen mit Dir trainieren. Du sollst Dich ja bewegen wie eine richtige Frau", ergänzte Caterina und grinste schelmisch. „Und heute Abend werden wir uns dafür revanchieren, dass wir gestern so gemein zu Dir gewesen sind. Was sagst Du?", schloss Lisa die heutige Planung mit fragendem, aber leicht lüsternen Blick ab. Daniel konnte zustimmend nicken, weil die Wirkung des Narkotikums nur langsam nachließ. Gute Idee, dachte er, bloß nicht nein sagen. Daraus würde sich sicherlich eine Gelegenheit ergeben, um endlich von hier abzuhauen. Er beschloss, noch dieses eine SM-Spielchen der Frauen mitzumachen, das sie scheinbar für ihr Seelenheil brauchten. Wenn er seine Rolle perfekt wahrnehmen würde, konnte er diese drei Sadistinnen in Sicherheit wiegen, so dass sie ihn möglicherweise für einen entscheidenden Moment aus den Augen ließen. „Prima!", rief Rhonda, „wir danken Dir für Dein Entgegenkommen. Du wirst bestimmt viel Spaß haben, heute kommen viele nette Leute."

Diesmal trug Daniel exakt das Kleider- und Schuhdesign der drei Freundinnen. Wieder war seine Kleidung blau, die der Frauen weiß, rot und schwarz. Sie schienen ihn in ihre dunkle Gesellschaft aufgenommen zu haben.

Rhonda zupfte noch einmal an Daniels roter Perücke, damit die lockige Haarpracht unter der großen Schleife auch voll zur Geltung kam und ging dann mit ihm hinunter. Diesmal nahmen sie die Treppe und Lisa erklärte ihm, wie er als Frau diese Treppe zu gehen hätte. „Nicht so übertrieben", erklärte sie, „Du musst einfach selbstverständlich über eine leicht drehende Hüfte die Treppe hinunter schwingen." Gar nicht so einfach bei diesen Absätzen, dachte Daniel nur. Aber nach vier oder fünf Versuchen war Lisa zufrieden. „Super!", rief Caterina ebenfalls begeistert und klatschte in die Hände. „Besser könnte ich das auch nicht machen." Auf der Terrasse übten die Frauen mit Daniel das Gehen. „Einen Fuß genau vor den anderen setzen und leicht mit den Hüften schwingen, so wie ein Model über den Laufsteg läuft", erklärte Rhonda. Diese Übung dauerte wesentlich länger, immer wieder hatten die Drei etwas zu bemängeln. Teilweise waren sie sich auch nicht ganz einig und so gab es eine Variante à la Lisa und à la Rhonda. Lisa musste Rhonda erst einmal überzeugen, dass ein Gang mit einem edwardianischen Korsett in Model Manier gar nicht möglich war, da die Hüften ja nach hinten geschoben wurden. Am Ende waren aber alle begeistert. „Zauberhaft!", rief Rhonda vergnügt, „ was meint ihr, Mädels, habe ich euch zu viel versprochen?" Alle lachten. „Und nun zu Deinen Aufgaben heute Nachmittag", erklärte sie ihm im sachlichen Ton die Tätigkeiten für den Besuch der Gäste, „ich sagte ja, dass Du für die Getränke zuständig sein wirst, nur wirst diesmal ganz normal ein Tablett mit Deinen Händen tragen. Die Getränke findest Du im Kühlschrank und im Weinkühlschrank, die Gläser zu jedem passenden Getränk stehen daneben im großen Holzschrank. Du kannst Bestellungen entgegennehmen und nicken, wenn Du sie verstanden hast. Ich lege Wert auf einen guten Service und auf die Zufriedenheit meiner Gäste. Es ist also wichtig, dass Du ihnen die Wünsche von ihren Gesichtern abliest. Ist das Glas eines Gastes leer, kommst Du nach Möglichkeit gleich mit einem neuen." „Das Essen und die Snacks übernimmt ein Catering Service, darum brauchst Du Dich nicht zu kümmern", ergänzte Lisa. Rhonda verpasste Daniel einen dicken Kuss auf die gummierte Wange, den er aus dem Grund kaum spürte. „Danke, Natalie. Toll, dass Du uns hilfst.", und nestelte ihm noch liebevoll eine kleine, weiße Haube in sein rotes Haar, um seine Rolle als weibliche Bedienung vor den Gästen zu manifestieren. Rede Du nur, dachte Daniel, heute Abend bin ich hier weg. Ihre konsequent durchzogenen Natalie Spielchen ging ihm langsam auf die Nerven.

Gegen 14.00 Uhr erschienen die Gäste. Daniel bekam noch eine kleine, weiße Schürze um und stand nun mit Rhonda an der Tür, wo er die Mäntel der Gäste entgegen nahm. „Dies ist meine neue Assistentin Natalie", stellte sie ihn bei ihren Gästen vor. Es waren alles Frauen, die zu Besuch kamen. Alle gaben ihm bei seiner Vorstellung völlig selbstverständlich die Hand. „Gott, ist die süß. Freut mich, Dich kennenzulernen, Natalie", sagte eine attraktive Frau um die vierzig. Rhonda hatte Daniel noch beigebracht, wie man einen Knicks machte und so machte er jedes Mal einen Knicks, wenn ihm die Besucherin die Hand gab oder ihm ihren Mantel überreichte. Rhonda war schier begeistert.

Dann auf einmal gab es wildes Gekreische. Rhonda und eine Frau mittleren Alters fielen sich freudig in die Arme. Die Frau hatte einen leicht dunklen Teint. „Das ist Frau Dr. Martinez aus Estoril", erzählte sie fröhlich, „wir arbeiten seit einigen Jahren zusammen und sind seitdem dicke Freunde. Komm her, Natalie. Es ist eine Ehre, diese Frau kennenzulernen." „Das ist also Deine neue Assistentin", sagte Frau Dr. Martinez bewundernd, „sie ist wirklich sehr hübsch. Es freut mich, Dich kennenzulernen. Rhonda hat mir schon heute Morgen am Telefon von Dir erzählt und ist der Meinung, dass Du Dich schon nach kurzer Zeit sehr gut eingelebt hast." Rhonda strahle, als Daniel ihr die Hand gab und einen Knicks machte. „Bravourös, wirklich", lobte Frau Dr. Martinez, „ich hoffe, dass Du mich bald in Estoril besuchen kommst. Weißt Du, Rhondas Freunde sind auch meine Freunde. Ich würde mich freuen, wenn ich Dir etwas Gutes tun kann." Inzwischen war Lisa dazugekommen und begrüßte die Doktorin, „Hallo Matilda. Ist ja toll, Du hast es tatsächlich geschafft." Daniel erinnerte sich, dass Rhonda ihm von schon ihr erzählt hatte. Sie wäre eine bekannte Schönheitschirurgin, die die

Lasertechnologie für ihre Operationen einsetzt, hatte sie ihm erklärt. Irgendetwas in der Art musste es gewesen sein. Dann wandte er sich mit Rhonda wieder der Tür zu, denn weitere, aber ausschließlich weibliche Gäste kamen herein.

Das Treffen verteilte sich auf verschiedene Räume im Erdgeschoss und auf der Terrasse. Daniel erhielt zu seiner Überraschung bewundernde Blicke anstatt das man ihn abfällig betrachtete, wie er es eigentlich erwartet hatte. Die Gäste schienen seine Verkleidung gar nicht zu bemerken. Man bedankte sich höflich, weil er sich tatsächlich bemühte, jedem Gast den Wunsch von den Lippen abzulesen. Er versuchte den Gang beizubehalten, den ihm seine drei *Grazien*, wie er sie in Gedanken nannte, beigebracht hatten. Die Füße schmerzten in den Absätzen, aber es war nicht so eine große Folter wie gestern. Nur das Korsett war wieder extrem eng geschnürt. Rhonda unterhielt sich intensiv mit Matilda, beide schauten zu ihm herüber und winkten ihn heran. Da ihre Gläser leer waren, brachte er ihnen neue. Rhonda hatte verschiedene digitale Bilder vor sich liegen, über die Matilda sich beugte. Eines davon war das der rothaarigen Frau, das Rhonda Daniel bereits gezeigt hatte. „Sie ist sehr schlank, hat aber dafür ziemlich große Brüste. Findest Du das nicht unharmonisch?", fragte Matilda. „Wenn die Brüste groß und fest sind, sehe ich eigentlich keine Probleme. Natürlich wird sie kaum auf dem Bauch schlafen können, aber wer schön sein will, muss nun mal leiden", antwortete Rhonda. „Hmm", Matilda schien nachzudenken. „Also technisch und medizinisch gesehen ist das unproblematisch. Du liegst mit Deinen Vorstellungen gerade an der oberen Grenze, die ich soeben noch für ästhetisch halte und die mit meiner naturbezogenen Methode noch umsetzbar sein sollte. Ich habe es zwar noch nie so praktiziert, aber auf einen Versuch käme es an. Es ginge natürlich noch um einiges größer, wenn Du Dich für Silikon entscheiden würdest. Aber das Echtheitsgefühl der Trägerin würde leiden und das Gewicht würde so zu hoch werden und Rückenschmerzen verursachen. Sie müsste in dem Fall regelmäßig Gymnastik Übungen machen, um das zu vermeiden." „ Es gibt also noch Spielraum nach oben?", fragte Rhonda. Ihre Augen glänzten. „Na, natürlich. Es ist nur nicht unbedingt zu empfehlen. Meist versuche ich es den Kundinnen zu erklären, welche Konsequenzen damit verbunden sind, insbesondere dann, wenn sie selber mit ihrer Meinung schwanken. Aber letztendlich ist immer der Kunde König. Besonders einige Scheiche wollen, dass die schönsten Frauen ihres Harems herumlaufen wie Melkkühe. In Kürze habe ich wieder so ein Exemplar im Stall. Ich finde es abartig, aber das, was sie wollen, wird bei den Frauen auch so umgesetzt." „Und die Frauen wehren sich nicht?", fragte Rhonda verwundert. „Doch, gelegentlich. Das kommt schon mal vor. Ich gehe davon aus, dass manche Einverständniserklärungen erzwungen oder gefälscht wurden", entgegnete Matilda. „Aber wir sind im Krankenhaus darauf vorbereitet. Die Echtheitsprüfung einer Unterschrift interessiert uns nicht. Der Auftrag wird grundsätzlich so ausgeführt, wie er vom Auftraggeber gewünscht wird. Dafür zahlt er. Natürlich darf der Auftrag nicht lebensbedrohend sein. Ansonsten kann ich nur sagen: Geschäft ist Geschäft."

„So sehe ich das auch", sagte Rhonda zustimmend. Sie nickte. Es passte zu ihrem Plan.

„Ich habe Dir übrigens schon alle Medikamente mitgebracht, falls Du Dich dafür entscheidest", erklärte Matilda. Ein Blick von Rhonda bedeutete Daniel, dass er sich wieder um die anderen Gäste kümmern sollte. Schließlich, gegen 18.00 Uhr, löste sich die Gesellschaft langsam auf. Das war Daniels Gelegenheit. Damit alles klappte, hatte er am Nachmittag den Fluchtweg ausgekundschaftet. Als die noch anwesenden Gäste in ein Gespräch vertieft schienen und ihn nicht beachteten, schlich er sich um das Haus herum nach vorne zu den Garagen, wo sein Wagen parkte. Zum Glück hatte man ihn nicht zugestellt. Er drehte sich um, immer noch schaute niemand nach ihm. Der Schlüssel steckte tatsächlich noch im Schloss, so wie er den Wagen vor zwei Abenden hier abgestellt hatte. Gott sei Dank hatte er ihn nicht in die Hosentasche getan, sonst wäre er samt seinen Keidern nicht mehr auffindbar gewesen. Mit dieser Maske würde er sehr vorsichtig fahren müssen. Sein Blickfeld war schon stark hinter den grün getönten Augenlinsen eingeschränkt, auch wenn er sich nun langsam daran gewöhnte. Er zwängte sich mit dem engen Kleid und dem eng geschnürten Korsett auf den Fahrersitz hinter das Steuer und zog die Beine nach. Die High Heels störten, aber es war keine Zeit, hierüber nachzudenken. Er musste nur sehr gerade sitzen und wurde wegen seinen in ein Hohlkreuz geschnürten Oberkörper erst im Bereich der Schultern von der Rückenlehne gestützt. Das war es also, was Rhonda ebenfalls Probleme bereitete. Aber was sie konnte, konnte er auch. Er ließ den Motor an, drückte mit der nur kurzen Sohle des High Heel die Kupplung und setzte etwas zurück, während er in die Rückspiegel schaute und fuhr dann langsam in Richtung Ausfahrt. Das Tor öffnete sich automatisch, wenn auch langsam. Warum geht das denn nicht schneller, dachte er aufgeregt. In dem Augenblick, wo Daniel anfahren wollte, durchfuhr ihn ein heftiger Schmerz. Immer wieder zuckte er durch Stromstöße heftig zusammen. Sein Fuß rutschte von der Kupplung, der Wagen machte einen heftigen Ruck nach vorne und blieb mit abgestorbenem Motor stehen. Verdammt, der Befehlsgeber. Auf einmal stand Rhonda neben der Fahrertür. „Na Natalie? Wolltest Du etwa fahren ohne Dich zu verabschieden?" Wieder drückte sie den Knopf und Daniel zuckte heftig zusammen. Sie war wütend. „Rhonda, hör auf!" Lisa und Caterina waren herbeigeeilt und nahmen der wutentbrannten Rhonda die Fernbedienung aus der Hand. Caterina öffnete die Tür und zog Daniel aus dem Wagen. Er war durch die heftigen Stromstöße halb ohnmächtig und fiel ihr förmlich entgegen. Lisa schloss das große, weiße Tor, indem sie einen Knopf an einer kleinen Box drückte, die halb verdeckt hinter einem Baum stand. „Los, fahr den Wagen zurück in die Parklücke!", befahl sie Rhonda. Rhonda übernahm das Steuer und fuhr den Wagen wieder dahin zurück, wo er vorher gestanden hatte. „Das hättest Du besser gelassen", keifte Caterina Daniel an, „Rhonda ist ziemlich ungehalten." Caterina stützte ihn, weil er sich nach Rhondas Stromattacken kaum noch auf den Beinen halten konnte. Verdammt noch mal, warum musste das jetzt auch noch schief gehen, dachte er voller Verzweiflung.

Caterina und Lisa brachten Daniel in sein Zimmer. Lisa holte den Monohandschuh und legte ihn ihm an. Wieder zog sie ihn zusammen, bis es nicht mehr ging. Caterina holte eine Schlafmaske aus einer Schublade und stülpte sie ihm über die Augen. Dann warfen sie ihn auf das Bett. Wieder war Daniel gefangen. Er wollte die Beiden bekehren, ihm doch aus seiner misslichen Situation heraus zu helfen, aber außer einem leisen „Mmmh, Mmmh", bekam er nichts heraus. Die Gummimaske und das Panzertape unterbanden jedes Wort. Eigentlich hätte er das wissen müssen.

„Ich bin mal gespannt, was Rhonda sich für Dich einfallen lässt, wenn sie sich wieder beruhigt hat", stichelte Caterina beim Herausgehen, um ihn noch ein wenig Furcht einzujagen.

Daniel blieb nichts anderes übrig als auf dem Bett liegen zu bleiben. Er hätte wegen der Schlafmaske, die Caterina ihm aufgesetzt hatte, nicht mehr gewusst, wo er hingehen sollte. Er blieb noch lange in dieser Position, während er unten auf der Terrasse noch einige Zeit Stimmen vernahm, die irgendwann verstummten. Dann schlief Daniel ohne Hoffnung auf Besserung seiner Situation ein.

Die Gassirunde

Am nächsten Morgen erwachte Daniel wieder durch den obligatorischen Lichtstrahl, der in das Zimmer fiel. Er lag nackt im Bett, man hatte ihn in der Nacht ausgezogen. Neben dem Bett stand ein Tablett mit einem schönen Frühstück und einer sehr großen Kanne Tee. War Rhonda nicht mehr böse auf ihn? Er nahm sich ein Croissant vom Teller und biss hinein. Es war frisch und noch warm und schmeckte hervorragend. Dann machte ich er sich auf den Weg in das Bad und duschte ausgiebig. Er hatte die Nase voll, das Spiel musste unbedingt ein Ende haben. Aber wie sollte er nur hier herausfinden? Daniel hatte gestern die beste Chance verspielt. Es war zum Verzweifeln. Die Frau machte wirklich ernst.

Als Daniel sein Frühstück mit großem Hunger aufgegessen hatte, sah er eine Waage im Zimmer stehen. War die vorher da? Er stellte sich darauf und sah, dass die Waage etwa drei Kilo weniger anzeigte als sonst üblich. Viel trinken, bedeutete ihm die Waage. Kein Wunder, die Versorgung hier ist wirklich nur sporadisch gut, dachte er und schaute wehmütig auf den leeren Teller, der auf einem Tablett stand. Zwei leichte Mahlzeiten und dann noch dieses schreckliche Schnüren, das ihm tagsüber den ganzen Appetit nahm. Er ging zurück zum Bett und trank den letzten Schluck Tee. Auf einmal bemerkte er ein Pflaster an seiner rechten Armbeuge. Er riss es ab und sah darunter einen Einstich. Verdammt, was haben die Dir denn da verpasst, überlegte er. Panisch lief er im Raum herum und fluchte laut, bis auf einmal wieder die Lähmungen einsetzten. Er ahnte schon, was gleich passieren würde. Schnell lief er zurück zum Bett, um nicht hart auf dem Boden aufzuschlagen, wenn er bewegungsunfähig würde.

Kurze Zeit später kamen Rhonda, Lisa und Caterina in das Zimmer und schienen diesmal nicht so gut gelaunt. „Natalie, Du bist wirklich ein kleines Luder. Da wolltest Du doch einfach abhauen. Und das, obwohl Du bei mir eine einzigartige Ausbildung genießen kannst", spöttelte Rhonda, „heute wirst Du sehen, wie hart so eine Ausbildung sein kann." Caterina hatte derweil begonnen, Daniels Beine mit einem Öl oder Fett einzureiben. Lisa holte einen schwarzen Gummianzug aus dem Schrank. „Wuff!", spaßte sie und lachte dabei. Sie zogen ihm den Anzug über die Beine, nachdem man ihm wieder das Vaginahöschen angezogen hatte. An den Fußenden waren Füßlinge angebracht, die aussahen wie lange, chromfarbene Spitzen. In diese angearbeiteten Füßlinge des Anzugs steckte Caterina seine Füße, so dass die Zehen bis nahe an die Chromspitzen heranreichten. Es schienen im wahrsten Sinne Spitzenschuhe zu sein. Laufen war hiermit völlig unmöglich, es schien nur eine Zierde zu sein. In dem Fußende war eine Fußsohle eingebaut, die Daniels Fuß in eine Linie mit dem Bein zwang, so dass der Fuß stark gestreckt wurde. Sie zogen den Anzug hoch, richteten Daniel auf und legten ihm BH und Silikonbrüste an. Der Anzug hatte ein eingearbeitetes Korsett. Rhonda ließ es sich nicht nehmen, so lange an den Korsettschnüren zu ziehen, bis das Korsett endgültig geschlossen war. Sie bewunderte ihre Arbeit, weil sie keine Lücke gelassen hatte und Daniels Hüften deutlich zum Vorschein gekommen waren. Auf einmal zog sie einen Rasierer hervor. „Willst Du das wirklich tun?" fragte Lisa entsetzt. „Natürlich! Natalie hat rote Haare und keine schwarzen", antwortete sie barsch und begann mit der Kopfrasur, „dadurch wird die Maske schön glatt aufliegen." Sie rasierte Daniels Kopf mit großer Geduld, kein Haar sollte übrig bleiben. Danach rieb sie seinen Kopf mit einer Art After Shave ein, das ein wenig auf der Kopfhaut brannte. Sie prüfte noch einmal die Festigkeit seiner Metallnase und nahm dann Caterina das Fett ab, womit sie ihm ausgiebig den Kopf einrieb. Wieder wurde die Gummimaske, die nun tatsächlich glatt auflag und danach die Frauenmaske über sein Gesicht gezogen. „Na, kennst Du dieses Luder?", fragte Rhonda in einem giftigen Ton und deutete auf den Spiegel. Caterina und Lisa beugten sein linkes Bein bis zum Anschlag und zogen einen schmalen Gummisack darüber, so dass er die angewinkelte Position beibehalten musste. Das Gleiche machten sie mit dem anderen Bein, so dass sich beide Chromspitzen, in denen sich die Fußspitzen befanden, knapp über seinen Po hinausragten. Danach wiederholten Sie mit kleineren Gummisäcken den Vorgang an den Armen. Als sie die Schnüre festgezogen hatten, lagen die Hände flach an

Daniels Schultern auf, während er seine Hacken an seinem Po spürte. Nun holte Rhonda eine weitere, schwarze Maske hervor. Es war die Maske eines Hundes, die fest mit einem stark in sich gebogenen Halskorsett verbunden war. Schnell hatte sie sie Daniel über den Kopf gezogen und begann, das Halskorsett zu schnüren. Sein Kopf wurde während des Schnürens immer weiter nach hinten gebogen, ein Zurück in die gerade Position gab es nicht. Auch Lisa und Caterina waren nicht untätig und befestigten kleine Kettchen an Beinen und Armen. Als sie fertig waren, konnte Daniel Arme und Beine von sich aus nur noch im begrenzten Maße nach vorne strecken. „So, auf die Beine!", befahl Rhonda. Sie stellten ihn zu dritt auf die Knie und auf seine Ellbogen. Er hatte einen unangenehmen Schmerz in Ellbogen und Knien erwartet, ab es tat noch nicht mal weh. Irgendwie schienen weiche, gelhaltige Gummipuffer unter Ellbogen und Knien angebracht zu sein, die das Stehen in dieser ungewöhnlichen Position erleichterten. Er balancierte zuerst hin und her, konnte dann aber auf allen vieren gut stehen, auch wenn es im extremsten Maße unbequem für ihn war. Die Gummipuffer unter den Ellbogen waren ein ganzes Stück länger als die hinteren, so dass Daniel fast in der Waagerechten stand und nun wie ein Hund nach vorne schaute. Rhonda zauberte einen großen Metallstab hervor, der an einem Ende ein knuddeliges, blaues Schwänzchen aufwies und am anderen Ende leicht gebogen war sowie eine größere, rundliche Kugel aufwies. Caterina reichte ihr das Öl. Rhonda zog den String des Vaginahöschens auseinander, fand eine Öffnung und stieß das Metallteil ziemlich rüde in seinen Anus, so dass er heftig zusammenzuckte. Dann schob sie ihn aber vorsichtig weiter und so tief in ihn hinein, bis sie auf Widerstand stieß. Das Metall war kalt und unangenehm. Danach drehte sie an dem herausstehenden Ende herum und Daniel bemerkte, wie sich der Stab in ihm ausdehnte. „Das dient nur einem sicheren Halt", lachte Rhonda. Sie drehte den Stab so lange auseinander, bis Daniel sich vor Schmerzen anfing zu winden. Sie hatte diese Reaktion geahnt, drehte sofort eine halbe Umdrehung zurück und fixierte endgültig die Einstellung.

„Na, Natalie Schatz, wird Dir langsam klar, worum es geht?", fragte Rhonda hinterlistig lächelnd. „Wuff!", machten Lisa und Caterina im Chor und fingen an zu lachen. „Ein süßes Schwänzchen hast Du da, mein kleiner Liebling, gefällt mir außerordentlich gut." Rhonda begutachtete sich den Metallschwanz genau. „Was meint ihr Mädels, sollen wir nicht mit Natalie eine Runde Gassi gehen? Es ist doch ein so wunderschöner, sonniger Morgen." „Das sollten wir tatsächlich tun. Und wir sollten die große Runde laufen, damit wir mal an die frische Luft kommen", schlug Lisa vor. „Genau!", grinste Caterina und blickte auch Daniel herab, „so bekommt Natalie Kondition."

Alle waren auf einmal prima gelaunt. Rhonda holte ein breites Halsband, eine Leine und Ihre Reitgerte, legte Daniel das Halsband an und klinkte die Leine ein. Dann befahl sie mit einer strengen Stimme: „Komm, mein Schatz. Gassi gehen!" Mit einem festen Schlag auf den Po, der als einziges Körperteil nicht mit Gummi bedeckt war, begann Daniel, sich auf den Ellbogen und den Knien nach vorne zu bewegen. Die Kettchen waren so befestigt, dass er sich koordiniert und überlegt bewegen musste. „Na, komm! Wir nehmen die Treppe." Schon wieder hatten die drei Frauen Daniel überrumpelt. Er hatte einfach keine Chance zur Flucht. Sie wussten genau, wie man dieses Narkotikum einsetzte, um ihn in diese hilflose Situation zu bringen. Wehmütig dachte er an seine Chance vom Vortag zurück. Während sie losgingen, konnte Daniel den gummierten Hund von vorne im Spiegel betrachten. Tatsächlich hatte die Maske Ohren, die erst nach oben standen und dann abknickten. Statt der Nase blickte er auf eine längliche Hundeschnauze, die ebenfalls aus schwarzem Gummi gearbeitet war. Er atmete den Gummigeruch jedes Mal mit ein, wenn er die Luft über einen Schlauch zur Nase hin durch die Nüstern sog. Aber so behinderte die Maske ihn nicht, er konnte glücklicherweise gut atmen. Die aufgeklebte Chromkappe mit den innen angebrachten Röhrchen erfüllte ebenfalls, wenn auch auf eine etwas unangenehme Wiese, ihren Zweck. Bloß durch die kleinen Augenöffnungen der Hundemaske war Daniel keinen Deut besser dran. Natürlich, er hatte ja außerdem noch die Frauenmaske an. Auch konnte er nur gerade nach vorne schauen. Diese Halskorsage bog seinen Hals und damit seinen Kopf erbarmungslos nach hinten, ohne dass irgendeine weitere Bewegung möglich gewesen wäre. Hätte Daniel wie ein Mensch gestanden, hätte er nur an die Decke blicken können. Je länger sein Hals diese Position beibehalten musste, um so mehr schmerzte er. Rhonda gab ihm mit der Reitgerte einen kleinen Klaps auf den Po und diktierte ihm mit straff geführter Leine den Weg: „Auf geht's!" Als Gummihund mit nach unten hängenden großen Brüsten, die fast den Boden berührten, setzte sich Daniel in Bewegung und ging aus dem Spiegelbild heraus nach draußen. Geduldig ging Rhonda mit ihm die Treppe hinunter, während die beiden Freundinnen unten warteten. Langsam bekam Daniel etwas Übung und konnte sich auch schneller bewegen, aber Rhonda schien dies immer noch zu langsam sein und schlug unbeherrscht mit der Gerte auf ihn ein. „Bei Fuß!", befahl sie. Als sie vor dem Haus angekommen waren, gingen sie den langen Weg hinauf, den Daniel schon bei meiner Ankunft vor drei Tagen im Dunkeln gesehen hatte.

Sie mochten etwa zwanzig Minuten unterwegs gewesen sein, als sie den höchsten Punkt des Hügels erreichten. „Von hier aus hat man eine gute Sicht", hörte Daniel Lisa sagen. Er selbst konnte nur den Weg und die Beine der Frauen sehen, wenn sie gelegentlich durch sein Blickfeld gingen. „Natalie, sitz!", befahl Rhonda und schlug Daniel mit der Gerte fest auf den Po. Er versuchte sich nach hinten zu setzen und die Beine nach vorne zu ziehen. Es funktionierte, aber der Schwanz störte und drückte sich tiefer in ihn hinein. Als Daniel saß, konnte er nur schräg nach oben in den blauen Himmel schauen. Das Halskorsett ließ keine andere Möglichkeit zu. Rhonda, Lisa und Caterina banden ihn an einen Holzzaun an und gingen allein ein Stück den Weg hinunter, wo sich unter einem Baum eine Bank befand. Sie setzten sich, zeigten mit ihrem Finger auf irgendwelche Gebäude auf der anderen Seite des Starnberger Sees, während Daniel in seiner unglücklichen Position angebunden neben dem Holzzaun sitzen musste. Es dauerte fast eine Stunde, bis die Drei wieder aufstanden und zu ihm zurückkamen. Lisa kraulte ihn hinter dem ledernden Hundeohr, was er allerdings kaum spürte. „Wir gehen noch ein Stück, damit Natalie noch Pipi macht", entschied Rhonda. Tatsächlich drückte der Tee, den Daniel vorher gedankenlos getrunken hatte, kräftig auf seine Blase. Aber so etwas kam für ihn nicht in Frage, er wollte sich hier nicht endgültig zum Hampelmann machen lassen. Diese Spielchen machten schon lange keinen Spaß mehr. Die drei Frauen gingen mit Daniel immer weiter den Weg lang und schwatzten und lachten, so als wäre es für sie ein völlig normaler Spaziergang. Es war höllisch anstrengend, die Balance und zudem die Geschwindigkeit zu halten. Immer wieder ermunterte Rhonda ihn mit mal leichten oder sehr strengen, festen Schlägen, die Gehgeschwindigkeit der drei Frauen beizubehalten. Es war mörderisch und in seinem Leben das Erniedrigendste, was er je erlebt hatte. Lieber wäre ich tot, ächzte er in seiner Verzweiflung, aber noch nicht mal dazu gab es eine Gelegenheit. Nach nochmal zwanzig Minuten Weg konnte Daniel es nicht mehr aushalten. Er ging zur Seite und hielt seinen Po in die Höhe. In einer hohen Fontäne kam der Urin aus einem unscheinbaren Schlauch seines Vaginahöschens heraus und verschwand im Gras. „Na endlich, Natalie, wie hast Du das denn nur so lange ausgehalten", sagte Lisa mit einer bemitleidenden Stimme, während die beiden anderen Frauen Beifall klatschten. Als er endlich fertig war, gingen sie weiter. Sie kamen an eine Wegbiegung, an der Caterina sagte: „Hier können wir wieder zurückgehen." Also bogen sie in den Weg ab und gingen langsam wieder bergab in Richtung See. Auf dem Weg zurück musste Daniel noch dreimal Pipi. Er schämte sich, aber die drei Frauen quietschten vergnügt, wenn sie jedes Mal die hohe Fontäne sahen. Zuerst hatten sie aus ihm eine Frau gemacht, und jetzt sogar einen menschlichen, aber für die Damen vorzugsweise weiblichen Gummihund. „Na?", fragte Rhonda fordernd, „sollen wir die Gassirunde jetzt öfter zusammen gehen?"

Als sie nochmal nach etwa einer halben Stunde an der Villa angekommen waren, ging Lisa mit dem Gummihund hoch und zog ihn um. Als weibliche Puppe, die den Namen Natalie trug und für den Getränkeservice zuständig war, allerdings diesmal wieder die Arme sicherheitshalber mit dem einarmigen Handschuh auf dem Rücken verschnürt, kam Daniel mit dem vorne mit kleinen Kettchen befestigten Tablett wieder herunter. Natalie sollte den Damen noch servieren.

Die Kutsche

Die nächsten Tage verbrachte Daniel tagsüber als Gummihund und abends als servierende Natalie. Seine Situation war immer noch unverändert. Zwischendurch waren Lisa und Caterina alleine mit ihm im Haus, Rhonda war geschäftlich unterwegs. Sie hatte Gespräche mit einigen Ärzten, denen sie ihre Technologie vorstellen wollte, außerdem präsentierte sie sie auf einem medizinischen Kongress. Aber auch Lisa und Caterina ließen sich nicht beirren. Sie gingen auf der Terrasse ihrer Arbeit nach, während Daniel in der schattigen Ecke als Gummihund auf sie warten musste. Er schaffte es, sich auf die Seite auf den Boden zu legen, nachdem Caterina dort eine Decke für ihn hingelegt hatte. Die beiden Frauen besprachen, wie es mit ihm weitergehen sollte. Während sich Lisa eher als Gegnerin seiner sadistischen Behandlung outete, folgte Caterina uneingeschränkt dem Weg von Rhonda. Am Ende aber waren sie sich einig, Rhondas Meinung war maßgeblich. Sie wollten keinerlei Risiko eingehen, dass er ihnen entkommen konnte. Nach und nach gingen sie mit Daniel immer größere Gassirunden. Es war einfach mörderisch. Als er eines Morgens auf der Waage stand, zeigte sie bereits sieben Kilo weniger an. *Viel trinken*, befahl die Waage schon wieder.

Es war schon das darauffolgende Wochenende, als Rhonda zurückkam. Daniel war nun schon eine Woche lang in der Villa und Opfer dieser ungewöhnlichen Gefangenschaft. Bis auf den Nachmittag mit den Gästen gab es keine Chance mehr für ihn zu entkommen, geschweige denn, die Frauen zu überrumpeln. Immer wieder hatten sie mögliche Situationen vorgesorgt.

„Ich habe einige interessante Sachen bestellt, die ich extra für meine persönliche Assistentin habe anfertigen lassen", lächelte Rhonda geheimnisvoll. Trotz des Drängens ihrer Freundinnen behielt sie ihr

Geheimnis für sich. Sie lächelte einfach und schwieg, also hieß es abwarten.

Montags kam ein LKW einer Spedition und lud einige Pakete vor dem Haus ab. Sofort brachten die Frauen die Sachen in das Haus. Eigentlich wollten die Drei mit Daniel als Gummihund wieder die große Gassirunde gehen, aber Rhonda band ihn einfach mit der Leine am Geländer fest und packte mit ihren Freundinnen die Pakete aus. „Hier ist eine Gebrauchsanweisung", sagte Lisa und fischte einen Umschlag aus den Karton. Erst zwei Stunden später schienen sie sich an Daniel zu erinnern und gingen mit ihm ihre große Gassirunde, bei der sie permanent und aufgeregt miteinander schwatzten. Daniel war überzeugt, dass sie sich wieder etwas Niederträchtiges für ihn ausgedacht hatten.

Am nächsten Morgen war es dann so weit. Während Daniel durch das Narkotikum mal wieder hilflos auf dem Bett lag, kamen die Frauen mit ihrem neuen „Equipment" herein, wie sie es geheimnisvoll nannten. Diesmal zogen sie ihm ein Kostüm an, wo sie ihn nicht mit auf die Knie zwangen. Dafür staffierten sie ihn mit schwarzen Overkneestiefeln aus, die fest an die Beine geschnürt werden mussten und ein schlankes Bein machten, wie die Frauen einhellig befanden. Auch wenn Daniel wie schon gewohnt auf den Zehenspitzen stehen musste, handelte es sich hierbei nicht um hochhackige Schuhe. Unter den Zehenspitzen befanden sich schwarze Plateaus in Hufform, die mit echten metallenen Hufeisen beschlagen waren, Absätze gab es keine. Dafür lag der Fuß auf einer stabilen, schräg nach oben zeigenden Fußsohle auf und wirkte so wie die Fußfessel eines Pferdes. Daniel würde seinen Gang ausschließlich über die Fußballen und über die Zehen steuern müssen. Anstatt des Metalldildos mit kurzem Kuddelschwänzchen, den er als Gummihund tragen musste, bestückte ihn Caterina mit einem nach oben gebogenen, dicken Haken, an dessen Ende ein langer Schweif aus feinem blauen Haar angebracht war. Wieder besaß der Gummianzug ein fest eingearbeitetes edwardianisches Korsett, bei dem Daniel diesmal noch mehr gezwungen war, seinen blanken Po weit nach hinten herauszustrecken. Die Frauen zogen ihm auch wieder das Vaginahöschen an. Diesmal strich Lisa begeistert über die Fläche, wo sich normalerweise Glied und Hoden befanden. Rhonda fand an dem Haken mit dem Schweif eine ähnliche Technik vor wie bei dem Dildo für den Gummihund. Mit geschickten Drehbewegungen drehte sie den Teil, der tief in ihm drin steckte, so weit auseinander, bis er richtig fest saß und nicht mehr verrutschen konnte. An seinem „Mmmh, Mmmh" erkannte sie, dass sie nicht mehr beliebig weiterdrehen konnte. Die Arme wurden ebenfalls in dem Anzug untergebracht. Im Grunde handelte es sich wieder um einen einarmigen Handschuh, der allerdings dieses Mal bereits in dem Dress eingearbeitet war. Der Monohandschuh wurde mit seinem schmerzenden Inhalt fest an das Korsett geschnallt. Nachdem Lisa ihn noch einmal fest zusammengezogen und den Reisverschluss des Gummianzugs hochgezogen hatte, bestand Daniel nur noch aus einer Silhouette mit vollen Brüsten und s-förmiger Figur, mit der die Arme eine Einheit eingegangen waren. Die Gummimaske, die er diesmal aufgesetzt bekam, besaß einen integrierten, großen Ball, der außen ein Metallgewinde aufwies. Lisa kniff Daniel fest in seinen Po und während der Schrecksekunde, wo er den Mund öffnete, presste Caterina den großen Ball in seinen Mund. Mit einem leichten „Plopp" erreichte er seine endgültige Position. Dann zog ihm Rhonda, die hinter ihm stand, von vorne die Maske über das Gesicht, das sie vorher wieder geduldig mit dem Fett eingerieben hatte und spannte sie mit den Schnüren. Darüber kamen dann wieder das hübsche, sinnliche Frauengesicht, das ihn so jederzeit als Natalie identifizierte und auch die rothaarige Perücke, die diesmal schräg am Hinterkopf einen langen Pferdeschwanz aufwies. Das Gewinde, an dem der Ball befestigt war, schaute zwischen den sinnlichen, roten Lippen von Natalie hindurch.

So ausgestattet, nahmen die drei Freundinnen Daniel mit hinunter, während das laute Klackern seiner Hufstiefel durch die Eingangshalle hallte, gingen mit ihm an der Terrasse die Treppe hinab zu dem Vorplatz, wo eine vierrädrige, kleine Kutsche stand. Die mit einem kleinen Dach versehene Kutsche bestand farblich nur aus Chrom und schwarz. Die hinteren Räder mit langen Speichen waren etwas größer als die vorderen.

In einem hochstehenden, röhrenförmigen Behälter vorne neben dem breiten Sitz, der gefedert zu sein schien, waren mehrere Peitschen und Gerten untergebracht. Hinter dem Sitz befand sich ein kleiner, rechteckiger Koffer. Als sie an der Kutsche ankamen, nahm Rhonda eine Trense aus Edelstahl, die auf dem Sitz lag und steckte eine lange Schraube durch eine mittig angebrachte Bohrung. Die Schraube besaß einen kleinen Ring am Kopfende, damit sie die Schraube leichter greifen und die Trense fest an dem Gewinde des Balls anschrauben konnte. Wenn Daniel versuchte sich zu wehren und zuckte, unterbrach sie ihr Vorhaben kurz, tätschelte ihn und sagte: „Ganz ruhig, mein Schatz." Sie drehte die Schraube so lange weiter, bis die Trense fest saß. Danach bekam Daniel noch einen Harness über den Kopf gezogen, an dem ein Halskorsett befestigt war. Das Halskorsett besaß direkt hinten am Kopf eine senkrecht hochstehende, leicht gerundete Halteplatte, während das Korsett im vorderen Halsbereich unverändert weiter geradeaus weiterlief und erst unter dem Kinn endete. Als Rhonda das Halskorsett festzog, legte sich Daniels Kinn automatisch straff auf die vordere Platte, die wie auch der Rest in feinem, schwarzem Leder bezogen war. Je mehr sie schnürte, umso mehr wurde sein Hals gestrafft und der Hinterkopf fest an die hintere Halteplatte gepresst. Rhonda schnürte so lange, bis Daniel nur noch in der Lage war, in einer nach vorne gebückten Haltung nach vorne zu schauen. Stehend hätte er nur noch in den leicht bewölkten Himmel sehen können. Die unkomfortable Kopfposition schien aber auch beabsichtigt zu sein, denn Lisa befestigte noch eine Kette an seinem Hals, die sie dann zwischen den Beinen hindurch führte und sie stramm zog, so dass er sich zwangsläufig nach vorne bücken und auch so halten musste. Das Ende befestigte sie an der Deichsel von der Kutsche. Dadurch war seine vorgebeugte Haltung eindeutig für die Kutschfahrt definiert. Caterina schnallte ihm einen breiten Gurt um, den sie mit Metallhaken in den Ösen an der Gabeldeichsel der Kutsche einklinkte. Rhonda justierte die schwarzen, langen Lederohren, die an dem Harness befestigt waren. Da auch im unteren Bereich des Hauses verspiegelte Fenster waren, konnte Daniel im Fenster eine menschliche, weibliche Stute sehen, die in gebückter Haltung armlos vor einer Kutsche stand. Tatsächlich wirkten seine Beine sehr schlank und bildeten eine saubere

Linie mit den Hufen. Rhonda zog das Harness am Kopf fest und legte die Zügel, die mit Ringen an der Trense befestigt wurden, über den Rand des Kutschbocks. Dann machte sie sich nochmal an dem Halskorsett zu schaffen. Es schien ihr doch nicht zu passen, dass sie die letzten Ösen für die Straffung des Halses nicht genutzt hatte. Sie öffnete nochmal die Schleife und zog die Schnüre auch noch durch die letzen Ösen. Daniels gestreckter Hals zog sich noch ein wenig in die Länge und schmerzte nun noch heftiger, als sie die Schnüre am Ende zu einer festen Schleife band. Sein Hinterkopf wurde nun erbarmungslos fest an die hintere Platte gepresst. Er hörte Caterina nur mit einem Lachen sagen: „Du bist ja wirklich eine Perfektionistin, Rhonda." Daniel wand sich in dem Anzug, in dem gleichzeitig seine Arme untergebracht waren. Da die Halskorsage am Schulterbereich weit bis in den Brust- und Rückenbereich hineinragte und damit jede Drehbewegung des Halses unterband, kam lediglich ein leichtes Schütteln mit dem blauen Ponyschwanz heraus. Caterina fiel dabei auf, dass der Schwanz zu steil nach oben zeigte und justierte ihn über ein Gelenk, das in dem Metallhaken eingebaut war. Nun zeigte er schräg nach hinten und fiel in einem sauberen Bogen nach unten. Sie grinste zufrieden und Lisa nickte beipflichtend. Rhonda holte noch eine kleine Glocke aus einem Koffer, der hinten auf dem Wagen befestigt war und hing sie an die gleiche Öse am Hals, an der auch die kleine Kette befestigt war, die zwischen seinen Beinen hindurch zur Deichsel führte. Lisa hatte eine Digitalkamera geholt und wollte Bilder von der Kutsche und Daniel machen. „So etwas habe ich ja noch nie gesehen!", rief sie, „das wird uns doch jedes Fetischmagazin aus der Hand reißen. „Da hast Du recht", pflichtete Rhonda bei, „wir sollten künftig alles mit Fotos dokumentieren. Vielleicht findet sich ja ein Käufer für solch exklusive Sachen. Diese hier habe ich alle als Einzelanfertigungen in Auftrag gegeben, weil es so etwas Restriktives bislang nicht gibt." „Moment noch", rief Caterina. Sie hatte blaue, lange Federn in der Hand, die am unteren Ende in der einer Chromfassung saßen. „Das Wichtigste haben wir vergessen." Mit einem Klick setzte sie Daniel die Federn als Kopfschmuck mittig auf den Kopf, wo das Harness eine entsprechende Vorrichtung vorsah. „So, Lisa. Jetzt kannst Du die Fotos schießen", sagte sie stolz und gab mit einer Geste das Bild frei. Lisa begann sofort, erste Detailfotos von Daniel und seinem Outfit zu machen.

Rhonda ließ die Freundinnen bei der Kutsche und ihrem Pony stehen und ging nach oben. Als sie wiederkam, hatte sie einen schicken, schwarzen Reitdress an, einen großen, ausladenden Lederhut auf ihrem Kopf und ihre Reitgerte unter dem Arm. Während sie auf die Kutsche zuging, zog sie sich schwarze Lederhandschuhe an. Die schwarze Lederhose, die sie trug, war an den Seiten in typischer Reitermanier ausgepolstert. Dazu trug sie hochhackige Schnürstiefel, die ihr bis zu den Knien gingen. Sie trug außerdem eine weiße Bluse mit vielen Rüschen um den Hals und ein schwarz lederndes, kurzes Bolerojäckchen. Ihr Haar hatte sie wie eine spanische Flamenco Tänzerin streng nach hinten zusammengesteckt. Ein leichter schwarzer, halbtransparenter Stoff verhüllte Ihr Gesicht, der sich um ihren Hals schlang. Fasziniert starrten Lisa und Caterina ihre Freundin an, die mit ihrer Kleidung ihre ganze Strenge, ihre erotische Ausstrahlung und ihr stolzes Auftreten verband. Lisa kam nicht umher, als von ihr eine ausgiebige Fotoreihe zu schießen, die irgendwann auf dem Kutschbock endete. „Na, dann wollen wir mal. Ich mache mit Natalie erst mal eine ausgiebige Probefahrt in die Hügel. Während ich weg bin, solltet ihr euch auch umziehen. Ihr wollt ja sicher auch mal fahren, oder?" Lisa schoss noch einige Fotos, als Rhonda auf der Kutsche saß und ihre Peitsche in die Hand nahm. Caterina justierte noch schnell die rechte Scheuklappe an Daniels Harness. Auf einmal spürte er wieder den heftigen Schmerz in sich und zuckte zusammen. Rhonda musste ihre Fernbedienung herausgeholt haben. Dann peitschte sie Daniel quer über seinen Po, so dass er noch einmal kräftig zusammenfuhr. Er wollte aufschreien, aber der große Ball in seinem Mund ließ nur genauso ein leises „Mmmh, Mmmh" zu wie die ansonsten vor dem Mund geschlossene und sehr fest sitzende Gummimaske, die ihn die letzten Tage malträtiert hatte. „Hüh, mein Schatz", rief Rhonda, peitschte aber diesmal hart mit einem Rohrstock direkt neben dem Ponyschwanz auf seinen Po. Der zweite Hieb bedeutete ihm, dass er keinen von Rhondas weiteren Züchtigungen würde ausweichen können. Parallel zog sie an dem linken Zügel, damit er sich samt der Kutsche in Richtung des Weges drehte. Und so setzte sich das armlose, menschliche Pferd mit der Kutsche in Bewegung, während sich der edle, blaue Federschmuck und der lange, buschige Ponyschwanz sich im gleichen Rhythmus mit bewegten. Daniel konnte gerade noch sehen, wie die beiden Freundinnen die Treppen zum Haus hochstürmten, um sich umzuziehen.

Bestanden

Daniel zog die Kutsche mit noch ungewohnten Schritten in die Richtung des ihm schon bekannten Feldweges. Auf dem Kopfsteinpflaster hörte er das Klackern und Scharren seiner Hufe und dazu ein leises „Pling, Pling, Pling", was von der kleinen Glocke am Hals herrührte. Als sie den Weg erreichten, wurde Daniel wieder von einem Stromstoß überrascht. „Hüüüh, hüüa, Natalie, lauf!", rief Rhonda energisch. Sie schlug mehrfach fest mit dem Rohrstock auf den ihr ungeschützt entgegen ragenden Po ihres Ponys mit dem blauen Schwanz. Wieder bekam er einen Stromstoß. Daniel fing nach diesen unmissverständlichen Aufforderungen an zu laufen, scheinbar war er Rhonda noch zu langsam gewesen. „Na, also", bemerkte Rhonda scharf, „es klappt ja!"

Sie erreichten bereits nach ein paar Minuten den obersten Punkt des Hügels. Daniel wurde jetzt klar, wie viel Zeit er als Gummihund gebraucht hatte, um hier hin zu gelangen. Sein Knebel nervte ihn zusehends. Immer wieder versuchte er, die Schmerzen in seinen zusammengepressten Kiefern zu reduzieren, in dem er versuchte, den Mund kraftvoll zu öffnen. Aber zuerst einmal begrenzte die Gummimaske die Möglichkeiten und zudem machte der ebenfalls zusammengepresste Ball die Dehnbewegung sofort dankbar mit und füllte seinen Mund wieder voll aus. Es machte also letztendlich keinen Unterschied, was er gegen diese unerbittliche Folter unternahm.

„Brrr!", befahl Rhonda und zog gleichzeitig an beiden Zügeln. Für einen Augenblick presste sie Daniel damit den Ball bis in den Rachenraum. Außerdem steckte sein Kopf stark gespannt wie in einem Schraubstock fest und damit ohne die Spur einer Chance, Rhondas Befehl irgendwie kompensieren zu können, in diesem sadistischen Halskorsett. Sein Blick war unverändert nach vorne gerichtet und darauf, seinem dominanten Kutscher ohne Kompromisse die Wünsche zu erfüllen. Er schluckte, weil er das Gefühl bekam, er müsse mich übergeben. Dabei versuchte er die Kutsche zum Stehen zu bringen, die zuvor doch einiges an Fahrt gemacht hatte. Vor dem Zaun blieb er stehen. „Brav, Natalie. Das hast Du ja für das erste Mal richtig gut gemacht. Ich würde Dich dafür liebend gerne mit einem Zuckerchen belohnen, aber wie Du ja feststellst, kann ich Dir leider keines geben." Rhonda lachte über ihren einseitig gemachten Witz, während Daniel hörte, wie sie mit einem leicht quietschenden Geräusch die Bremse der Kutsche anzog. Dann kam sie vor sein begrenztes Sichtfeld, band mit ihren schmalen, beledertenen Händen seine Zügel am Zaun fest und klickte seine Fußfesseln mit einem Haken zusammen, der auf der linken Seite an einem der Hufstiefel hing. „Warte hier, mein Schatz. Ich muss mal telefonieren", sagte sie fürsorglich und schaute ihn dabei so intensiv an, als würde sie ihn durch die grünen Augenlinsen hindurch erkennen können. Sie streichelte ihn zärtlich über die rote Perücke und den Pferdeschwanz. Alles war so wie sie es wollte.

Sie ließ Daniel zurück und lief mit ihren hohen Absätzen vorsichtig den Weg hinunter zur Bank, wo sie mit ihren Freundinnen letztens schon mal gesessen hatte. Nach ungefähr einer halben Stunde tauchte sie wieder vor ihm auf, wo er unverändert gestanden und auf sie gewartet hatte.

Wieder brachte sie ihn mit Stromstößen und Schlägen zum Laufen. An der Weggabelung zog sie den rechten Zügel und bedeutete ihm, den Weg einzuschlagen, den sie bislang noch nicht gegangen waren. „Nein! Hier lang!", befahl sie. „Pling, Pling, Pling", machte es leise und Daniel folgte gehorsam dem Weg weiter in die Hügel hinein.

Als Rhonda mit Daniel gegen Mittag wieder zurückkam, wartete schon Caterina in einem lackroten Reitdress an der Treppe zur Terrasse. „Wie war es?", fragte sie Rhonda interessiert. „Natalie hat nur wenig Kondition, sie lässt doch ziemlich schnell nach. Dafür aber hat sie mir auf das Wort gehorcht. Wir sollten die nächsten Tage jeder wenigstens zwei Runden fahren – einfach, damit sie eine bessere Fitness bekommt", schlug sie nach ihrer Analyse vor. Wieder konnte Daniel sich deutlich im verspiegelten Glas der Fenster sehen. Obwohl er derart litt und in diesem eng anliegenden

Gummianzug stark schwitzte, sah man dem Spiegelbild nichts davon an. Es war makellos und sein Federschmuck bewegte sich leicht im Wind. Aufgrund der Äußerungen von Rhonda wurde ihm aber klar, dass er dringend etwas unternehmen musste. Nur das wann war einfach nicht zu definieren und das wie wollte sich auch nicht so recht einstellen.

Caterina übernahm stolz die Zügel. „Hüüüa, Pferdchen, auf geht's", rief sie. „Pling, Pling, Pling" machte es wieder. Diesmal fuhr Caterina mit Daniel den Weg entlang, den Rhonda gerade mit ihm zurück gekommen war. Auf dem Weg ließ er sich, als das Haus seiner Ansicht nach außer Sicht sein musste, einfach – soweit dies überhaupt möglich war - zu Boden sinken und verweigerte die Weiterfahrt. Er hatte die Nase voll, er wollte einfach nicht mehr weiter. In diesem Spiel war er nur Opfer und das musste ein Ende haben. Caterina schlug mit dem Rohrstock auf Daniel ein wie eine Verrückte, aber er stellte sich auf stur. „Hüüüh, Hüüüh, Natalie, nun lauf gefälligst", schrie sie ungehalten. Auf einmal durchzuckten ihn wieder diese Stromstöße. Trotzdem blieb er stur. Caterina stellte die Intensität auf eine höhere Stufe und so kamen die Stromstöße diesmal wesentlich härter und weitaus schmerzhafter bei ihm an. Er stöhnte laut durch den Knebel und wand sich in dem restriktiven Anzug. „Na? Natalie, was ist nun? Ich kann den Befehlsgeber noch einmal um die doppelte Dosis stärker stellen, aber dann müsste ich Dich wohl auf einer Bahre zurückbringen!", fuhr sie ihn grob an. Durch den letzten Schmerz war Daniel wieder nach oben geschossen. Wenn sie ihn nicht weiter foltern sollte, musste er ihr wohl oder übel gehorchen, also lief er widerwillig und gefolgt von harten Hieben wieder los.

Es war gegen 15.00 Uhr, als Caterina mit Daniel zurückkam. Lisa wartete ungeduldig. Sie hielt ihre Peitsche in der rechten Hand und schlug mit dem langen Griff in kurzen Abständen in die Handfläche ihrer linken. „Natalie macht schnell schlapp", erklärte ihr Caterina. „Nimm sie mal richtig ran." Lisa stieg auf, übernahm die Zügel und wendete die Kutsche, indem sie den linken Zügel zog.

Daniel gehorchte.

Caterina stand vor ihm, als sie Lisa zum Abschied zuwinkte. Wieder hörte er das bekannte „Pling, Pling, Pling" des Glöckchens und seine Hufe klackerten laut auf dem Pflaster.

Es dämmerte bereits, als Lisa mit Daniel am Haus vorfuhr. Glücklicherweise war sie nicht so rücksichtslos wie ihre Freundinnen gewesen. Zwischendrin machte sie mehrere kurze Pausen und ließ ihn verschnaufen. Er war auch völlig am Ende und bestand nur noch aus Schmerzen. Lisa machte Daniel von der Kutsche los und führte ihn hinten um die Garage herum in einen kleinen, angrenzenden Stall. Es roch kräftig nach Heu. Sie brachte ihn in eine Box und befestigte das Kettchen von seinem Hals am Boden, damit er die gebückte Haltung beibehalten musste, die Zügel band nach sie oben an eine Stange. Dann befestigte sie noch ein zweites längeres Kettchen an der Öse am Halsband, zog es zwischen seinen Beinen hindurch, spannte und machte es mit einem Haken wieder an der oberen Stange fest. So fixiert musste Daniel weiter in der gebeugten Haltung stehen bleiben, in der er die ganze Zeit schon gelaufen war. Er konnte weder hoch noch runter. „Na, das war doch eine tolle Tour heute, oder etwa nicht", triumphierte Lisa und strich über seine Gesichtsmaske. „Du hast das für das erste Mal schon richtig gut gemacht. Wenn Du Dich etwas zusammenreißt und besser bei Kräften bist, wirst Du vielleicht sogar Spaß daran finden. Ich kann mich jetzt noch nicht um Dich kümmern. Wir kriegen gleich noch Gäste. Entspanne Dich, mein Schatz. Es wird bestimmt ziemlich spät." Damit drehte sie sich um, schloss die Box und ging hinaus.

Es vergingen mehrere Tage auf diese Art und Weise. Immer wieder wunderte sich Daniel, dass er morgens nackt in seinem Bett aufwachte. Als er sich im Spiegel betrachtete, bemerkte er, dass seine Haut fahl geworden war. Kein Wunder, dachte er, seit er hier war, war auch keine Sonne mehr an seine Haut gekommen. Trotzdem fühlte sie sich glatt und seidig an. Außerdem war er wesentlich schlanker geworden. Der leichte angedeutete Schwimmring um die Hüften und das Doppelkinn waren nicht mehr zu sehen. Auf der Waage merkte Daniel, dass er schon wieder einiges an Gewicht abgenommen hatte. Als er sich genauer betrachtete, fielen ihm in den Armbeugen mehrere Einstiche auf. Es waren mehr geworden. „Verflucht nochmal, was machen die Frauen mit Dir!", fluchte er laut vor sich hin. Solange sein Zimmer nicht mit diesem Narkotikum gefüllt wurde, hatte er Zeit, sich eingehender zu betrachten. Auffällig war zum einen, dass sein Glied kleiner geworden zu sein schien. Eigentlich ist das kein Wunder, dachte er, den ganzen Tag steckt der Gute eingepresst in diesem Vaginahöschen. Auch schien sich seine Brust leicht verändert zu haben, sie stand ein wenig weiter vor, als würde sich dort ein Busen andeuten. Er schob es auf dieses Korsett, das die Frauen in ihrem sadistischen Spiel jeden Tag ein wenig fester zogen. Auch sein Po stand jetzt ohne Korsettierung weiter heraus als früher und sogar die Taille hatte ein wenig an Umfang verloren. Das Einzige, wofür er keine direkte Erklärung fand, war seine seidig glatte Haut.

Weiter kam er nicht, denn schon wurde ihm flau, so dass er sich schnellsten zurück auf das Bett begab.

Am nächsten Tag geschah es. Rhonda war wie gewohnt mit Daniel unterwegs und fuhr mit ihrer Kutsche die weiten Wege durch die Hügel. Er hatte mächtig gezickt und war dafür mit mehreren Stromstößen belohnt worden. Schließlich verlor er die Lust, sich gegen diese Frauen zu wehren, die ihn tagelang erniedrigt hatten und resignierte. Es war ihm auf einmal alles egal, er hatte den Kampf verloren. Rhonda führte Daniel von da an souverän über die Wege. Sie bemerkte diese Veränderung und dehnte ihre Tour mächtig aus, so dass sie tatsächlich mehrere Stunden unterwegs waren. „Du wirst ja immer besser, meine Liebe", lobte sie Daniel. Als Rhonda zurück war, erzählte sie es erfreut ihren Freundinnen: „Na endlich. Es hat ja ewig gedauert, um ihren Willen zu brechen. Jetzt können wir uns langsam auf ihren großen Tag vorbereiten."

Daniel war es leid und wollte einfach nicht mehr unter den Stromstößen und Peitschenhieben leiden. Inzwischen war er fit genug, um den ganzen Tag ohne größere Schmerzen zu überstehen. Nur abends, wenn er sich ausgezogen hatte und auf das Bett legte, spürte er jede Faser seines Körpers. Die drei Frauen wussten genau, was sie taten. Alles war systematisch geplant und vorbereitet. Ihm war klar, es würde nur dann ein Entkommen geben, wenn sie einen entscheidenden Fehler machten. Aber seit seiner einen verpassten Gelegenheit, die er zu seinem tiefsten Bedauern nicht nutzen konnte, machten sie keine weiteren mehr.

Nach nochmals drei Tagen Training zogen ihm Rhonda, Lisa und Caterina den darauffolgenden Morgen das hochgeschlossene dunkelblaue Kleid an. Es passte jetzt besser, weil Rhonda ein engeres Korsett für Daniel bekommen hatte, das seine Figur besser betonte. Sie nahmen ihn mit nach unten in den Salon und bedeuteten ihm, sich zu setzen. Mühevoll setzte er sich auf einen der Lounge Sessel, auf dem er wegen des Korsetts nur kerzengerade sitzen konnte. Mit den Händen hätte er sich sicherlich gerade so unten abstützen können, damit er nicht seitlich wegkippte, aber wie schon seit Tagen waren er und der Monohandschuh eine ungewollte Symbiose eingegangen. So musste er versuchen, die Beine etwas unweiblich zu spreizen und so das Wegkippen verhindern.

Was wollten ihm die Drei denn so feierlich erzählen? „Liebe Natalie", begann Rhonda, „Du bist jetzt drei Wochen hier und hast eine harte Zeit der Ausbildung hinter Dich gebracht. Glaub bitte nicht, dass wir nicht wissen, was Du durchmachen musstest." Sie fuhr nach kurzem Zögern feierlich fort: „Lisa, Caterina und ich haben uns gestern Abend noch länger beraten. Kurz und gut, ich habe beschlossen, Dich als meine persönliche Assistentin endgültig einzustellen. Deine Probezeit gilt mit dem heutigen Tag als bestanden. Aus diesem Grund werden wir Dich morgen mit nach Estoril nehmen, wo Du Dich ein wenig von den Strapazen erholen kannst. Wir gratulieren Dir." Da Daniels Mund wieder fest verschlossen unter der engen Latexmaske saß, so dass die sinnlichen Lippen seiner Frauenmaske nur der vorteilhaften Optik dienten, konnte er nichts zu den Worten von Rhonda beitragen. Er wusste nur, dass er dazu gesagt hätte: „Fahrt alleine, ihr verrückten, perversen Weiber." Aber dazu kam es nun mal nicht und daher war der Trip nach Portugal beschlossene Sache. Lisa und Caterina kamen auf ihn zu und beglückwünschten ihn herzlich. „Endlich ist es soweit, Du kannst richtig stolz auf Dich sein", rief Caterina, während Lisa mit einem nachdenklichen Gesicht hinter ihr stand. Mit diesen Worten schickten sie Daniel in die Küche, um Gläser und Champagner zu holen. Die Drei feierten, während er – wie immer schweigend – bei ihnen saß.

Nur Rhonda ging während der kleinen Feier mit ihrem Handy für ein paar Minuten nach draußen auf die Terrasse und kam danach sich dafür entschuldigend zurück: „So, ich habe gerade mal den Schreiner angerufen und ihn gebeten, morgen früh noch schnell den Kokon einzubauen." Rhonda strahlte über das ganze Gesicht, an diesem besonderen Abend war sie einfach himmlisch gelaunt.

Estoril

Am nächsten Tag packten die Frauen Daniels Koffer, während er sicherheitshalber von dem Narkotikum betäubt bewegungslos auf dem Bett verbringen musste. Er konnte nur sehen, dass es ausschließlich Frauenkleider waren, die sie für ihn einpackten.

Er bekam wieder das Vaginahöschen und das Korsett an, dazu aber diesmal kniehohe, dunkelblaue Stiefel mit mörderisch hohen Absätzen. „Schau mal hier", belehrte ihn Rhonda und zeigte ihm die Absätze, „damit Du uns nicht wieder wegläufst. Du wirst gleich etwas üben müssen, der Absatz ist bei Deiner Schuhgröße fast sechzehn Zentimeter hoch. Am besten machst Du nur kleine, sichere Schritte." Nachdem sie ihm das dunkelblaue Kleid angezogen hatten, wurden seine Arme wieder fest in dem einarmigen Handschuh untergebracht. „Natalie hat wirklich um einiges abgenommen", bemerkte Caterina, die ihn musterte. Als er fertig angezogen war, legte ihm Rhonda einen langen Pelzmantel über seine Schultern und erklärte den Anderen dazu: „Den Handschuh braucht man ja nicht zu sehen." Dann setzte sie ihm eine große Chanel Sonnenbrille auf, damit die unbewegliche Mimik nicht so auffiel.

Als alle Koffer in dem Maserati verstaut waren, setzte Lisa Daniel nach vorne und schnallte ihn an. „Auf geht's, in den warmen Süden". Sie drückte ihm dabei einen herzlichen Kuss auf seinen sinnlich roten Latexmund. Rhonda setzte sich an das Steuer, während die Freundinnen hinten Platz nahmen. Nach drei Wochen bekam er endlich wieder etwas anderes zu sehen als das Gelände mit dieser Villa, die er zwischenzeitlich hasste. Er genoss die Fahrt ein wenig, hoffte aber doch insgeheim, dass sie die Polizei anhalten würde, denn Rhonda schien es Spaß zu machen, die 400 PS aus dem Maserati heraus zu kitzeln.

Nach etwa einer dreiviertel Stunde erreichten sie die Einfahrt eines kleinen Flughafens. Es war niemand da und das Tor öffnete sich automatisch, als

Rhonda darauf zufuhr. Als sie innerhalb des Fluggeländes waren, bog sie ab und steuerte auf eine größere Halle zu, die ein Hangar zu sein schien. Auf dem Tor war in großen Lettern „Rhonda Burns Incorporated" zu lesen. Rhonda dirigierte den Wagen durch die Lücke der beiden großen Tore, die ein wenig offen standen und hielt vor einer wunderschönen zweidüsigen Falcon. Lisa half Daniel aus dem Wagen, in dem er ebenfalls nur mühevoll sitzen konnte. Die hohen Absätze scharrten über den Asphalt, während sie zur Maschine gingen. Die Falcon war in einem Dunkelrot Metallic und in Gold lackiert. Daniel fiel auf, dass der viertürige Maserati, den Rhonda fuhr, im gleichen rot metallic lackiert war wie Teile des Rumpfes und Flügelteile der Maschine. Neben den portugiesischen Hoheitszeichen der Maschine prangte ebenfalls das Logo von Rhondas Firma. Auch auf den Winglets stand, allerdings nur in kurzen Lettern, RB Inc..

Lisa und Caterina stützten Daniel von links und von rechts, damit er auf den mörderischen Absätzen über die Treppenstufen in die Maschine kam. Ihm wurde plötzlich bewusst, dass er ja gar nicht mit wollte und wehrte sich, aber die beiden Frauen schoben ihn unnachgiebig in die Kabine. Am vorderen Ende befand sich eine Bar in Walnuss Holz und dazu passender Schrank. Ansonsten fanden sich in der Maschine eine beigefarbene Leder Sitzgarnitur mit kleinen Tischen davor, mehrere bequeme Sessel und eine Chaiselongue sowie ein großer Flachbildschirm. Die beiden Frauen führten Daniel bis zu dem großen Schrank und öffneten ihn. Caterina drückte einen Knopf und eine kleine Bodenplatte fuhr heraus. „Na komm! Umdrehen und daraufstellen", befahl sie kurz und nahm ihm den Pelzmantel ab. Rhonda kam mit mehreren Transportgurten dazu, die alle mit Chromrohren versehen waren. Sie legte ihm den kleinsten Gurt um den Hals und zog ihn fest, so dass das Chromrohr nach hinten zeigte. Den Nächsten legte sie ihm knapp unter der Brust an, ebenfalls mit dem Chromrohr nach hinten zeigend, einen weiteren um die Hüfte, noch einen knapp über den beiden Knien, die dadurch unbeweglich wurden und einen um die Fußfesseln. Sie zog die Gurte richtig stramm. Caterina drückte wieder den Knopf und die Platte fuhr, auf der Daniel nun stand, mit ihm in den Schrank. Größe und Platz passten genau zu seiner Figur mit den hohen Schuhen. Innen hatte man alles mit schwarz bespanntem Schaumstoff ausgekleidet, auch hier passte alles zu seiner Größe. Die Rohre fuhren in eine für sie vorgesehene Führung und als er ganz drinnen stand, machte es nacheinander „Klick, klick, klick…". Das Rohr an dem Gurt, der an den Fußfesseln befestigt war, schien allerdings nicht richtig in die Führung geglitten zu sein. Caterina fummelte etwas herum und mit ein wenig Druck schob sie das letzte Chromrohr noch ein wenig tiefer in die Führung hinein. Dann machte es auch hier „Klick" und alle Rohre, an denen die Gurte befestigt waren, saßen nun fest fixiert in ihrer Verankerung. Daniel stand nun völlig unbeweglich in dem engen Schrank. Wenn er nun an eine Befreiungsstrategie vor dem Abflug der Maschine dachte, war es jetzt definitiv zu spät. „Nimm es bitte nicht persönlich, Natalie. Du bist sicher ein braves Mädchen, aber ich möchte einfach kein Risiko eingehen. In etwa drei ein halb Stunden lasse ich Dich wieder raus", beruhigte ihn Rhonda. Zwischen Kopf und Hals schob sie, während sie sprach, noch ein Brett mit einem größeren Einschnitt für seinen Hals, so dass der Schrank nun zwei getrennte Räume aufwies. Danach zog sie ihm ein Gummiband über die Perücke, an dem eine kleine Atemmaske befestigt war, platzierte sie auf Nase und Mund und öffnete das Ventil einer kleinen Gasflasche, die sie danach in einen Halter unterhalb des Brettes schob. „Das wird Dich während des Fluges etwas beruhigen. Es ist völlig harmlos," erklärte sie sachlich. „Mmmh, Mmmh", konnte Daniel nur leise von sich geben, der das Narkotikum zwangsläufig einatmete, während Rhonda ihn liebevoll anlächelte. Dann schloss sie die Tür.

Er hörte wie draußen die Triebwerke starteten. Es dauerte dann noch einige Minuten und das Flugzeug begann zu rollen. Nach einer langen Rollphase merkte er, wie es stark beschleunigte und abhob. Irgendwann hatte er das typische Ploppen in den Ohren. Die Falcon war nun hoch in der Luft. Die Zeit verging elendig langsam und es war um ihn herum völlig schwarz. Zwischendurch hörte Daniel im Hintergrund Durchsagen, einige Stimmen und Gelächter, verstehen konnte er aber davon nichts. Die einzige Konstante war das Geräusch der Triebwerke.

Plötzlich bemerkte Daniel ein Poltern. Er musste geschlafen haben. Es schien, als ob die Falcon gelandet wäre und damit ihr Ziel erreicht hätte. Doch wieder dauerte es quälend lange, bis Rhonda endlich die Tür zu seinem Schrank öffnete und ihn anlachte: „Welcome to Estoril, my Dear!", rief sie fröhlich. „Komm, mein Liebling. Ich möchte Dir den schönsten Flecken Erde zeigen, den ich kenne." Die Frauen befreiten Daniel aus seinem Gefängnis, nahmen ihm die Atemmaske ab, legten ihm wieder den Pelz über und verließen mit ihm das Flugzeug. Seine Füße, die bis auf die Zehen fast senkrecht nach oben standen, schmerzten in den hochhackigen Stiefeln. Unten an der Gangway stand ein Maserati, das gleiche Modell wie am Starnberger See. Der Wagen war diesmal im Gold der Maschine gehalten, der zweiten Farbe, in der die Falcon lackiert war. Rhonda hatte Geschmack, das musste man ihr lassen.

Diesmal stand die Falcon nicht in einem Hangar, sondern auf einem Stellplatz. Daniel spürte sofort die Wärme der Sonne unter den beiden Masken. Wieder setzten ihn die Frauen nach vorne in den Wagen und schnallten ihn an. Dann kümmerten sie sich um die Koffer, die jemand vom Flughafenpersonal aus der Maschine geholt hatte und verstauten sie im Kofferraum. Rhonda verschloss die Bordtür ihres Flugzeugs, verschwand einige Minuten im Verwaltungsgebäude des Flughafens, um sich dann wieder an das Steuer des Maserati zu setzen. Erst jetzt dämmerte es ihm. Er hatte eigentlich erwartet, dass noch die Piloten die Maschine verlassen. Aber Rhonda hatte ihre Maschine selbst geflogen.

Sie fuhren quer durch die Stadt. Zwar schauten viele Männer neugierig in die auffällige Limousine, in dem vier junge Frauen saßen, aber es fiel ihnen nicht auf, dass eine davon nicht echt war. Sie pfiffen, flirteten und winkten. Es ging weiter am Casino von Estoril vorbei und dann weiter in Richtung Cascais. Sie waren schon fast aus Estoril heraus, da bog Rhonda in eine Seitenstraße ab und fuhr in die Richtung des Meeres. Dort erreichten sie ein großes Holztor, das in beiden Richtungen aufschwang, als Rhonda die Fernbedienung, die wie bei ihrem anderen Wagen in der Mittelkonsole lag. Irgendwie hat es Rhonda mit Fernbedienungen, dachte Daniel und hätte die in dem Auto jetzt auch gerne in der Hand gehabt, allerdings dann, wenn er dort herausfahren würde.

Sie erreichten nach ein paar Minuten das Haus, das wegen seiner Säulen, die sich um das Gebäude zogen, eher aussah wie eine brasilianische Hazienda und nicht wie eine typische Finka, wie sie sich Daniel in Gedanken vorgestellt hatte. Um das große Haus herum standen hohe Zypressen, die Schatten boten und sich leicht im Wind bogen. Prachtvolle Aloe Pflanzen, Zitronen- und Olivenbäume verzierten den Garten drum herum, aufgelockert durch rundlich angelegte, mit bunten Blumen bestückte Beete. „Wir haben hier genug Platz, Natalie. Wir können hier ausgiebig trainieren", feixte Rhonda. Die beiden Freundinnen auf den Rücksitzen lachten, sie wussten schon, welches Training den hilflosen Daniel erwartete.

Rhonda parkte den Maserati am Haus und half Daniel aus dem Wagen. „Komm, ich zeige Dir zuerst Dein Zimmer", sagte sie. Sie gingen durch das Haus, diesmal aber nach unten eine Etage tiefer, weil das Gebäude am Hang lag. Dort schob sie Daniel in ein Zimmer und verschloss von außen die Tür. Auch die Fenster dieses Zimmer waren vergittert. Es war geschmackvoll im mediterranen Stil eingerichtet, besaß ein großes Bett und hatte ebenso wie sein früheres Zimmer ein eigenes Bad.

Am Abend kam Lisa und brachte ihm das Abendessen. Sie befreite Daniel soweit aus dem einarmigen Handschuh, so dass er in der Lage war, sich selbst weiter zu befreien. Rhonda hatte ihn einfach mit der Fesselung in dem Zimmer stehen lassen und schien ihn dann vergessen zu haben. „Am besten gehst Du früh schlafen, ab morgen geht Dein Training wieder los", sagte sie, „Deine Sachen werden morgen in aller Frühe angeliefert." Lisa schien einen Narren an Daniel gefressen zu haben, denn später am Abend erschien sie wieder. Er lag entkleidet im Bett, musste aber weiterhin diese Chromnase tragen, die festgeklebt war und die er einfach nicht losbekam. Auch die künstlichen, roten Fingernägel wollten nicht so recht zu einem Mann passen. Ihr passte ihre wenige Kleidung umso mehr. Sie trug weiße Dessous, passende Strapse, weiße Seidenstrümpfe und die hochhackigen weiße Lackstiefel, der an ihr schon gesehen hatte. „Tue mir bitte nichts", flüsterte sie, „Rhonda weiß nicht, dass ich hier bin." Sie legte sich mit einem Seufzer zu ihm in das Bett und begann ihm sein bestes Stück zu massieren. Doch auch wenn sie daran saugte und hineinblies, es wollte einfach nicht so wie sie es beide gerne gewollt hätten. „Das habe ich mir fast gedacht", sagte sie, verschwand und kam mit einem Glas Wasser und einer Tablette wieder. „Nimm diese Tablette und Du fühlst Dich wie ein Mann", beschwor sie ihn. „Was ist das?", fragte Daniel sie und erschrak über seine hohe Stimme. Er hatte, seit er sich in den Fängen dieser Damen befand, kaum sprechen können, aber seine veränderte, hohe Stimmlage auf einmal überraschte ihn. Wahrscheinlich mussten sich seine Stimmbänder erst wieder an das Sprechen gewöhnen und so maß er seiner höheren Sprechfrequenz keine besondere Bedeutung mehr bei. Er wollte etwas sagen, aber Lisa legte ihm den Finger auf den Mund und erklärte ihm mit einem sinnlichen Lächeln: „Das ist Viagra der neuesten Generation. Wir werden damit beide hemmungslosen Spaß haben." Den habe ich ja nun tatsächlich schon länger nicht mehr gehabt, dachte er und nahm ihr die blaue Tablette aus der Hand. Aber Daniel war wegen seiner hohen Stimme derart überrascht und verunsichert, dass er in der Nacht höchstens leise flüsterte. Aber Lisa mochte seine Nähe, wenn er leise in ihr Ohr sprach. Und sie hatte Recht. Schnell regte sich etwas und schon setzte sie sich auf ihn. Lisa war trotzdem von ihrer Art zurückhaltender als die beiden anderen Frauen. Sie kannte zwar ebenso keine Hemmungen wie ihre Freundinnen, aber von ihr ging bei allem, was sie tat, eine besondere Zärtlichkeit aus. Daniel kam zu dem Schluss, dass sie mehr ein kuscheliger Typ war. Immer wieder suchte sie die Nähe zu seinem Körper, um seine Haut zu fühlen und mochte es, sanft gestreichelt zu werden. Hier stand sie ganz klar im Gegensatz zu Caterina und Rhonda, die sich in der ersten Nacht in der Starnberger Villa eher bedienten und kaum etwas vorschreiben ließen, Lisa gab sich Daniel hin und ließ sich von ihm von Stellung zu Stellung führen. Er brauchte seine Absicht nur anzudeuten und Lisa schaute ihn mit einem bedeutenden Lächeln an, dass sie wusste, was er beabsichtigte, um dann mit ihm fließend in die neue Stellung einzutauchen. Das Schöne für Daniel war, dass sie ihm seine Zärtlichkeit auch zurückgab. Ihre Küsse waren zwar leidenschaftlich, aber sie küsste ihn mit derart viel Gefühl und ausgiebig, dass er sich zwischenzeitlich fragte, ob da von ihrer Seite nicht wesentlich mehr war als nur der Drang nach Sex.

Daniel kam wieder auf den Boden der Tatsachen zurück, als Lisa sehr früh am Morgen wieder auf ihr Zimmer gehen wollte. Daniel fühlte wieder den Hauch, der durch das Zimmer ging. Kurz darauf setzte bei ihm eine unbändige Müdigkeit ein, während Lisa ihn liebevoll streichelte. „Schlaf gut, mein süßer Liebling", flüsterte sie ihm in sein Ohr. Sie stand auf, als ob sie nichts von diesem Narkotikum mitbekommen würde, was in der Luft verströmt wurde. Dann ging sie langsam aus dem Zimmer und schloss die Tür, die für Daniel die Rettung bedeutete, hinter sich ab, ohne dass er in der Lage war, ihr zu folgen.

Dr. Martinez

Es war bereits eine Woche vergangen und Daniel hatte schon wieder jede Menge Trainingseinheiten in seinem Gummioutfit als weibliches Pony hinter sich, zwischendrin allerdings auch als Gummihund. Caterina bestand darauf, weil sie Daniel darin so furchtbar süß fand, wie sie sagte. Ihr Enthusiasmus ging so weit, dass sie mit ihm regelmäßig morgens in der Frühe eine ausgiebige Gassirunde unternahm. Daniel hatte, weil er zwischenzeitlich nur noch alles über sich ergehen ließ, wieder einige entscheidende Kilos verloren. Dabei machte sich auch das wärmere Klima bemerkbar, er schwitzte bei der südlichen Wärme stärker und musste sich mehr anstrengen, um die Leistung seiner Herrinnen zu erbringen. Manchmal hatte er das Gefühl, er würde in dem Gummi verrückt, aber es gab nie eine Chance, sich bemerkbar zu machen. Die restriktiven Outfits gaben die Bewegungen fest vor, die er machen konnte oder durfte. Lisa kam nun jede Nacht heimlich zu ihm, was Daniel endlich wieder darin bestärkte, doch ein Mann zu sein und es unbedingt auch bleiben wollte. Immer wieder suchte er nach einer Gelegenheit, um fliehen zu können. Aber Lisa ließ sich nicht erweichen und lehnte jede seiner Fragen mit einem einfachen „Nein" ab. Er gehörte nun mal Rhonda. Auch die anderen Frauen waren zu raffiniert. Es interessierte sie nicht, was sein Arbeitgeber oder Freunde in München sagen würden. Er würde jetzt die persönliche Assistentin von Rhonda und damit basta.

Daniel spürte immer mehr, dass sich etwas an ihm veränderte. Eines Morgens bemerkte er, dass seine Haare auf dem Kopf wieder nachwuchsen, die Rhonda abrasiert hatte. Das fand er zwar einerseits prima, aber andererseits hatten die kleinen Härchen, die sich auf seiner Kopfhaut zeigten, einen rötlichen Schimmer. Daniel war aber eigentlich schwarzhaarig.

Durch das permanente Tragen der edwardianischen Korsetts hatte sich auch seine Haltung verändert. Er ging mit einem Hohlkreuz und hatte zudem schon Schwierigkeiten, ohne Absätze auf seinen Füßen zu stehen. Inzwischen musste er sogar Schuhe mit leichten Absätzen anziehen, damit die Achillesfersen nicht so wehtaten, um in das Bad zu gehen. Die Sehnen schienen sich durch das veränderte Verhalten seines Besitzers leicht verkürzt zu haben. Auch machte Daniel das Ausziehen der Korsetts zwischenzeitlich mehr Schwierigkeiten als das Anziehen. Das Ausziehen schmerzte, während er das Schnüren eher als angenehm empfand. Die Korsetts stabilisierten ihn. Wie sollte sich das nur alles wieder in Ordnung bringen lassen? Er war ziemlich ratlos.

Eines Abends durfte Daniel mit den drei Frauen etwas Zeit auf der Terrasse verbringen. Man hatte ihm allerdings den einarmigen Handschuh angelegt und das Tablett umgeschnallt. Wieder hatte er für das Wohlergehen der drei Frauen zu sorgen und war für die Getränke zuständig. Dann hörte Daniel ein Klingeln. Rhonda lief eilig zur Tür und öffnete. Daraufhin erscholl ein wildes Gekreische, Dr. Matilda Martinez war zu Besuch gekommen.

Daniel brachte Matilda ein Glas Champagner, das ihm Lisa auf das Tablett gestellt hatte.

Matilda war begeistert: „Hallo Natalie, das ist ja toll, dass Du den Job bei Rhonda bekommen hast. Das war sicherlich nicht einfach." Sie blickte in sein hübsches Puppengesicht, als erwartete sie von ihm eine Antwort. Aber da es nicht möglich war, drehte sie sich zu Rhonda und zog sich mit ihr etwas zurück, damit die Anderen sie nicht hören konnten. „Ich habe Dein Bild analysiert und könnte sofort anfangen. Ich habe bereits alle Soll Daten eingegeben. Auch das mit den großen Brüsten werde ich hinbekommen. Wie weit bist Du den mit den Medikamenten?", fragte sie. „Die werden regelmäßig verabreicht, aber ich habe das Gefühl, dass die Wirkung nicht so stark ist wie Du es Dir vorgestellt hast", erwiderte Rhonda. „Wenn das so ist, sollten wir noch eine Woche warten und die Dosis ab sofort verdoppeln", schlug Matilda vor. „Es ist sowieso besser so. Je mehr sie abnimmt, umso besser wird das Ergebnis sein." Rhonda schien nachdenklich. „Trotz des Trainings geht es einfach nicht schnell genug. Hast Du nicht irgendeine Idee?" „Doch, die habe ich natürlich", erwiderte Matilda, die in den Themen über eine entsprechende Sachkenntnis verfügte, „die heißt Geduld. Wenn ein Mensch gesund abnehmen soll, geht das nur mit einer gewissen Geschwindigkeit. Der Kreislauf muss es ja mitmachen. Ich würde Dir lieber empfehlen, noch zwei Wochen dran zu hängen. Dann ist das Gewicht von unter 70 kg erreicht und das ist für so eine Größe ideal. Wenn Du dann immer noch auf Deinen Busenwunsch bestehst, lassen sich dafür locker fünf bis acht Kilo nutzen. Damit hätte der Körper selbst nur 65 kg oder weniger. Das ist bei dieser Größe bald schon Model like." Rhonda war frustriert. „Na gut, ich will besser auf Dich hören. Du weißt ja selbst, das ich es perfekt haben möchte." „Klar weiß ich das", lächelte Matilda milde, „und ich kann Dir jetzt schon versprechen, dass Du völlig begeistert sein wirst." Rhondas Augen glänzten. Sie nickte zustimmend. Lisa ging zwischenzeitlich gemeinsam mit Daniel in die Küche zum Kühlschrank, stellte eine weitere Flasche Champagner auf seinem Tablett ab und befahl ihm, damit zurück zum Tisch zu gehen. „Das klappt ja absolut hervorragend. Rhonda, wo hast du nur dieses Juwel entdeckt?", fragte Matilda, die mit ihrer Frage die bisher erzielten Ergebnisse in der Erziehung Natalies hervorheben wollte.

Die Vorbereitung

Daniel bemerkte die kommenden Tage, dass er immer wieder Schwindelgefühle bekam. Rhonda hatte das Essen weiter reduziert. Lisa kam nachts auch nicht mehr zu ihm. Die letzten beiden Tage hatte noch nicht mal mehr das Viagra geholfen, das Lisa jedes Mal mitbrachte. Er ahnte nun, dass dies mit den Medikamenten zusammenhing, die man ihm heimlich verabreichte. Aber er konnte es nicht verhindern, dass er sie regelmäßig bekam.

Rhonda war sehr zielstrebig. Sie hatte ein neues Korsett zugesandt bekommen, dass nochmals 5 cm Taille weniger aufwies. Auch das Training hatte sie nochmals intensiviert. Lisa und Caterina maulten. Sie wollten lieber am Strand oder am Pool liegen, anstatt mit Daniel das Ponytraining zu absolvieren. Eines Tages bekamen sich Caterina und Rhonda in die Haare, weil Caterina Daniel einfach irgendwo angebunden hatte und für einige Stunden mit Strandmatte und Sonnenöl runter zum Strand gegangen war. „Na und?", frotzelte sie, „das hat er doch auch so schon rausgeschwitzt."

Die Drei fanden dann aber einen Kompromiss, indem sie ihn wieder als Gummihund anzogen. So konnte er die Zeit mit ihnen an den kleinen Privatstrand oder an dem Pool vor dem Haus verbringen. Auch nahmen sie ihn mal in Rhondas Motorboot mit, das an einer Pier neben dem Privatstrand in den Wellen schaukelte. Allerdings ließen sie Daniel in der warmen Kajüte, als sie eines Abends in der Altstadt von Lissabon essen gehen wollten. Rhonda ging davon aus, dass er dort möglichst viel schwitzen würde, um abzunehmen.

Matilda kam nach einer Woche wieder bei Rhonda vorbei. Die Beiden berieten sich unter vier Augen, während Daniel mit den Getränken weit weg in einer schattigen Ecke stehen musste. Matilda hatte einen Laptop dabei und schien Rhonda Schönheitsoperationen, die sie durchgeführt hatte, im Detail zu erläutern. Neben dem Tisch, auf dem der Laptop stand, hatte Matilda ein Paket hingestellt. Gegen 22.00 Uhr brachten ihn die beiden Frauen zu Bett. Im Zimmer legte ihm Matilda ein enges, metallenes Halsband an. Er bekam aus einem Gespräch der beiden mit, dass es aus eines von Rhondas Projekten in Russland stammte. Ein lautes Klicken bedeutete ihm, dass es nun geschlossen war. Matilda hielt seinen Kopf unter dem Kinn fest und zog dann an dem Halsband. Wieder machte es laut „Klick". Das Halsband hatte sich gestreckt und behielt die Position bei. Sie wiederholte den Vorgang noch zweimal. „Rhonda, wenn Du auf lange Hälse stehst, solltest Du mir einfach mal behilflich sein", sagte Matilda entnervt. Rhonda drückte ihre Hände auf Daniels Schulterblätter, während Matilda wieder am Hals zog. Wieder klickte es. Sie wiederholten den Vorgang noch einige Male. Dann sagte Matilda, „Das sollte erst mal reichen. Das waren bestimmt drei Zentimeter. Wiederholt die Prozedur beizeiten noch mal." Daniels Hals war zum Zerreißen gespannt. Er kam sich vor wie die Frauen des Karen Stammes in Afrika, die mit Halsringen ihre Hälse verlängerten, was dort bis heute als Schönheitsideal gilt. Plötzlich hielt ihm Matilda von hinten einen Wattebausch vor die Nase. „Komm, mein Schatz. Ganz tief durchatmen!", befahl Matilda, während Rhonda ihn von vorne festhielt. Daniel wehrte sich so gut er konnte, aber da er immer noch den einarmigen Handschuh tragen musste und zudem noch unter dem stark gestreckten Hals litt, hatten beide leichtes Spiel. Nach einigem Zucken, bei dem Daniel noch liebkosende Worte von Rhonda vernahm, sackte er in sich zusammen.

Am nächsten Morgen wachte er auf. Er fühlte sich völlig desorientiert. Sofort registrierte Daniel die Pflaster auf beiden Armbeugen. Als er sich an den Hals griff, klebte dort ebenfalls ein Pflaster, dagegen war das metallene Halsband verschwunden. Was verabreichten sie ihm nur? Er blinzelte zum Fenster und bemerkte dabei das Frühstück, das bereits neben seinem Bett stand.

Diesen ganzen Tag verbrachte Daniel als servierende Natalie und war wie immer als Dienstmädchen eingekleidet. Er war auf der Terrasse wie sonst auch für die Getränke der Hausbewohnerinnen zuständig. Endlich einmal musste er keine Kutsche ziehen oder als Gummihund Gassi gehen. Hatten die Frauen endlich mal ein Einsehen?

Abends kam Matilda wieder vorbei. Wieder brachten Sie ihn gemeinsam mit Rhonda zu Bett und wieder hatte er gegen das Chloroform, dass ihm diesmal Rhonda vor die Nase hielt, keine Chance. Am nächsten Morgen fand er dann aber nur einen frischen Einstich am Arm. Dafür hatten sie ihm das metallene Halsband nicht abgenommen, dass den Vorabend dreimal mehr geklickt hatte als beim ersten Mal.

Matildas Krankenhaus

Es waren wieder mehrere Tage vergangen - Daniel schien sein Zeitgefühl schon fast verloren zu haben - da kam Matilda mit zwei Helferinnen an der Hazienda vorgefahren. Sie fuhren in einen weißen Mercedes Kombi vor, dessen Scheiben hinten herum abgedunkelt waren. An den vorderen Türen war beidseitig ein kleines rotes Kreuz angebracht, neben dem in kleinen Lettern „Martinez - Hospital and Wellness" stand. Sie holten eine größere Kiste aus dem Kofferraum, kamen herein und stellten sie im Eingangsbereich ab. Dann gingen sie auf die Terrasse, wo Rhonda und Caterina Unterlagen studierten. Daniel war wieder zum Servieren von Getränken eingeteilt, stand aber zu dem Zeitpunkt drinnen in der Ecke des Wohnzimmers und musste mit dem Gesicht vor die Wand schauen, weil er vorhin kurz gezickt hatte. Rhonda begrüßte die Gäste, bot ihnen einen Platz an und befahl Daniel auf die Terrasse. Er sollte Lisa helfen, die Getränke auf die Terrasse zu tragen. „Dann ist es also soweit", bemerkte Rhonda mit aufgeregtem Blick, „ich hatte mich schon an den Zustand gewöhnt." „In zwei Wochen hast Du sie ja wieder. Es ist gut, dass Du Geduld bewiesen hast, Rhonda. Es ist einfach wichtig, dass es perfekt wird. Die Methode wird als neue Referenz die Welt revolutionieren und uns Frauen langfristig machtvoller werden lassen, Du wirst jeden Tag stolz auf das sein, was Du bisher in Sachen Schönheitschirurgie geleistet hast", lobte sie Matilda. „Und besonders wichtig ist", ergänzte sie, „Du hast gelernt, wie man sich als Chefin verhalten muss. Jetzt musst Du nur noch bereit sein, zumindest die operativen Dinge, die Du sonst immer selbst gemacht hast, zu delegieren." „Du hast ja Recht. Danke für Deine Worte, Matilda. Du bist wirklich eine gute Freundin. Also packen wir es an", Rhonda blinzelte Matilda an.

Matilda gab ihren zwei Begleiterinnen ein Zeichen, die aufstanden und auf Daniel zugingen. Fast unbemerkt hatte Lisa ihm in der Zwischenzeit das Tablett abgenommen. Die Beiden packten ihn und schoben ihn vor sich her in die Eingangshalle. Die Anderen folgten. Die eine Helferin öffnete schweigend die Kiste und gab Daniel ein Zeichen und bedeutete ihm damit, dass er sich nun hinein setzen sollte. Er ahnte, was sie mit ihm vorhatten und wollte weglaufen, aber bereits nach einigen Schritten hatte Rhonda ihn eingeholt und drückte ihm einen Wattebausch mit Chloroform auf die Nase, den sie, auf diese Situation vorbereitet, bereits versteckt in der Hand hielt. Er wehrte sich, so gut er konnte, aber mit dem einarmigen Handschuh hatte er auch als Mann einfach keine Chance. Noch ehe Daniel endgültig die Besinnung verlor, spürte er, wie man seine Beine anhob und ihn in Richtung Kiste trug. Dort wurde er ohnmächtig.

Daniel befand sich im Auto in der Kiste, als er aufwachte. Nur sein Kopf mit Frauengesicht und Perücke ragten heraus. In dem Deckel befand sich ein mit seitlichen Polsterungen versehenes Loch, durch das sein Hals steckte. Er konnte zwar nach draußen sehen, musste aber feststellen, dass ihn die Leute überhaupt nicht zur Kenntnis nahmen, während der Wagen durch die Stadt fuhr. Die abgedunkelten Scheiben machten einen Blick in den hinteren Bereich des Fahrzeugs unmöglich. Ein hartes Klappern verriet ihm, dass der Deckel an beiden Seiten mit Vorhängeschlössern verschlossen war. Seine Situation wurde immer dramatischer. Es hatte nur einmal die Möglichkeit gegeben, zu entfliehen. Seitdem sorgte man vor. So wie es aussah, wollte Matilda ihn als Experiment nutzen und ihn mit weiblichen Attributen versehen, daran bestand kein Zweifel. Dann sollte er wohl als Referenz für weitere Schönheitsoperationen dienen. Ihm war alles klar: Die Technologie steuerte Rhonda hinzu. Damit Rhonda ihn jederzeit als Vorzeigeobjekt nutzen konnte, beabsichtigte sie, ihm den Job als ihre persönliche Assistentin zu geben, wie sie es nannte. Aber was war denn an der Technologie so revolutionär? Ein paar große Brüste konnte doch jeder Schönheitschirurg implantieren, auch wenn es dabei Scharlatane gab, die dies nur mit unschönen Narben bewerkstelligen konnten. Es stimmte wohl, gute ästhetische Arbeit war selten, aber sie wurde geleistet, wenn man zu guten Schönheitschirurgen ging. Man musste dafür nur das nötige Kleingeld haben. Wenn Daniel aber nicht in der Travestieszene enden wollte, musste er sich ganz schnell etwas einfallen lassen.

Der Wagen fuhr in eine Garage und hielt dort. Die beiden Helferinnen kamen nach hinten, öffneten die Heckklappe und zogen Daniel mit der Kiste hinaus. An den beiden Enden waren Griffe angebracht, so dass ihn die Helferinnen samt Kiste problemlos auf einem Sackkarren abstellen konnten. Dann rollten sie ihn durch einige leere Gänge hindurch in ein Zimmer. Daniel wollte sofort aktiv werden, sobald man ihn aus der Kiste gelassen hatte. Aber Matilda war auf alle Eventualitäten vorbereitet und betäubte ihn, während er noch in der Kiste eingesperrt war und er verlor die Besinnung.

Als Daniel wieder zu sich kam, saß Rhonda bei ihm am Bett. Er versuchte sich zu bewegen, aber er war festgeschnallt. „Hallo mein Liebling ", sagte sie zärtlich, „nun ist es endlich soweit. Du wirst bald ein neues Leben beginnen. Hab' keine Angst. Es wird überhaupt nicht wehtun. Matilda wird Dich für die Zwischenzeit in ein künstliches Koma versetzen, damit sie ihre Arbeit machen kann. Wenn sie fertig ist, holt sie Dich wieder zurück." Daniel versuchte sich verzweifelt aus dem fest sitzenden Handschuh zu befreien. Man hatte ihn einfach auf dem Bett festgeschnallt und seine Hausmädchenkleidung angelassen. Er versuchte es mit ruckartigen Bewegungen, aber es war einfach sinnlos. Rhonda beachtete es nicht und strich zärtlich über sein Puppengesicht.

„Es wird übrigens die erste Schönheitsoperation sein, bei der man auch den Knochenbau durch den Einsatz von Nanosonden verändert. Deiner wird – soweit das möglich ist - am Ende dem einer jungen Frau gleichen. Er wird einfach perfekt sein, es ist eine völlig revolutionäre Technologie, die Matilda und ich gemeinsam entwickelt haben. Ich habe extra für Dich die Idealmaße berechnet." Daniel drehte fast durch, aber Rhonda ging einfach darüber hinweg. Die Gummimaske presste seine Kiefer mit der gleichen Kraft zusammen wie sie es schon seit Wochen tat. Außer einem „Mmmh, Mmmh" bekam er nichts heraus. „Und was besonders spannend sein wird, ist, festzustellen, ob Du auch einen Orgasmus haben kannst, ist das nicht irre?" Rhonda war völlig begeistert. Irre war der richtige Ausdruck. *Du* bist völlig irre, dachte Daniel.

Matilda kam mit einer Krankenschwester in das Zimmer. Die Schwester schob einen Ständer vor sich her, an dem ein Tropf hing.

„Wir sehen uns in zwei Wochen, Natalie Schatz", verabschiedete sich Rhonda mit einem sanften Lächeln. Die Angst, die Daniel in den Augen hatte, war durch die gläsernen Augenlinsen der Frauenmaske nicht zu sehen. Für Rhonda war er eine gepflegte, junge Frau mit einem perfekt gestylten Gesicht. Rhonda gab ihm noch einen Kuss auf den unechten Mund. Dann hielt ihm Matilda Watte mit Chloroform vor die Nase und er schlief ein.

Eine neue Lebenseinstellung

Natalie wachte auf, als Licht durch das Fenster schien. Zuerst sah sie alles nur verschwommen vor sich, aber sie fühlte, dass noch jemand im Raum war. Sie versuchte ihren Kopf etwas zur Seite zu bewegen, sah aber lediglich in ein Büschel roter Haare. Schemenhaft erkannte Natalie eine Person, die auf einem Sessel saß und schlief. Der Raum glich eher einem gemütlichen Hotelzimmer als dem eines Krankenhauses. Sie versuchte sich aufzurichten, war aber an Händen, Füssen und am Hals festgeschnallt, so dass ihr Versuch sofort im Keim erstickt wurde. Auch schien Natalie wieder dieses schreckliche Metallhalsband umzuhaben, das aber zumindest nicht mehr so wehtat, obwohl es stark gestreckt zu sein schien. Dann versuchte sie an sich herunter zu schauen, aber das Metallhalsband unterband jede Kopfbewegung. Aus den Augenwinkeln sah sie, dass man ihr eine Decke übergelegt hatte, die sich aber im Brustbereich stark zu wölben schien. „Rhonda?", rief sie leise. Sie erschrak über ihre hoch klingende, weibliche Stimme. Rhonda erschrak ebenfalls und machte sofort einen Satz von ihrem Sessel hin zu ihrem Bett. „Hallo, mein Liebling. Wie geht es Dir?" Sie strich Natalie sanft über die Haut und gab ihr einen zärtlichen Kuss auf den Mund. Diesmal spürte sie den Kuss Rhondas sinnlicher Lippen. „Warum hast Du das mit mir gemacht?", fragte Natalie sie. Sie war der Verzweiflung nahe, denn sie konnte spüren, dass man an ihrem Körper deutlich etwas verändert hatte. „Ich mochte Dich von ersten Moment an, als ich Dich sah", flüsterte Rhonda zärtlich, „Du warst für mich der Idealmann und eben deswegen eine Herausforderung. Ich habe mich einfach in Dich verguckt." „Und deshalb entführst Du und erniedrigst mich?", fragte Natalie weiter. „Nun ja, ich mag keine Männer, die mit mir in der Beziehung auf einer Ebene stehen. Sowieso fühle ich mich von weiblichen Körpern mehr angezogen als von männlichen, aber trotz allem fasziniert mich ihre Denkweise. Das ist ein Verlangen, das ich schon lange habe. Deshalb habe ich seit mehreren Jahren auf dieses Ziel hingearbeitet. Und Dich habe ich dafür ausgewählt", antwortete sie lächelnd. „Du hast über mich bestimmt!", sagte Natalie scharf und war wieder überrascht über ihre helle Stimme. „Natürlich habe ich das", entgegnete Rhonda gleichgültig, „Aber ich wollte Dich unbedingt. Du hättest wohl kaum zugestimmt. Aber Du bist ein Typ, der mit einem neuen Leben fertig werden kann. Du wirst schon sehen. Und überhaupt, Du wirst bei mir einen interessanten Job anfangen." „Mach das sofort wieder rückgängig!", keifte Natalie sie an. Rhonda fing an zu lachen. „Rückgängig? Mein Schatz, es gibt nur den Weg in die eine Richtung. Alea acta est. Die Würfel sind für Dich gefallen, zumindest in diesem Leben."

Matilda kam herein. „Unsere Patientin ist aufgewacht, wie ich sehe. Das trifft sich ja gut." Matilda hielt Natalie die Nase zu, so dass sie den Mund zum Atmen öffnen musste. Zumindest war die Nase endlich von dieser Metallhülle befreit. Dann drückte Matilda ihr einen schlanken Gegenstand in den Mund und drückte auf einen Knopf, der sich am oberen Ende befand. Sofort sprang der Gegenstand auf und bildete in Natalies Mund eine große Kugel. Dann ließ Matilda die Nase wieder los.

„Ich habe gerade das Piercing desinfiziert, das Du mir mitgebracht hast", sagte sie zu Rhonda, „wo hast Du das denn her, das ist ja niedlich." „Caterina hat es entwickelt", antwortete Rhonda, „es ist eine neue Technologie, die es zwischenzeitlich auch auf dem Handymarkt gibt. Die körpereigene Temperatur wird dazu genutzt, dass Strom erzeugt werden kann, zumindest in geringer Stärke. Sie hat diese Idee mit Piercingschmuck verbunden. Das, was Du da vor Dir hast, sind echte Edelsteine. Unter jedem Edelstein findet sich eine sehr kleine Diode, die Licht abgibt. Der Minigenerator, der den Strom durch die Köperwärme erzeugt, sitzt direkt an dieser Diode dran. Der Effekt ist, dann, dass Du - zumindest im Halbdunkeln - die Edelsteine deutlich leuchten sehen kannst", erläuterte sie Matilda. „Es ist eine tolle Möglichkeit, es bei Natalie auszuprobieren. Die Leute werden sowieso schon von unserer Methode begeistert sein. Da verkaufen wir den neuen Piercingschmuck doch ganz nebenbei mit." Beide lachten über diese Idee, die sie für hervorragend hielten.

Matilda nahm eine Art Pistole von dem Tablett und hielt sie Natalie in das Blickfeld. „Diese Pistole enthält einen kleinen Laser. Sie ist im Prinzip nichts anderes als eine Miniaturausgabe der Enthaarungsröhre, in der Du während Deiner kleinen Schlafphase einige Stunden verbracht hast", erklärte ihr Matilda die Funktion des Lasers, „während die Laser in der Röhre alle Haarwurzeln Deines Köpers - abgesehen von Deinem Kopfhaar und Deinen Augenbrauen - ertastet und dann verdampft haben, lassen sich mit diesem Handlaser hier normalerweise Einzelhaare entfernen. Stellt man ihn auf eine höhere Stärke, lassen sich damit allerdings auch kleine Löcher durch die Haut brennen. Durch die hohe Hitze wird die Wunde, die entsteht, sofort wieder verödet und das Loch bleibt bestehen. Praktisch und kaum schmerzhaft. Einfach toll, nicht wahr?"

Rhonda hatte während Matildas Erläuterungen glänzende Augen bekommen. „Wirklich schade, dass Du die Enthaarungsröhre noch nicht sehen konntest, Natalie. Es ist eine meiner Erfindungen, die Lasertechnologie effizient für Schönheitsoperationen einzusetzen. Du wirst nie mehr einen Rasierer in die Hand nehmen müssen, auch nicht für irgendwelches Barthaar. Du brauchst nur noch regelmäßig zum Frisör", schmunzelte Rhonda.

„Wo möchtest Du die niedlichen Piercings hinhaben, Rhonda?", fragte Matilda, während sie mit der Laserpistole herumfuchtelte. „Wie ich sehe, hast Du unterschiedliche Farben mitgebracht." Rhonda holte einen Zettel aus ihrer Handtasche und begann zu lesen: „Rubinrot in das rechte Ohrläppchen, saphirblau in das linke." Matilda zückte die Pistole, setzt sie auf ihr rechtes Ohrläppchen und schon zuckte Natalie durch einen leichten Schmerz zusammen. Es roch kurz nach verbranntem Fleisch. „Stell Dich nicht so an!", sagte Rhonda barsch, während Matilda das Loch in ihr anderes Ohrläppchen schoss „Einmal blau in den rechten Nasenflügel, einmal rot in den linken. Der große Diamant ist für den Bauchnabel vorgesehen", fuhr sie fort. Matilda machte flink die Löcher und steckte das Piercing hinein, fixierte es dann von hinten mit einem kleinen, flachen Aufsatz und verlötete es mit einem kleinen Lötkolben. „Nicht in die

Brustwarzen?", fragte sie. „Nein, das sieht man nur unter enger Kleidung", antwortete Rhonda. „Ich möchte, dass Du die acht restlichen Piercings jeweils in einer Linie der auf der rechten und linken Schamlippe verteilst. Vier Stück auf jede Seite." „Das wird dann allerdings ein wenig schmerzhafter für unsere tapfere Patientin", warnte Matilda und schaute auf das kleine Metalltablett mit dem restlichen Schmuck. „Ich zähle hier vier unterschiedliche Farben. Soll ich die verteilen, oder sollen sich die Farben gegenüber liegen?", wollte sie wissen. Währenddessen drückte sie einen Knopf am Bett und fuhr damit Natalies Beine einfach auseinander, die an den Seiten ebenfalls festgeschnallt waren. „Verteilen. Ich habe es genau notiert. Rechts zuerst der Rubin, dann der Diamant, danach der Saphir und zuletzt der Smaragd. Auf der linken Seite machst Du es genau umgekehrt", las Rhonda von ihrem Zettel. Sie ging, während sie sprach, langsam um das Bett – dahin wo Matilda gerade zwischen Natalies gespreizten Beinen stand. Matilda schob die Decke zurück. „Wow!", rief Rhonda begeistert, das ist ja perfekt." Sie strich mit ihrer Hand langsam über Natalies Bauch hinunter zwischen die Beine. Normalerweise hätte sie jetzt Glied und Hoden erreicht. Natalie wollte zusammenzucken, aber da war nichts. Stattdessen traf Rhonda mit ihrer Hand auf einen kleinen Hügel und eine Rille, die ihr unbekannt waren. Mein Gott! Sie hatten es tatsächlich getan, dachte Natalie verzweifelt, ihr schossen die Tränen in die Augen. „Das sieht ja aus wie eine schöne Rose", bewunderte Rhonda das Ergebnis der OP. Sie bemerkte nicht, dass Natalie heftig mit den Tränen kämpfte. „Das habe ich mir in meinen kühnsten Träumen nicht so vorgestellt." „Ja, in der Tat. Ich habe auch ziemlich perplex davor gestanden", gestand Matilda. „Aber im Grunde ist es logisch. Während Natalie schon im Koma lag, haben wir die Istwerte bis auf den Millimeter genau ausmessen können und dann Deinen Solldaten gegenübergestellt. Die Software hat dann die OP Prozesse für die Arbeit der Laser errechnet und damit hundertprozentig exakt jeden Schnitt und jede Haut An- oder -ablösung virtuell abgebildet, die zur Erstellung einer weiblichen Scham notwendig sind. Das Lasergerät haben wir für die Operation auf die linke Seite des OP Tisches gestellt und arbeiten lassen, die manuell anfallenden Aufgaben haben wir von rechts durchgeführt. Das Gerät hat nach jedem von uns definierten Prozess aufgehört zu arbeiten und wir haben dann die Restarbeit erledigt. So ging das dann abwechselnd, bis wir fertig waren. Man darf nur nicht mit den Händen in die laufenden Laser geraten", sagte sie ernst. „Siehst Du die vielen kleinen roten Linien hier zwischen den Schenkeln?" „Ja, sehe ich", antwortete Rhonda, kam näher heran und nickte dabei. „Das sind Schnitte, die der Laser nach der Korrektur wieder verschweißt hat", erklärte ihr Matilda. „Wie Du ja selbst weißt, verschwinden die Schnittlinien nach einigen Tagen von selbst und danach kann niemand mehr erkennen, dass hier etwas verändert wurde. Die Schnitte sind durch den Einsatz Deiner Lasertechnologie sofort wieder verheilt. Es benötigt keine langen Wochen und keine dauernden Desinfizierungen mehr. Natürlich ist der Aufwand, ein komplettes weibliches Geschlechtsteil mit allen bekannten Funktionen zu Lasern, ungleich höher als alle anderen Änderungen an anderen Stellen des Körpers. Aber wie Du siehst, ist jeder Schnitt gemacht worden, wie er sein soll. Auch die Harnröhre wurde sauber umgelegt. Bei Kitzler und Vagina müssen sich allerdings die Nerven erst an ihre neuen Aufgaben gewöhnen und die richtigen Impulse senden. Trotzdem ist die Patientin von Anfang an schmerzfrei. Wie lange das dauert, kann ich noch nicht sagen. Aber dafür ist es ja auch ein Experiment." „Und ihr Gesicht?", fragte Rhonda, „Natalie ist ja unwahrscheinlich hübsch geworden, das Ergebnis ist phantastisch." „Das ging fast vollautomatisch. Da haben wir nur die Augen abgedeckt und im Grunde nur zugeschaut, wie das Frauengesicht entstand", erwiderte Matilda. „Die Kopfform und die Kiefer haben wir ja mit der Nanosonden Technologie korrigiert. Da wir ihr Gesicht am Rechner berechnet haben, sind beide Gesichtshälften vollkommen identisch. Und da wir Menschen die Gleichmäßigkeit beider Gesichtshälften als schön empfinden, hat Natalie in unseren Augen ein traumhaft anmutiges Gesicht bekommen. Sie ist einfach perfekt."

Matilda konzentrierte sich wieder und begann, die Löcher für den Intimschmuck, den Rhonda mitgebracht hatte, im Schambereich zu Lasern. Natalie fühlte dann doch nicht so viel wie erwartet, im unteren Bereich ihres Körpers war noch alles wie taub. Nachdem Matilda die Edelsteine eingesetzt hatte, zog sie die Vorhänge zu und schaute Natalie zwischen ihre gespreizten Beine. „Alle Edelsteine leuchten", rief sie erleichtert, „das sieht ja richtig nett aus. Da hat Caterina aber eine süße Idee gehabt." „Schon klar", lächelte Rhonda, die den Wink verstand, „ich habe natürlich noch einige Steine für Dich im Wagen." Matilda strahlte. Sie überzeugte Rhonda, zumindest doch Piercinglöcher in die Brustwarzen zu Lasern. „Wenn wir schon mal dabei sind.....", sagte sie und zog die Brustwaren an den Nippeln vorsichtig hoch, um den Handlaser besser ansetzen zu können.

„Hast Du eigentlich schon ihre Körpergröße gemessen?", fragte Rhonda. „Ja, 1,78m", antwortete Matilda, „also gut 10cm weniger. Dabei haben wir uns auf den Oberkörper konzentriert, damit die Beine im Verhältnis länger werden. Das Becken haben wir lediglich der weiblichen Form angepasst, man konnte es aber vom Prinzip her so belassen. Die Beine sind von den Schenkeln ab jetzt wesentlich schlanker. Hier waren die Knochen einfach zu kräftig. Allerdings stand Natalie für die Knochenanpassungen zweimal zweiundsiebzig Stunden in der Nanosonden Kammer. Ich habe während der Zeit kaum schlafen können, weil wir insbesondere bei ihren Rippen immer wieder manuell eingreifen mussten. Aber für die Korsetts, die sie gemäß Deinem Wunsch tragen soll, mussten die Rippen im unteren Bereich etwas nach innen gelegt und auch leicht gekürzt werden. Für die Zukunft werden wir uns da noch etwas einfallen lassen müssen. Die Zeiten müssen noch drastisch reduziert werden." „Hmmm", brummte Rhonda, sie schien nachzudenken. „Könntest Du die Erfahrungen zu Papier bringen? Dann hätten wir gute Anhaltspunkte für das nächste Release." „Geht in Ordnung, lass mir dafür aber ein paar Tage Zeit", erwiderte Matilda.

Matilda drückte den Knopf, so dass Natalies Beine wieder zusammen fuhren und deckte sie zu. „Wie gefällt Dir den Natalies Stimme?", fragte sie. „Nicht schlecht, aber vielleicht noch ein wenig zu kindlich – auch wenn es zu ihren Gesicht mit den großen, kindlich anmutenden Augen passt", gestand Rhonda. „Könntest Du sie nicht ein wenig tiefer und etwas lasziver modulieren?" „Lasziver?", Matilda lachte, „ich kann sie etwas dunkler einstellen, aber lasziv reden muss Natalie dann schon von selbst." „Du weißt schon, was ich meine", drängelte Rhonda. „Natürlich weiß ich, was Du möchtest. Wir gehen gleich mal in das Stimmenlabor und Du suchst Dir die Stimme aus, die Dir am besten gefällt." Ohne ein weiteres Wort gingen Matilda und Rhonda aus dem Zimmer und Natalie war mit ihrer neuen, ungewollten und völlig abartigen Situation alleine.

Die Neue im Team

Es vergingen noch einige Tage, bis Rhonda Natalie zurück in ihr Haus holte. Am nächsten Tag wurde Natalie nochmals betäubt, damit man ihre Stimme anpassen konnte. Glücklicherweise empfand Natalie ihre neue Stimme ebenfalls als angenehmer, aber es dauerte einige Stunden, bis sie nach kurzen, aber heftigen Halsschmerzen wieder sprechen konnte.

Als man Natalie losgeschnallt hatte und sie das erste Mal aufstehen konnte, merkte sie, dass das Gehen völlig unmöglich geworden war. Caterina, die Natalie gerade besuchte, stützte sie und setzte sie wieder behutsam auf das Bett. Natalie konnte nur noch auf den vorderen Fußballen und Zehenspitzen gehen. Caterina holte High Heels aus dem Schrank und zog sie ihr an. Natalie begutachtete ihre Füße und fand rote Linien an beiden Fersen. Matilda schien ihr tatsächlich die Sehnen verkürzt zu haben. Als sie später kam, bestätigte sie ihren Verdacht. Rhondas besonderer Wunsch bei ihrem Auftrag war, dass Natalie künftig perfekt auf hohen Absätzen laufen sollte. Daher hielt sie es für das Beste, die Sehnen der Achillesferse kürzen zu lassen, so dass die Füße nur noch nach unten zeigen konnten. Matilda zuckte bei Natalies Flüchen nur mit den Achseln. Es sah im Liegen schon ziemlich komisch aus, wenn die Füße in einer so stark gestreckten Haltung stehen blieben anstatt sich zu entspannen.

Lisa erschrak, als sie durch die Tür in Natalies Krankenzimmers kam. Ein rothaariges, langbeiniges Wesen stand am Fenster und schaute hinaus. „Oh, Entschuldigung. Da habe ich mich wohl….", stammelte sie und war im ersten Moment davon überzeugt, dass sie sich im Zimmer geirrt hatte. Das Wesen drehte sich zu ihr um und schaute sie mit seinen, großen, grünen Augen an. „Daniel", flüsterte Lisa und ihr Gegenüber nickte. Mit so einer dramatischen Verwandlung hatte sie nicht gerechnet. Tausende Gedanken flogen auf einmal durch ihren Kopf. Mit diesem neu geschaffenen Wesen hatte sie bereits mehrere intime Nächte verbracht, Nächte, die sie immer wieder berührt hatten. Aber nun stand es als unwiderrufliches Ergebnis von Rhondas abgrundtiefen Seelenschmerzes da – Rhondas gnadenlose Rache an der Männerwelt, für die sie lange Jahre der Vorbereitung getroffen hatte. Das Tragische war nur, dass dieser Mensch mit seiner gerade neu geschaffenen Zukunft, der ihr mit traurigem Blick gegenüber stand, nichts mit den Ursachen zu tun hatte. Natalie war die perfekte, aber sadistische und perfide Umsetzung einer Frau, deren Schmerz zu einem Wahn geworden war. Lisa sah diese schöne, junge Frau trotzdem begeistert an, obwohl es ihr unheimlich war. Es war aber auch rein gar nichts übrig geblieben, was auf die ursprüngliche Person hätte hindeuten können. Verdammt, ist sie schön, dachte sie. Natalie liefen die Tränen über die Wangen, als sie Lisas erstarrten Blick sah. Lisa ging zu ihr und nahm sie zärtlich, aber mit einem völlig ungewohnten Gefühl in ihre Arme. Dann setzten sie sich auf das Krankenbett, wo Natalie leise schluchzte, während Lisa ihre langen, schmalen und schön gezeichneten Hände hielt. Es dauerte einige Zeit, bis Natalie sich beruhigt hatte. Lisa selbst fasste ebenfalls wieder klare Gedanken und entschloss sich, das Beste aus dieser Situation zu machen. Sie ging mit Natalie in das Bad und zeigte ihr vor dem Spiegel, wie sie sich am besten schminken sollte und hatte dafür auch extra ein größeres Beauty Case voller Schminkutisilien mitgebracht. Typisch Frau, dachte Natalie, als sie in das Beauty Case hineinsah, und stellte im gleichen Augenblick fest, dass sie sich wohl in Zukunft um ein ähnliches Hobby bemühen müsste. Als Natalie sich das erste Mal im Spiegel betrachtet hatte, war sie ebenfalls von ihrem neuen Äußeren begeistert. Die Perfektion hatte sie so nicht erwartet. Sie hätte sich sofort angemacht, wenn dies möglich gewesen wäre. Obwohl sie eigentlich über vierzig Jahre alt war, sah sie nun aus wie Mitte zwanzig. Das Gesicht ähnelte trotz der sehr harmonischen Gesichtszüge und den hoch stehenden Wangenknochen stark dem der Maske. Jedenfalls wurde ihr klar, dass die Maske wohl als Grundlage oder als beabsichtigte Gewöhnung für ihr geplantes Äußeres gedient zu haben schien. Aber ihre braun-grünen Augen waren zumindest die gleichen geblieben, auch wenn sie mit dem neuen, zierlicheren Gesicht wesentlich größer wirkten, so dass man Natalie leicht einen etwas naiven Blick unterstellen konnte. Sie hatte eine zierliche, leicht nach oben zeigende Nase und einen großen, aber gerade noch natürlich wirkenden Schmollmund. Man sah die sauber geschliffenen, gut konturierten Wangenknochen und ein leicht rundlich geformtes Kinn. Die langen, roten, leicht gelockten Haare, die sie als erstes bemerkte, als sie nach der Operation im Krankenhaus zum ersten Mal aufwachte, waren tatsächlich ihre. Matilda hatte tatsächlich die Möglichkeit, menschliches Haar in Rhondas Wunschfarbe zu reproduzieren und es Natalie während ihrer zweiwöchigen Komaphase eingepflanzt. Sie glichen farblich der Perücke, die sie lange getragen hatte. Die Haare waren jetzt lediglich ein wenig länger, auch wenn sie nur bis knapp über ihre Schultern fielen. Mit ein Grund schien die größere Halslänge zu sein, die ein ganzes Stück zugenommen hatte. Natalie war etwas ratlos, wie Matilda aus einem stämmigen Männerhals einen derart langen, schlanken Hals zaubern konnte. Sie hob ihre Haare an und befand, dass ihr Hals für ihre Körpergröße eigentlich schon zu lang war. Aber wenn die Haare so herabfielen wie jetzt, passte es gut zusammen. Der männliche Brustkorb von früher war ebenfalls nur noch Makulatur. Natalie hatte einen schlanken Oberköper und ziemlich große, volle Brüste, die von ihrer Größe aber gerade noch harmonisch zu ihrem Körper passten. Matilda musste sich durchgesetzt haben. Außerdem schien sie Wert darauf gelegt zu haben, dass die Brüste eine völlig natürliche und leicht geschwungene Form besaßen. Jeder Schönheitschirurg, der Vergrößerungen durchführte, hätte sich hier eine Scheibe von abschneiden können. Darüber hinaus wurde Natalies Linie durch eine sehr schmale Taille und durch ein leicht herausstehendes Hinterteil mit prallen Pobacken betont, die Rhonda, Lisa und Caterina bei sich selbst bislang nur über die Korsettierung erreichten. Bei Natalie gehörte es nun zu ihrem natürlichen Äußeren. Während sie sich musterte, hatte Lisa ihre Fingernägel gefeilt und lackierte sie nun in einem rot, das zu Natalies Haaren passte. Na, dachte Natalie und hob ihre fertig maniküre linke Hand in das Licht der hellen Badleuchte, die sind dann wohl ab heute auch echt.

Lisa hatte ihr ebenfalls Kleidung mitgebracht. „Ich habe etwas leichtes herausgesucht", erklärte sie, „es sind locker 30 Grad draußen." Sie gab ihr einen weißen String Tanga und einen weißen BH, dann holte sie einen sehr kurzen, dunkelblauen Rock und ein weißes T-Shirt mit V-Ausschnitt aus der Tasche. Natalie zog alles an und befand, dass das T-Shirt wohl etwas zu kurz war. Sie konnte es gar nicht in den Rock stecken. Es lag nach unten offen über ihren Brüsten. „Lass es so, Natalie. Das gehört so. So betonst Du Deine großen Brüste und bekommst gleichzeitig frische Luft an Deinen Körper", sagte Lisa und holte gleichzeitig bronzene Pumps in einem edlem, italienischen Design und locker 12 cm hohen Stilettoabsätzen aus der Tasche. „Zieh die hier an, damit solltest Du gut laufen können." Dann nahm Lisa noch eine Chanel Sonnenbrille mit großen Gläsern, wie sie bei der Damenwelt aktuell modern war, aus der nicht leer werden wollenden Tasche heraus und steckte sie Natalie in das Haar. „Hübsch siehst Du aus, richtig zum Anbeißen", grinste Lisa schelmisch und gab Natalie einen langen, intensiven Kuss auf ihren Schmollmund. Wieder spürte Natalie intensiv die Lippen einer anderen Frau. Allerdings berührte sie die besonders ausgeprägte Zärtlichkeit der Frau, die ihr beinahe liebevoll in ihr neues Leben half und sie abholen wollte. Und plötzlich wurde ihr bewusst, dass sie diese besonders intensiven Küsse ja eigentlich schon kannte.

Lisa nahm sie an der Hand und ging mit ihr aus dem Zimmer. Matilda war nicht mehr anzutreffen, sie war mitten in einer OP. Also gingen sie einfach hinaus zum Parkplatz, wo Lisa die Tür eines ziemlich teuer aussehenden, weißen Mercedes SL Cabrios öffnete. „Fesselst Du mich nicht?", fragte Natalie sie verwundert. „Nein", grinste Lisa und nahm Natalie noch einmal fest in ihre Arme, „Ich bestimmt nicht. Du bist jetzt eine von uns. Wenn Rhonda Dich fesseln will, dann deswegen, weil Du ihr gehörst. Den Befehlsgeber wirst Du früh genug wieder tragen müssen. Also freue Dich. Und im Übrigen, wo willst Du denn hin? Der Polizei erzählen, dass Dich drei Frauen entführt und Dich dann von einem Mann zu einer Frau transformiert haben? Und so wie Du jetzt aussiehst?" Sie lachte über diese Vorstellung, hielt dabei die Beifahrertür auf und half Natalie in den offenen Wagen.

Sie fuhren durch die Stadt. Natalie genoss die Sonne und den Wind auf ihrem Gesicht. Beides hatte sie so lange vermisst. Sie zog die Sonnenbrille in das Gesicht als Lisa kräftig Gas gab und betrachtete sich im Schminkspiegel des Autos. Dort sah sie in ein fremdes Frauengesicht, dass genau die Mimik ausführte, die Natalie ihm vorgab.

Lisa erzählte Natalie, dass Rhonda ihrem Arbeitgeber gekündigt, ihre Wohnung in München aufgelöst und ihr Auto nach Russland verkauft hatte. Einige Freunde hätten sie, nachdem sie sich nicht mehr meldete, als vermisst gemeldet. Es gab einige Suchmeldungen in Presse und Fernsehen, aber die Suche blieb erfolglos. Lisa hielt plötzlich an einer Eisdiele, deren Terrasse auf das Meer zeigte. „Komm", sagte sie, „die Aussicht musst Du gesehen haben." Auf der Terrasse schwirrten sofort einige Männer um die beiden Frauen herum, die sie permanent zu Drinks und zu einem gemeinsamen Abend in der Disco einladen wollten. Gut aussehende Frauen haben es doch manchmal schwer, befand Natalie und lächelte in sich hinein, denn ihr Geheimnis kannten die Männer glücklicherweise nicht. Offenbaren wollte sie es natürlich auch nicht.

Nach etwa zwei Stunden, einem großen Eisbecher und nach etwa einhundertzwanzig Anmachen, an denen sich auch der Eisdielenbesitzer rege beteiligte, so dass er die anderen Kunden vergaß, machten sich die Beiden auf den Weg nach Hause. Natalie genoss noch einmal die Fahrt, auch wenn sie sich fragte, wie sie wohl je in ihr altes Leben zurückkommen könnte.

Rhonda und Caterina warteten bereits ungeduldig auf die Heimkehrer. „Verdammt nochmal, warum habt ihr nicht angerufen?", fluchte Rhonda, begrüßte Natalie dann aber mit vielen leidenschaftlichen Küssen. Auch Caterina schien sie sichtlich zu gefallen. Während die beiden anderen Frauen zusammen sprachen, griff ihre Hand in Natalies noch ungewohnt neue Intimzone. „Du siehst super aus. Gib zu, dass sich der Eingriff gelohnt hat", schwärmte sie und strich dabei über Natalies prallen Po. „Ich werde demnächst auch noch einige Korrekturen bei Matilda machen lassen", flüsterte sie in ihr Ohr, „*Das* werde ich jedenfalls nicht so auf mir sitzen lassen."

Am Abend saßen sie dann zu viert auf der Terrasse. Tatsächlich hatte Rhonda Natalie befohlen, ab sofort wieder den Befehlsgeber zu tragen. Sie war auch ab sofort wieder für die Getränke zuständig und lief deshalb mit ihren High Heels zwischen Kühlschrank, Weinkeller und Terrasse hin und her. Sie trug wieder das hochgeschlossene, blaue Kleid und dazu ein neues edwardianisches Korsett, das ihr wegen seiner sehr engen Schnürung beinahe den ganzen Hunger nahm. Die Taille wirkte so, als steckte sie in einer kleinen Röhre. Sie saß deswegen schräg und damit ziemlich unbequem auf den edlen Lounge Möbeln, die wegen des schönen Wetters extra von der Überdachung unter den freien Himmel gezogen worden waren. Als es dunkel wurde, spiegelte sich der neue, leuchtende Schmuck in Natalies Gesicht im Wasser des Pools, als sie hinein blickte.

Die nächsten Tage verliefen ruhig und die roten Linien auf Natalies Körper wurden immer blasser. Sie durfte den Tag auf einem Deckchair am Pool verbringen, dabei lesen und Cocktails trinken. Nur die direkte Sonne sollte sie auf Wunsch von Matilda einige Tage meiden und möglichst unter einem Schirm bleiben. Lisa hatte Natalie zum Schutz vor der starken Sonne vorsichtshalber ausgiebig mit einer Sonnenmilch mit hohem UV Schutz eingerieben. Besonders ihre Brüste hatte sie intensiv damit behandelt, zu intensiv, wie Natalie belustigt fand, zumal es in ihr unbekannte erregende Gefühle auslöste. Aber Lisa zeigte sich gegenüber ihrer nicht ernst gemeinten Kritik resistent und kniff ihr sanft in die Brustwarzen, während sie lachte. Rhonda hatte Natalie einen dunkelblauen, stark glänzenden Bikini gegeben, den sie während dieser Tage regelmäßig trug. Er bedeckte nur das Nötigste und hatte am Po lediglich einen kleinen String. Am zweiten Tag ging Natalie zum ersten Mal in den Pool. Da sie ohne High Heels nicht laufen konnte, ging sie in Schuhen bis zum Beckenrand, setzte sich, zog die Schuhe aus und ließ sich dann in das Wasser gleiten. Es war auch gleichzeitig das erste Mal mit ihrem neuen, fremden Körper. Immer wieder stieß sie während des Brustschwimmens mit den Armen an ihre

Brüste, die zudem im Wasser einen Widerstand verursachten. Lisa kam hinzu und schwamm mit ihr gemeinsam ein paar Runden. Dann wandte sie sich Natalie zu und begann sie im Wasser zu küssen. Sie öffnete das Band vom BH, das hinten am Hals zu einer Schleife zusammengebunden war und massierte ihr ihre Brüste, während sie hinter ihr stand und sie am Hals küsste. Natalie schloss genussvoll die Augen, dann vernahm sie kleine helle Blitze, die vor ihr durch das Blickfeld sausten. Natalie genoss es, dass Lisa sich außerdem mit ihren eigenen Brüsten fest an ihren Rücken schmiegte und mit ihnen an ihrem Körper entlang fuhr.

Am folgenden Abend schienen Rhonda, Lisa und Caterina mal wieder in Feierlaune zu sein. Zu dritt zitierten sie Natalie auf die Terrasse. „Happy Birthday, Mrs. Natalie Dupont!", riefen sie im Chor und überreichten ihr feierlich eine Mappe. Natalie lachte über den Blödsinn, den alle drei um sie herum machten und öffnete die Mappe. Sie fand alles darin, um in dieser Welt wieder als existent zu gelten: Ein Personalausweis mit biometrischem Bild, ein Reisepass mit biometrischem Bild, eine Geburtsurkunde und eine Anmeldebescheinigung für die Villa in Starnberg. Dazu kamen jede Menge Schul- und Studienabschlüsse. Auf der vorletzten Seite fand Natalie einen Arbeitsvertrag und auf der letzten Seite Wagenpapiere mit Schlüsseln. Sie studierte alles schweigend und fragte dann, wie man an solche Papiere kommen konnte. „Naja", begann Rhonda etwas verunsichert, „es ist bloß immer eine Frage des Geldes. Ich kenne in Paris ein paar Leute, die mir nur ungern eine Bitte abschlagen. Denen habe ich ein paar Bilder von Dir geschickt und voilà, schon bist Du gebürtige Pariserin. Deine Eltern sind natürlich schon lange tot, Du hast an der Sorbonne studiert, das ganze Bla, Bla eben, was so dazu gehört." Sie grinste darüber, dass ihr das alles gelungen war.

„Und was ist mit dem Arbeitsvertrag?", fragte Natalie. „Ich halte meine Versprechen", erwiderte Rhonda in einem verbindlichen Ton. „Du kannst ab sofort offiziell als meine persönliche Assistentin bei Burns Incorporated einsteigen, der Vertrag läuft rückwirkend. Ich verlange einen vierundzwanzig Stunden Service ohne Widerspruch, aber dafür verdienst

Du 250.000 € jährlich und erhältst dazu einen Dienstwagen. Kost und Logie in Starnberg und Estoril sind frei." Lisa pfiff leise durch die Zähne, als der Betrag 250.000 € fiel.

Natalie las den Vertrag quer und stieß sofort auf die relevanten Absätze. Der Vertrag war in Englisch abgefasst worden und wies als Arbeitgeber die Rhonda Burns Inc. in Montenegro aus. Warum es ausgerechnet Montenegro sein musste, wusste Natalie nicht. Als Arbeitnehmerin hatte man namentlich Natalie Dupont eingetragen. Der Paragraph „Tätigkeit" enthielt lediglich den Begriff „Personal Assistent". Ansonsten stand dort nichts. Unter dem Begriff „Gehaltszahlungen" waren die 250.000 € jährlich ausgewiesen worden, von denen Rhonda gerade gesprochen hatte, die entweder in Euro oder in US Dollar ausgezahlt werden konnten, Währungsunterschiede würden auf Basis der besser stehenden Währung gegebenenfalls ausgeglichen. Der Betrag sollte monatlich in zwölf Raten ausgezahlt werden. Soweit, so gut, dachte Natalie, die fühlte, dass dies noch nicht alles sein konnte und stieß nun auf den Paragraphen mit den „Rechten und Pflichten" des Arbeitnehmers. Dort kam es dann. Es gab einen Dresscode, der Natalie anwies, ausschließlich Kleidung zu tragen, die ihr vom Arbeitgeber zur Verfügung gestellt werden würde. Der Kauf von Kleidung durch den Arbeitnehmer musste grundsätzlich mit dem Arbeitgeber abgestimmt werden. Außerdem war der Arbeitgeber berechtigt, jederzeit Änderungen an dem Körper der Arbeitnehmerin vorzunehmen, sofern es im Rahmen des Corporate Designs dem Unternehmen zu Gute kommen oder als Referenz dienen würde. Dazu kamen noch Schminkvorgaben. Bei „Erreichbarkeit" stand, dass Natalie jederzeit erreichbar sein müsse und dem Arbeitgeber zu jedem Zeitpunkt für Aufgaben zur Verfügung zu stehen hätte, auch nachts und an Sonn- und Feiertagen. Es würde sich also nichts ändern. Zum Thema „Weisungsbefugnis" fand Natalie heraus, dass die Weisungen ausschließlich über die geschäftsführenden Gesellschafter Rhonda Burns, Lisa Fitzgerald und Caterina di Santos zu erfolgen hätten. Das hatte sich Natalie fast so gedacht und biss sich auf die Lippen. Jedenfalls wusste sie nun, wie Lisa und Caterina mit Nachnamen hießen. Bisher hatte sie es nie interessiert und nie danach gefragt. Die Paragraphen Urlaub und Kündigung waren ebenfalls schnell abgehandelt worden: Urlaubszeiten waren mit dem Arbeitgeber abzustimmen - Punkt! Eine vorgeschriebene Anzahl von Urlaubstagen gab es nicht. Unter „Kündigung" stand lediglich: Der Arbeitsvertrag gilt unbefristet. Der Arbeitgeber kann den Arbeitsvertrag jederzeit zum Monatsende kündigen. Natalie schluckte. Danach kamen noch Anlagen zur Wohnberechtigung in Starnberg und Estoril sowie für die Nutzung von Dienstwagen, wobei alle Kosten von der Firma übernommen wurden.

Natalie wollte besser nicht wissen, was passierte, wenn sie nicht unterschreiben würde. Wahrscheinlich würde Rhonda ihren Willen so oder so durchsetzen, nur mit dem Unterschied, dass sie Natalie dann als ihre persönliche Sklavin halten würde. Caterina erriet ihre Gedanken und sagte: „Na, da kannst Du wohl kaum nein sagen, oder?" Natalie nickte nachdenklich. Wo sollte sie denn auch hin? Ihre ganze Vergangenheit hatte sich hinter ihr aufgelöst. Sie war innerhalb kurzer Zeit von einem Manager mittleren Alters zu einer hübschen, jungen Frau geworden, die von drei attraktiven Frauen beherrscht wurde. Es mochte sicher Männer geben, die sich auf diesen Deal eingelassen hätten, *sie* aber hatte man *einfach mal so* transformiert. Niemand würde ihr das glauben, weil sie äußerlich einfach perfekt war. Alles war ohne ihr Einverständnis passiert, aber nun war es zu spät, darüber zu lamentieren. Natalie lebte im hier und jetzt und ein Zurück gab es nicht. Rhonda bemerkte, wie Natalie sich entschieden hatte und hielt ihr einen ihrer teuren Montblanc Füller hin. Nach kurzem Zögern unterschrieb Natalie mit „Natalie Dupont". „Bravo!", rief Rhonda und umarmte Natalie herzlich, „ich freue mich so sehr! Das war eine gute Entscheidung, die Du nicht bereuen wirst." Rhonda nahm Natalie an der Hand, zog sie hinter sich her, während Natalie mit ihren hohen Schuhen etwas unbeholfen hinter ihr her stolperte, weil Rhonda so schnell ging. Die beiden Freundinnen liefen lachend hinter dem Paar her und schauten sich das Schauspiel amüsiert an.

Als sie um das Haus herumgegangen waren, stand dort im halbdunklen ein Sportwagen - ein Cabriolet, dessen Dach geöffnet war. „Das ist ab heute Dein Dienstwagen", präsentierte Rhonda mit einer auf den Wagen zeigenden Geste und übergab Natalie die Autoschlüssel, die sie vorher aus der Mappe genommen hatte. „Den gleichen Wagen erhältst Du als Coupé in Starnberg", ergänzte sie. Natalie ging näher heran und erkannte, dass der Wagen ein dunkelblauer Aston Martin war.

Verschiedene Jobs

Die nächsten Tage lernte Rhonda Natalie an. Sie erklärte ihr ihre Firmenkonstruktion, die Firmen, mit denen sie offiziell oder auch schon mal inoffiziell zusammenarbeitete und auch die vielen Produkte, die sie anbot. Obendrein wurden die Rollen von Caterina und Lisa deutlicher, nachdem Rhonda Natalie erklärte, für welche Ressorts sie arbeiten würden. An einem der Tage fuhren sie extra mit zwei Autos zu Matildas Klinik, wo Matilda Natalie nochmals eingehend untersuchen sollte. Natalie wollte die Gelegenheit nutzen, um ihren neuen Dienstwagen auszuprobieren. Im Krankenhaus bekam sie einige Spritzen, aber Matilda erklärte ihr nicht, wofür sie nun gut sein sollten. Nur bei einer fing sie an zu reden: „Du hast Dich doch sicher gefragt, warum Du so ein junger Hüpfer geworden bist. Vielleicht hast Du ja gelesen, dass das Alterungsgen entschlüsselt werden konnte. Mit dem Inhalt dieser Spritze wird der Alterungsprozess nach und nach neutralisiert. Dazu kommt, dass wir auf Naturbasis Stoffe hinzufügen, die wir in Weintrauben finden. Diese Extrakte führen zu einer Verjüngung des Körpers und zu mehr Vitalität. Das heißt, wir sind ab sofort in der Lage, wesentlich länger zu leben und jung zu bleiben." Natalie war überrascht. Zwar hatte sie mal davon gehört, aber dass die Wirkung so nachhaltig sein würde, hatte sie nicht erwartet.

Auch ihre drei Begleiterinnen bekamen jeweils eine Spritze. „Und was ist mit Dir?", fragte Caterina Matilda, als sie mit der Spritze dran war. „Ich habe letzte Woche damit angefangen, aber ich wollte zuerst sehen, wie die Wirkung bei unserer süßen Probandin ankommt und deutete mit einer leichten Geste auf Natalie. Natalie wurde rot. Mein Gott, ich bin wirklich die Testperson für diese Schönheitschirurgin gewesen, dachte Natalie, während sich ihr Herz einen Augenblick lang angstvoll zusammenzog.

Matilda unterhielt sich noch eine Weile mit Rhonda und zeigte ihr eine kleine Schatulle. „Das ist Piercingschmuck von einer Kundin, die auch eine

Freundin von mir ist. Sie lässt fragen, ob Du ihren Schmuck nicht auch noch mit vermarkten könntest. Sie ist auch von Caterinas Leuchtschmuck völlig begeistert. Rhonda warf einen kurzen Blick hinein und sagte: „Wieso nicht. Ich werde sehen, was sich machen lässt. Behalte es noch, ich rufe Dich deswegen an."

Am nächsten Morgen saß Natalie mit Lisa und Caterina am Frühstückstisch. „Lisa, Natalie, könnt ihr gerade mal zu mir kommen?", rief Rhonda, die gerade an ihrem Schreibtisch im Büro saß, dessen Tür zur Terrasse hin offen stand. „Ich habe hier eine Anfrage von einem Gummi- und Ledergeschäft in San Francisco bekommen. Der Besitzer hat gefragt, ob er professionellere Bilder von unserem Gummihund und unserem Pony bekommen könnte und ob er die Sachen nicht in den USA vermarkten dürfe. Könnt ihr Beiden euch die nächsten Tage darum kümmern?", fragte sie und sah dabei Natalie an. Auch Lisa schaute Natalie an und sagte: „Es wird uns ein Vergnügen sein."

„Prima, seht auch zu, dass ihr neue Werbetexte dazu verfasst. Die, die unser Vertrieb in Deutschland angefertigt hat, sind völlig untragbar. So kriegen wir natürlich gar nichts verkauft. Am besten fertigt ihr dazu eine Broschüre an, vielleicht mit einem kurzen Erlebnisbericht - und - ach ja, packt auch direkt Bilder von Caterinas Piercingidee mit dazu."

Natalie ging mit Lisa aus dem Büro. „Komm mit nach oben. Umziehen! Wir machen zuerst die Bilder." Lisa grinste, während sie das sagte. Sie ahnte, dass Natalie das überhaupt nicht passte. Natalie war eigentlich der Meinung, sie hätte alles hinter sich. Aber nachdem sie den Arbeitsvertrag an einem der Abende noch mal intensiver durchgelesen hatte, wusste sie, dass es vorläufig besser wäre, die Bitten von Rhonda nicht auszuschlagen.

Caterina und Lisa halfen Natalie beim Anziehen. Als sie bereits auf den Knien und den Ellbogen stand und auch die Hundemaske mit Halscorsage trug, kam Rhonda herein. „Und, hat sie gezickt?", fragte sie die beiden Frauen. „Ja. Wir mussten Natalie schon überzeugen, aber als wir ihr die enge Gummimaske aufgesetzt haben, war endlich Ruhe." „Tatsächlich?", rief Rhonda überrascht und wandte sich zu Natalie herunter, als erwartete sie eine Antwort von ihr. Da deren Mund aber wieder mit Panzerband verschlossen war und sie die enge Gummimaske mit der nach oben gebogenen Halskorsage tragen musste, konnte Natalie nicht antworten. „Na gut", sagte Rhonda mit strenger Stimme, „eine Woche lang Gummihund!" Die beiden Freundinnen triumphierten. Dabei hatte Natalie keinerlei Anstalten gemacht, sich zu wehren, aber die beiden Frauen hatten sich einfach kurz angeschaut und beschlossen zu lügen. Sie schmunzelten sich nur kurz an und fanden ihre Aktion gut. Das kommt auf meine lange Liste, dachte Natalie voller Verzweiflung und wusste, dass sie nun für eine Woche in dem Gummihund Outfit gefangen sein würde.

Jeden Morgen wurde Natalie nun für den ganzen Tag in das Gummihund Outfit gepackt. Sie war zwar jetzt eine Frau und benötigte deswegen nicht mehr das Vaginahöschen, aber ansonsten hatte sich gegenüber vorher nichts geändert. Sie musste sogar wieder die Frauenmaske mit Perücke und den Metallschwanz tragen, der wie früher auch in ihr gespannt wurde, um nicht herauszurutschen.

Lisa hatte ein Fotografenteam aus Lissabon engagiert, dass sichtlich Spaß daran hatte, Natalie in das rechte Licht zu rücken. Sie polierten ihre schwarze Gummihaut permanent mit einem Öl, damit sie in ihrem Outfit bei jedem Foto in der Sonne glänzte. Oder sie rieben Natalie einfach mit einem Tuch ab, wenn sich nach ihrem Ermessen ein wenig Staub auf ihr ablegte. Natürlich war so ein großer Zeitaufwand aus Natalies Sicht gar nicht nötig, aber das Team bestand immer wieder darauf, dass es einen speziellen Hintergrund für die Fotos benötigen würde. Auch Lisa kam zu Ehren. Für ein Video, bei dem man ihr auf Schritt und Tritt folgte, lief sie mit Natalie an einem sonnigen Nachmittag an der Strandpromenade von Estoril entlang. Die portugiesische Polizei musste den Autoverkehr regeln, weil immer wieder Leute mit ihren Fahrzeugen anhielten, um den ungewöhnlichen Hund aus Gummi näher zu betrachten. Dann ließ sich Lisa in weißer Kleidung, einem Pelz und dunkler Sonnenbrille mit Natalie an der Leine vor dem Casino ablichten. Passanten blieben stehen und staunten nicht schlecht, als Lisa mit einem menschlichen Gummihund die Promenade entlang flanierte. Kleine Kinder versteckten sich entweder aus Angst hinter ihren Eltern oder waren so neugierig, dass sie sich losrissen und in die Aufnahmen hinein liefen, nur um den schwarz glänzenden Hund einmal streicheln zu können. Die Beiden zogen Menschentrauben an. Lisa bekam mehrere Visitenkarten, weil man sie mit dem Gummihund in einer Show oder einer Fernsehsendung zeigen wollte. Caterina, die ebenfalls dabei war und den Set mit organisierte, ließ das Team, als es dunkel wurde, einige Bilder von Natalies Po machen. Die Lämpchen an Natalies Schambereich leuchteten bereits in der Dämmerung. Als das Team das sah, musste es unbedingt noch Nahaufnahmen von Natalies Rundungen machen, weil man, wie sie erklärten, auf den anderen Bildern die Details gar nicht würde erkennen können. Natalie war trotz der Hitze nicht unglücklich, dass sie die Hundemaske auflassen konnte, auch wenn es für sie allein sowieso unmöglich war, sie abzunehmen. Sie war heilfroh, dass keiner sah, wer sie wirklich war. Trotzdem wurde sie an jenem Abend überrascht, als Lisa und Caterina sie aus ihrem Gefängnis befreiten. Jemand hatte Natalie heimlich seine Visitenkarte hinter das Halsband gesteckt, ohne dass sie es bemerkt hatte und darauf geschrieben, dass er sie gerne zu einer Gassirunde mit nachfolgendem Abendessen einladen wollte. Die Karte war beim Abnehmen des Halsbandes auf einmal herunter gefallen. Lisa erkannte den Namen und erklärte, dass es sich bei dem Interessenten um einen reichen Geschäftsmann aus Lissabon handeln würde, der mit dem Geschäftsführer des Casinos gut befreundet war. Wahrscheinlich hatte ihn der Geschäftsführer des Casinos sofort angerufen, nachdem Lisa um die Fotogenehmigung nachgefragt hatte.

Auch der Fototermin mit Pony und Kutsche nahm mehr Zeit in Anspruch als Natalie es sich gewünscht hätte. Das Team war völlig außer sich, als es sie mit dem blauen Federnschmuck auf dem Kopf vor der Kutsche sah. Lisa hatte ihr extra die Frauenmaske übergezogen, obwohl dies nicht unbedingt notwendig gewesen wäre. Die Maske sah Natalie sowieso ähnlich. Aber Lisa wollte verhindern, dass man Natalies richtiges Gesicht sehen geschweige denn fotografieren konnte. Dafür bot sie in ihrer Gemeinheit dem Team an, das ganze schwere Fotoequipment in dem Koffer unterzubringen, der hinten an der Kutsche angebracht war. Sie selbst trug ihren weißen Reitdress, den Natalie schon aus Starnberg kannte. Um einen adäquaten Hintergrund für die Werbefotos zu erhalten, schob man Natalie samt Kutsche zügig in einen LKW, schnallte sie fest und fuhr mit ihr zu der Pferderennbahn, die am Rande von Lissabon lag. Dort auf der Strecke fuhr Lisa mit ihr auf und ab. Ein besonderes Highlight war eine simulierte Startszene, bei der Lisa mit der Kutsche und Natalie als Pony aus dem sich öffnenden Tor einer Startbox herauskamen, als wollten sie gerade zu einem Rennen starten. Zwar saß Lisa in der überdachten, vierädrigen Kutsche und nicht in einem Sulki, wie man es von richtigen Pferderennen her kannte, aber es sah auf den Bildern nachher schon ziemlich scharf aus. Das Team hatte auch mehrere Filmkameras dabei und drehte die Szene mehrfach und aus verschiedenen Perspektiven. Besonderes Augenmerk richtete man außerdem auf Natalies Halskorsage. So etwas restriktives, was zudem so gut verarbeitet war, hatte man bislang am Markt noch nicht gesehen. Als man im Dämmerlicht am späten Nachmittag endlich zum Ende kam und Natalies leuchtende Edelsteine an den Schamlippen, die tagsüber hinter dem blauen Pferdeschwanz unbemerkt geblieben waren, fotografiert hatte, stellte man sie wieder samt Kutsche in den LKW und fuhr wieder zurück zu der Hazienda.

An diesem Abend sank Natalie völlig übermüdet in ihr Bett und ging auch nicht mehr zum Abendessen. Ihre Füße schmerzten heftig von den nach schräg oben wegstehenden Hufstiefeln und den nur kleinen Hufen, unter denen metallene Hufeisen angebracht waren. Da den Hufstiefeln aus Originalitätsgründen stützende Absätze fehlten, musste Natalie das Gewicht permanent nach vorne ausbalancieren – und das über Stunden in der ungewöhnlichen, nach vorne gebückten Körperhaltung mit nach hinten zusammengeschnürten Armen und einem kompromisslos starr geführten Hals, der keinerlei Drehbewegungen ihres Kopfes zuließ. Dazu hatte sie Lisa immer wieder von neuem über die Pferderennstrecke gescheucht, so lange bis der Daumen des Aufnahmeleiters nach oben zeigte. Natalie hatte eigentlich gehofft, dass Lisa mit ihr ein Einsehen hätte. Aber hier konnte sie nichts von Lisas Verständnis für ihre Situation spüren. Lisa arbeitete effizient und zog den Aufnahmetag so straff durch, dass kein weiterer Tag für noch fehlende Aufnahmen benötigt wurde. Natalie legte sich in die Badewanne und entspannte sich bei einem wohlriechenden Kräuterbad. Dann fiel sie in ihr Bett und fiel in einen traumlosen, aber tiefen Schlaf.

Am nächsten Morgen traf sie auf eine sichtlich gut gelaunte Rhonda. „Das Bildmaterial ist wirklich gut geworden", lobte Rhonda sie, „ihr könnt es sofort in Youtube und in die anderen bekannten Portale einstellen. Dann bekommen wir schon mal ein Gefühl für die Resonanz. Übrigens, Natalie, möchte ich den heutigen Abend gerne mit Dir allein verbringen. Wir werden auf meinem Zimmer essen." „Ja, sehr gerne, Rhonda", antwortete Natalie leicht verwirrt. „Vergiss übrigens nicht, Dich heute bei Matilda untersuchen zu lassen", erinnerte sie Rhonda, „bis heute Abend dann."

Rhonda

Natalie war gespannt, was sie an diesem Abend erwarten würde. Zügig fuhr sie den Aston Martin über die kurvigen Landstraßen und genoss das Motorengeräusch und den Wind im Haar. Ein bisschen von dem Urtrieb ist also doch noch übrig geblieben, dachte sie, grinste unter ihrer großen, dunklen Sonnenbrille in sich hinein und drückte mit dem rechten, dunkelblauen Pump noch fester auf das Gas. Sie fand es beinahe schade, als sie Matildas Krankenhaus erblickte. Es standen viele Autos auf dem Kundenparkplatz, so dass Natalie den Wagen weiter weg parken musste. Sie rückte nochmal den Rückspiegel in ihre Richtung und zog den Lippenstift nach. Dann nahm sie ihre neue Chanel Tasche, die Lisa und Caterina ihr zur Besänftigung für ihre Gemeinheit geschenkt hatten und stöckelte behutsam über das Kopfsteinpflaster zum Eingang.

Erst jetzt wurde Natalie klar, was es mit Matildas Klinik auf sich hatte. Im Grunde waren es zwei getrennte Bauten. In dem einen Gebäude befand sich die Klinik mit den ganzen Operationssälen, in dem anderen eine sehr noble Hotelanlage. Die Kunden, meist Kundinnen, kamen aus aller Welt. Sie machten hier in Estoril einen ausgedehnten Urlaub und ließen bei Matilda während der Zeit Schönheitsoperationen durchführen. Aufgrund der neuen Lasertechnologie von Rhonda konnte Matilda sogar aufwendige Operationen mit einer nur geringen Aufenthaltszeit anbieten, so dass die Kunden am Ende ihres Urlaubs ohne weitere notwendige Phasen der Rekonvaleszenz nach Hause und sofort wieder am normalen Leben teilnehmen konnten.

Matilda wartete bereits. Sie fragte Natalie, was sie jetzt machen würde und Natalie erzählte es ihr. „Wir müssen heute nochmal die Sehnen der Achillesfersen kürzen", sagte Matilda knapp. „Rhonda möchte, dass Du dich langsam an noch steilere Absätze gewöhnst. Bist Du damit einverstanden?"

Natalie war überrascht über ihre Frage, denn schließlich hatten bislang alle mit ihr gemacht was sie wollten. „Ja, natürlich", antwortete sie gepresst und dachte verzweifelt an das Kleingedruckte ihres Arbeitsvertrages. Das All-in-one Paket für den Arbeitgeber. Rhonda hatte sie und ihre Seele gekauft.

Sie folgte Matilda in einen leeren OP, wo sie sich bäuchlings hinlegen musste. Matilda zog ihr die Pumps aus und desinfizierte weiträumig den Bereich um die Achillesferse. Natalie fühlte einen Pieks im Arm und wusste sofort, dass es eine Narkose war. „Dauert nur zehn Minuten, Du bist gleich wieder wach. Die Sehnen werden nur gelöst und kürzer wieder angeschweißt. Der Rest, der übersteht wird verdampft", erklärte Matilda ihre Vorgehensweise. Natalie fand die Selbstverständlichkeit, mit der Matilda eine derart komplizierte OP erklärte, ziemlich nachlässig. Sie sagte noch etwas, aber da war sie auch schon weggetreten. Als sie wieder wach wurde, lag sie immer noch unverändert da. „Du kannst Dich aufrichten. Dann zieh bitte Bluse und BH aus", hörte Natalie eine Stimme von hinten. Natalie drehte sich leicht benommen um, erkannte Matilda und tat, was sie wollte. Währenddessen schaute sie hinunter auf ihre Füße, die noch schräger nach unten zeigten als kurz zuvor. Ihre Waden waren dadurch stark angespannt. Matilda hatte ihr Werk schon getan. „Rhonda möchte, dass Du dieses spezielle Piercing trägst." Matilda holte zwei eigenartige Gebilde aus einer Schatulle. „Ist das etwas für die Brustwarzen?", fragte Natalie sie. „Allerdings. Du wirst damit in der ersten Zeit eine Menge Spaß haben. Also wundere Dich nicht darüber." Das Piercing bestand aus einem großen und einem kleinen Ring, die jeweils an beiden Seiten über zwei lange Stege miteinander verlötet waren. Der Abstand mochte etwa fünf Zentimeter betragen. Zuerst zog Matilda ihr spezielle Stecker durch ihre Nippel, die sie damals in weiser Voraussicht bereits beim Piercing der Leuchtstecker bei ihr durchstochen hatte. Dann verlötete sie die Enden mit kleinen Kugeln, damit die Stecker nicht herausrutschen konnten. Nun legte sie mit der einen Hand das Gebilde mit dem größeren Ring zuerst auf Natalies Warzenhof auf, der genau dessen Größe entsprach und zog mit der anderen den Stecker samt Nippel langsam in die Länge. Jetzt begriff

Natalie, es war ein kleines Folterinstrument, eine Art Stretcher. Matilda zog immer weiter bis Natalie vor Schmerz heftig aufschrie. Sofort ließ den Stecker los und die Brustwarze fiel wieder in ihre ursprüngliche Position zurück. „Hmm", sagte Matilda, „ein ziemlich weiter Weg." Ehe Natalie sich versah, fühlte sie wieder einen Pieks. „Matilda, lass es. Ich will so etwas nicht tragen!", rief sie verzweifelt, „es tut weh und sieht noch nicht mal schön aus." „Schön ist es nicht, das ist wahr. Es passt aber gut in die SM Szene. Rhonda wird den Schmuck für eine Freundin von mir vermarkten. Sie teilte mir mit, dass Du ihn für das Fotoshooting tragen sollst", erklärte Matilda. „Davon weiß ich nichts!", erwiderte Natalie erbost. „Musst Du auch nicht, Du musst nur gehorchen." Sie wollte sich wehren, aber die Narkose wirkte und sie fiel schon wieder in Ohnmacht. „Warum immer ich?", hörte Natalie sich noch sagen. Ob sie es gesagt oder schon geträumt hatte, wusste sie nicht mehr.

Natalie fühlte einen Schmerz immer stärker werden und wurde davon wach. Die Narkose hatte nachgelassen. Die Brustwarzen schmerzten so heftig, dass sie sich hin und her wand. Matilda stand nachdenklich neben ihr. „Oh, Gott, mach dieses Piercing wieder raus!", rief Natalie völlig panisch. „Dafür habe ich es aber nicht rein gemacht", erwiderte Matilda ruhig. Natalie sah auf ihre Brüste hinab und entdeckte, dass die Brustwarzen nicht mehr flach auf der Brust auflagen, sondern nun innerhalb des großen Rings mehrere Zentimeter weit in die Länge gezogen wurden, um vorne mit den Steckern, die Matilda vorher durch die Nippel geführt hatte, von dem zweiten, kleineren Ring in Position gehalten zu werden. Der gesamte Warzenhof war völlig gespannt. Der Stecker, der den Nippel vorne hielt, lag nun fest verlötet über den oberen kleinen Ring. „Eigentlich fängt man zu Beginn mit einer kleineren Größe an", erklärte ihr Matilda und deutete auf eine Schachtel, in der die kleineren, zierlicheren Größen lagen, „aber auf Bildern will die keiner sehen." Sie gab Natalie direkt in der Nähe ihrer stark überdehnten Brustwarzen mit einer sehr kleinen Spritze nochmals ein Narkotikum. „Das wird Dir die erste Zeit über das Gröbste hinweghelfen", sagte sie, „komm, zieh Dich an. Ich bringe Dich zum Auto."

Rhonda war den ganzen Tag unterwegs gewesen. Als Natalie zur der Hazienda kam, war sie noch nicht da. Ihre Brüste schmerzten so stark, dass sie auf dem Rückweg mehrfach anhalten musste. Doch das Massieren der Brüste half nichts. Den BH hatte sie nach kurzer Zeit schon wieder ausgezogen, weil er an den betroffenen Stellen zu sehr drückte. So trug sie bei ihrer Heimkehr nur die Bluse, während sich die gelängten Brustwarzen wie kleine Bergspitzen nur allzu deutlich unter ihr abzeichneten. Immerhin hatten einige Fußgänger ihren Spaß, als sie sahen, wie Natalie gerade ihre Brüste massierte. Natalie erzählte Lisa von ihrem Dilemma. Als Lisa das Piercing sah, leuchtete ihr sofort ein, wie sehr Natalie darunter leiden musste. Sie lief in das Haus zum Kühlschrank uns holte Eispacks heraus. Natalie hatte eher gehofft, dass sie eine Zange holen würde.

Als Rhonda in die Tür kam, hatte Natalie sich ein wenig beruhigt. „Mein Schatz, was ist los?", fragte Rhonda besorgt. Lisa schob ein Eispack zur Seite, so dass Rhonda das Piercing sehen konnte. „Mein Gott, die Brustwarzen sind ja wirklich sehr weit gedehnt. Aber hatte Matilda denn nicht irgendetwas von kleineren Größen gesagt?", fragte sie leicht verwirrt. „Ja, aber sie wollte dem Fotografen mit der größten Größe wohl einen Gefallen tun", erzählte ihr Natalie mit schmerzverzerrtem Gesicht. „Stimmt, kleine Größen will auf Fotos keiner sehen. Wenn das so ist, wirst Du es zumindest so lange ertragen müssen, bis das Fotoshooting erledigt ist", erwiderte Rhonda, „Lisa, wann sollte denn das Shooting sein?" „Soviel ich weiß, Dienstag in der kommende Woche", antwortete Lisa mit leicht gerunzelter Stirn, „und morgen ist erst Freitag."

„Oh mein Gott!", stöhnte Natalie, „wie soll ich das nur aushalten?" Rhonda telefonierte mit Matilda. Beide aber kamen zu dem Schluss, dass der Schmerz spätestens nach einem Tag zurückgehen würde. Kühlen wäre bis dahin das einzig Richtige. Zudem würde ein Arzneimittel, das Matilda empfahl, noch etwas Linderung bringen. Normalerweise wurde dieses Medikament bei Gliederschmerzen eingesetzt, aber es schien wohl auch für Natalies ungewöhnliches Problem gut geeignet. Lisa fuhr schnell los und holte das Medikament in einer Apotheke. Dann gab sie Natalie davon eine Tablette in die Hand und hielt ihr ein Glas Wasser zum herunterspülen hin. In dem Moment kam Caterina mit einem Aktenkoffer bepackt in die Haustür. „Was ist denn hier los?", fragte sie, schaute auf Natalies mit Eispacks bedeckte Brüste und rief sofort: „Oh, wow!" Natalie tränten die Augen.

Eine halbe Stunde später ließen die Schmerzen endlich nach, die Tablette schien zu wirken. Rhonda und Natalie vereinbarten, das Abendessen doch wie vereinbart gemeinsam verbringen zu wollen. Natalie zog eines der langen dunkelblauen Kleider an, die in ihrem Kleiderschrank hingen. Auf einen BH verzichtete sie. Leider waren auch in dem Kleid die Spitzen der lang gedehnten Brustwarzen deutlich zu sehen. Als Natalie sich geschminkt und dunkelblaue Pumps mit hohen Absätzen angezogen hatte, ging sie zu Rhonda hinüber.

Rhonda hatte es ihr gleichgetan. Sie trat Natalie in ihrem geliebten Schwarz gegenüber. Sie hatte einen Cateringservice beauftragt und auf ihrem Teil des Balkons, der eher einer großen Terrasse glich und sich zumindest teilweise über der noch größeren Terrasse mit dem Pool befand, anrichten lassen. Eine junge Frau von dem Catering Service servierte. Unablässig und sichtlich nervös schaute sie auf Natalies Brüste und auf ihre schwach leuchtenden Piercings an Nasenflügel und Ohren, deren Helligkeit mit zunehmender Dämmerung immer besser zur Geltung kam.

Die Gespräche zwischen Rhonda und Natalie waren eine Mischung aus Geschäftsessen und privaten Anteilen, bei denen Rhonda am liebsten von ihren Eltern erzählte, mit denen sie in der Schweiz und in England gelebt hatte. Natalie gab ihr dagegen jede Menge Tipps zu unternehmensbezogenen Problemen, von denen sie ihr erzählte. Rhonda schien jedes Mal von Natalies Lösungsvorschlägen überrascht zu sein und kam dann zu dem Schluss: „Du hast recht, so sollten wir es machen!" Natalie war froh, dass man ihr wenigstens nicht ihr Fachwissen genommen hatte. Je länger sie sich unterhielten, umso deutlicher wurde ihr, warum sie Rhonda von Anfang an mochte. Sie hatte eine geschmeidige, weibliche Art und war stolz darauf, dass sie eine Frau war. Ihre Attraktivität lebte von ihrer von Allüren freien, selbstverständlichen Art. Das verzieh allerdings in keiner Weise, warum sie mit Natalie so sadistisch umgegangen war. Sie hatte eine dunkle Seite, die sie auch kompromisslos und völlig nazistisch auslebte. Aber es war eben auch ihre Kompromisslosigkeit, die sie so erfolgreich machte. Ihre beiden Freundinnen waren zwar ähnlich gestrickt, aber Rhonda war der Typ, der alles im Überblick hatte und mit eiserner Hand führen konnte. Für Natalie war es immer noch nicht klar, was Rhonda wirklich von ihr wollte. Sie sah sich eher als Mittel zum Zweck. Aber dieser Eindruck sollte sich später in der Nacht ändern.

Bei den Themen, die die Beiden besprachen, wurde Rhondas Scharfsinn auf beeindruckende Weise deutlich. Sie hatte alle Alternativen genauestens analysiert, bevor sie eine unternehmerische Entscheidung traf. „Deutschland ist schon lange nicht mehr das Land, in dem man etwas neues aufbauen kann", sagte sie zerknirscht. „Die staatliche Führung ist zu sehr darauf bedacht, sich selbst zu finanzieren und ihre eigene Lebensberechtigung zu manifestieren. Alle sollen sich den Situationen anpassen, aber nicht der Staat. Die Mittelschicht, die ihn finanziert, wurde durch fallende Löhne, durch steigende Preise und steigenden Steuern fast völlig ausgeblutet. Man hat ihr förmlich die Luft zum Atmen genommen. Dagegen sitzen die Behörden, die sich das Geld von den Bürgern holen, wie die Maden im Speck und passen die Steuern gnadenlos an, wenn Geld durch irgendwelche Krisen verloren geht. Der Staatsapparat administriert sich tot und belastet sich zunehmend mit unnötigen Aufgaben, obwohl er das, was tatsächlich notwendig ist, optimieren sollte. Wusstest Du, dass im Durchschnitt nur etwa zwanzig Prozent des Einkommens, das durch die Bürger generiert wird, auch in den Händen der Bürger bleibt?" Natalie schüttelte den Kopf, sie hatte etwa vierzig Prozent im Kopf. Rhonda fuhr fort: „Wenn Du neben Einkommenssteuer und Mehrwertsteuer alle sonstigen Steuern, Gebühren, die Differenz zwischen Einzahlung und Auszahlung von Renten und auch die Erbschaftssteuer hinzu zählst, landest Du etwa bei dem Verhältnis achtzig zu zwanzig. Aus dem Grunde haben wir auch den Abwanderungsprozess bei der Oberschicht zu beobachten." Natalie nickte, Rhonda hatte Recht. Insgesamt wurde das Einkommen mehrfach versteuert. „Durch die zunehmende Komplexität von gesetzlichen Regelungen rechtfertigt der Staat sein Dasein, wo es doch völlig simple Lösungen zu wesentlich geringeren Kosten gäbe. Erinnere Dich zum Beispiel an TollCollect, eine völlig überflüssige Technologie, die leicht und preisgünstig mit einer Vignette zu lösen wäre. Insgesamt könnte man schnell siebzig Prozent des Personals einsparen und den administrativen Aufwand, den private Haushalte und logistisch tätige Unternehmen schwer belasten, erheblich verringern. Aber wenn es mit Lobbyismus und Vetternwirtschaft so weitergeht, kommt das System zum Erliegen und führt zur Abwertung." Natalie war sichtlich erstaunt über Rhondas Abhandlung. Sie hatte das System durchschaut und wusste, was und warum nicht mehr richtig funktionieren wollte. Auf jeden Fall waren dies die Gründe, warum Rhonda es vorgezogen hatte, ihr Unternehmen in einem anderen Land zu etablieren als in Deutschland.

„Und wie siehst Du Dich in diesem Kontext?", fragte Natalie sie. „Naja, man kann schnell denken, dass ich mit meinem vielen Geld eigentlich besser den Mund halten sollte", erwiderte Rhonda. „Aber ich kann zumindest von mir behaupten, dass ich mit meinen eigenen Händen, meinem Mut zur Risikobereitschaft und mit meinen Visionen zu dem Geld gekommen bin, was ich habe. Und ich bin wirklich sehr stolz darauf, wenn mir Matilda sagt, dass eine Frau oder ein Mann mit meinen Produkten glücklich nach Hause gegangen ist." Natalie fragte sich bei diesen Worten, ob Rhonda sie vielleicht dabei vergessen hatte. Rhonda fuhr fort: „Jedenfalls habe ich eine Vision, an die ich glaube, zehn Jahre lang konsequent verfolgt. Und das Schöne daran ist nun, auf die erste Vision folgt die Nächste, die ich dann wieder mit der gleichen Leidenschaft angehe. Simpel gesagt, im Gegensatz zu den ganzen Sesselpupsern in den Ämtern, denen es lediglich um die eigene Absicherung geht, habe ich in meinem Leben etwas schaffen können", witzelte sie. Natalie musste lachen, als Rhonda so salopp daher redete. Im Nachhinein kam noch heraus, dass sie durchaus bereit war, ihr hohes Einkommen zu teilen. Sie hatte ein Konto eingerichtet, dass Unfallopfer, die zu Matilda kamen und die teuren Operationen nicht bezahlen konnten, unterstützte. Matilda beteiligte sich ebenfalls daran und verzichtete auf die Gewinne.

Die Beiden standen neben dem Geländer am äußeren Rand der Terrasse und schauten auf die kleinen Lämpchen im Meer, die in der Dunkelheit auftauchten und wieder verschwanden. Es waren die kleinen Boote der Fischer, die abends zum Fischen auf das Meer gefahren waren. „Schade, dass man von hier aus die Brücke des 25. April nicht sehen kann", seufzte Natalie. Die große Hängebrücke, eines der bekanntesten Wahrzeichen Lissabons, wurde durch eine Landzunge, die etwas in das Meer hineinragte, verdeckt. Nur ein gedämpfter Lichtkegel über der Bucht verriet, wo sie sich befand.

Natalie fühlte eine permanente Unruhe, weil ihre Brustwarzen so schmerzten. Rhonda stellte sich eng neben an sie und strich ihr sanft über das Korsett, das Lisa extra eng geschnürt hatte, und dann weiter bis über ihren weit herausstehenden Po. Natalie schaute an sich herunter und stellte fest, dass sich Rhondas und ihre Figur sehr ähnelten. Rhonda stand in der gleichen Haltung neben ihr und die Linien beider Figuren nahmen exakt den gleichen Verlauf. Als Natalie konzentrierter auf den Boden hinunter schaute, meinte sie ein leichtes Leuchten unter ihrem Kleid erkennen zu können. Rhonda folgte ihrem Blick. „Du hast heute Abend kein Höschen an, wie ich sehe", hauchte sie mit einem schelmischen Anflug im Gesicht. Dann drehte sie Natalies Gesicht zu sich und gab ihr einen innigen Kuss.

Rhonda überraschte Natalie mit ihrer Zärtlichkeit und schneller als Natalie dachte, lagen sie bei Rhonda auf dem Bett. „Ich werde auf Deine schmerzenden Brustwarzen aufpassen", versprach Rhonda in einem traurigen Ton. „Ehrlich gesagt habe ich bei meiner Bitte an Matilda nur an den erotischen Effekt gedacht, aber nicht an die damit verbundenen Schmerzen." Sie liebkoste vorsichtig die stark gespannten Brustwarzen, die trotz ihrer Folterung auch noch zu allem Überfluss erigierten. Der Schmerz nahm zu und die Brustwarzen liefen bläulich an. Rhonda sah es nicht mehr, sie war mit ihrem Mund über das immer noch fest geschlossene Korsett gegangen und spreizte vorsichtig Natalies Beine. Natalie merkte, wie Rhonda versuchte sie mit der Zunge an ihrem kleinen Hügel zu erregen, aber sie hatte den Eindruck, als ob Rhonda noch weit weg war. Nur schwach konnte sie Rhondas Liebkosungen wahrnehmen. Trotz allem genoss sie es. Rhonda holte einen großen Gegenstand aus einem Korb, den sie unter dem Bett platziert hatte. Es waren zwei große, lange Dildos, die an den unteren Enden aneinander befestigt waren. „Willst Du es mal probieren?", fragte sie. „Meinst Du nicht, dass sie viel zu groß sind?", stellte ihr Natalie die Gegenfrage, als sie ängstlich und mit Respekt die großen Dildos ansah. Sie rückte sich aber zurecht, so dass Rhonda es sofort ausprobieren konnte. Wenn das nicht Neuland ist, weiß ich es auch nicht, dachte Natalie über diese fremdartige Situation. Rhonda holte noch ein Öl und rieb das Gummi auf beiden Seiten damit ein. Dann schob sie langsam und bedächtig die eine Seite in Natalie hinein. Natalies Vagina, die von Matilda so perfekt erstellt worden war, spannte sich bis auf das Äußerste. Rhonda schob noch ein Stück nach, zog den Gummi Phallus dann aber wieder zurück. „Wir brauchen mehr Öl", erkannte sie und begann, Natalies Vagina von innen damit einzureiben. Es war für Natalie ein sehr schönes Gefühl, wie Rhonda mit ihrem Finger in sie hinein glitt, sie zuckte kurz zusammen vor Glück. Dann machte Rhonda einen zweiten Versuch und schob das Gerät der Lust bis zum Anschlag in Natalie hinein. „Passt!", sagte sie kurz. Natalie selbst fühlte sich wie aufgespießt und versuchte das Ding wieder aus sich herauszupressen. Rhonda hatte sich aber schnell in die gegenüberliegende Position gebracht und zog Natalie an den Beinen zu sich heran. Als sich die Schamlippen berührten und die Dildos tief in die Beiden eingedrungen waren, begann Rhonda sich rhythmisch zu bewegen. Sie bekam mehrere längere Orgasmen, während Natalie mit dem riesigen Stück Gummi, das sie von innen förmlich zu zerreißen drohte, zu kämpfen hatte. Die Vagina war einfach zu eng und wahrscheinlich seit Matildas Eingriff noch zu jungfräulich. Dazu erigierten die Brustwarzen schon wieder und begannen heftig zu pochen. Erst nach mehreren Minuten der Qual begann Natalie es langsam zu genießen und sah wieder die Blitze vor ihren Augen, während sie sie geschlossen hielt. Die Ausbrüche von Rhonda, die in einem Rausch der Lust dahin wog, hatte sie bei ihrem ersten Mal nicht.

Trotzdem machte es ihr Spaß, ihr Gegenüber lustvoll stöhnen zu hören und ihr zwischendurch bei ihren Gefühlsausbrüchen mit den damit verbundenen, harmonisch anmutenden Bewegungen zuzuschauen. Rhonda ist wirklich eine sehr begehrenswerte und attraktive Frau, dachte Natalie, während Rhonda sie mit ihren langen, schlanken Beinen umschlang und dahin wog.

Nach neun oder zehn ausgiebigen Orgasmen war es vorbei. Rhonda nahm Natalie in ihre Arme und flüsterte: „Hast Du etwas gespürt?" „Anfangs nicht so viel, aber es wurde von Minute zu Minute schöner", gestand Natalie. „Hast Du etwas dagegen, wenn wir es bei Gelegenheit nochmal wiederholen?", fragte Rhonda. „Warum eigentlich nicht, es war ein sehr interessantes Abenteuer, das es im wahrsten Sinne des Wortes zu vertiefen gilt", antwortete Natalie lächelnd. Sie hielten sich in den Armen und küssten sich gelegentlich. Rhonda schien manchmal inne zu halten, als wollte sie etwas sagen, aber sie bremste sich jedes Mal.

Auf einmal, Natalie war fast eingeschlafen, fuhr Rhonda hoch und rief: „Nein, das geht so nicht!" Sie warf Natalie unvermittelt auf den Bauch, so dass ihre gestreckten Brustwarzen sofort höllisch schmerzten. Dann zog sie ihre Arme zurück und fesselte sie mit Handschellen, um sie dann wieder auf den Rücken zu drehen, hielt ihr dann die Nase fest zu, dass sie den Mund öffnen musste, um atmen zu können. Mit großem Nachdruck schob Rhonda ihr mit ihrer Handfläche einen derart großen Ballknebel in den Mund, dass sich Natalies Kiefer unerbittlich anspannten. Danach schnallte sie ihn hinter ihrem Kopf fest. Natalie versuchte dieses große Ding wieder heraus zu speien, aber ihre Zähne hielten den großen Knebel ungewollt fest. Außerdem hatte ihn Rhonda so schnell hinten am Kopf festgeschnallt, dass sie nichts mehr dagegen tun konnte. Natalies Mund war nun so weit gedehnt, dass sie ihn auch nicht mehr weiter öffnen konnte, um etwas Entspannung zu finden. Ebenso war es unmöglich, ihn ein wenig zu schließen. Der Ball war so hart, dass es keine Gnade gab. Natalie musste würgen, aber Rhonda überhörte es. Zuerst legte sie Natalie ein metallenes Halsband um, befestigte daran mit einem kleinen Schloss eine Kette und schloss sie am anderen Ende mit einem weiteren Schloss am Kopfende des Bettes an eine versteckt liegende Metallöse. Dann schnallte sie einen Lederriemen um Natalies Fußfesseln, zog ihn fest und befestigt ihn wiederum über eine Kette mit einem Schloss am Fußende ihres Bettes, nachdem sie die Kette stramm gezogen hatte. Zuletzt legte sie ihr eine Augenbinde an und sagte nur: „Schlaf jetzt." Kurz darauf hörte Natalie, wie Rhonda die Tür schloss. Sie war aus dem Zimmer gegangen.

Der Knebel war so groß, dass Natalie nur glucksende Geräusche von sich geben konnte. Der Kiefer war so stark gespannt, dass er schmerzte. Nun kann ich es mir aussuchen, was mehr schmerzt, dachte Natalie voller Verzweiflung und fühlte dabei ein heftiges Zucken in ihren Brustwarzen. Was sollte nur diese heftige Reaktion? Rhonda war vorher unwahrscheinlich liebevoll und anhänglich gewesen, so wie man es sich als Mann wünscht, wenn eine Frau sich bei einem wohlfühlt. Natalie stellte sich die Frage immer wieder und kam letztendlich zu dem Schluss, dass Rhonda verhindern wollte, sich in sie zu verlieben. Aber das half Natalie in ihrer Situation kaum weiter. Sie betete unentwegt um Hilfe, aber es blieb ruhig im Haus. Lediglich Flugzeuge, die in der Nähe auf den Lissabonner Flughafen zuflogen, waren zu hören und dazu ein fernes Meeresrauschen.

Es musste etwa zehn Uhr morgens gewesen sein, als jemand hereinkam. „Oh Gott, Natalie!", rief Lisa, die ihr Eisspacks bringen wollte und Natalie nicht in ihrem Zimmer angetroffen hatte. Natalies Mund schmerzte zwischenzeitlich so sehr, dass sie dachte, der große Ball hätte sich in ihm noch weiter vergrößert. Lisa hatte erhebliche Schwierigkeiten, den Knebel aus ihrem Mund zu bekommen. Sie zog an den Schnallen, zog aber dabei Natalies Kopf jedes Mal hinterher. Dann holte sie Caterina, die ihren Kopf festhalten musste. Mit einem lauten „Plopp" kam der Ball, es war besser gesagt eine große schwarze Birne, heraus. Natalie röchelte noch eine ganze Weile, weil sie ihre Kiefer kaum noch bewegen konnte. Caterina und Lisa suchten im Raum nach den Schlüsseln für die Schlösser, fanden sie aber nicht. „Wo ist denn Rhonda?", fragte Natalie, als sie ihre Stimme wieder hatte. „Sie ist heute Morgen zu einem Kongress nach London geflogen", antwortete Caterina. „Soviel ich weiß, kommt sie erst morgen Mittag wieder."

Die beiden Frauen suchten die Schlüssel und fanden ihn nach etwa einer Stunde im Arbeitszimmer von Rhonda, wo er halb verdeckt von Unterlagen auf dem Schreibtisch lag. Sie musste in der Nacht noch am Tisch gearbeitet haben. Daneben fanden sie einen Zettel, auf dem stand: „Fototermin leider doch erst am Dienstag möglich." Die Frauen schauten sich verdutzt an. Leider? Wieso leider? Rhonda hatte bei der Agentur angerufen, um den Termin vorzuverlegen, sie schien sich wohl Sorgen um Natalies schmerzende Brüste zu machen.

Ein erfolgreiches Team

An dem Wochenende wurde nicht mehr über das Ereignis geredet. Lisa und Natalie hatten sich in eine Ecke der großen Terrasse am Pool zurückgezogen und tranken einen White Russian, den Lisa so hervorragend mixen konnte. Sie brüteten über den Werbetexten und Preisen, für die von Natalie ungewollt getesteten Produkte Gummihund und Pony mit Kutsche. Besonders Lisa machte sich einen Spaß daraus, in dem sie bei jedem Satz, der Natalie einfiel, mit einem hinterhältigen Lachen sagte: „Aber Natalie, Du hast die Sachen doch über mehrere Wochen ausgiebig getestet." Sie bekam dafür jedes Mal einen säuerlichen Blick von Natalie zurück. Caterina war an dem Samstagvormittag noch bei Matilda gewesen, um endlich auch ihre eigene Piercing Kollektion am eigenen Körper tragen zu können. Sie kam freudig über die Terrasse getänzelt und zeigte ihre neuen Errungenschaften. Sie setzte sich einfach auf den Tisch auf die ausgebreiteten Unterlagen und spreizte direkt vor den Nasen der Beiden ihre Beine. „Na, was sagt ihr?", wollte Caterina wissen. „Wie das Tagfahrlicht bei Audi", witzelte Natalie und bekam dafür von Caterina einen derart deftigen Tritt, so dass sie beinahe von dem Sessel flog. Lisa bog sich vor Lachen. „Immer noch besser als Deine Positionslichter", rief Caterina erbost und erntete für ihren Kommentar von Natalie einen Klaps auf den Hinterkopf, so dass in diesem Fall ihre Sonnenbrille im Schoß von Lisa landete. Lisa gab sie ihr zurück, schüttelte sich aber weiter vor Lachen. Dann schauten sie doch etwas gefasster auf Caterinas kleines Meisterwerk. In zwei gegenüberliegenden s-förmigen Linien hatte sie sich acht rote und grüne Steine einsetzen lassen. Das S war so gesetzt worden, damit die Form ihres Schambereichs nachempfunden und betont wurde. „Das ist wirklich toll geworden", bewunderte Lisa das Ergebnis, strich vorsichtig über Caterinas Schambereich und gab ihr dort einen längeren Kuss, „wie hat Matilda das denn so genau hinbekommen?" Caterina erklärte es: „Sie hat es mit der Enthaarungsröhre gemacht. Matilda hat die Positionen für die Piercinglöcher in den Computer der Enthaarungsröhre eingegeben und die Stärke eines der Lasers im Schambereich, der normalerweise für Enthaarungen benutzt wird, für das Durchstechen erhöht. Dadurch stimmen die Positionen der Piercings auch so exakt." Lisa und Natalie schauten sich entgeistert an. Alle Achtung, dafür konnte man die Enthaarungsmaschine also auch benutzen. Dann zeigte Caterina noch auf ihre Nase. Auf dem rechten Nasenflügel saß ebenfalls ein kleiner roter Stein.

Während Caterina in das Haus ging, um sich umzuziehen, schaute Natalie sich kurz nach Rhonda um. Sie war noch nicht zurück. Lisa und Natalie machten sich wieder an die Arbeit und stellten Texte für den Internetauftritt und die Broschüre zusammen. Als sie am späten Nachmittag endlich fertig waren, sandten sie die Bilder und die Texte an Rhondas Agentur, die sich für den Webauftritt und für die Printmedien verantwortlich zeigte. Dann verfassten die Beiden noch eine Email und schickten sie an das Geschäft in San Francisco, das noch auf ihre Antwort wartete.

In dem Augenblick kam auch Rhonda in die Tür. Sie schien geschafft, aber sie wollte mit Allen in ein Strandlokal nach Cascais fahren, um gemeinsam Abend zu essen. Als sie fertig gestylt in ihren Lieblingsfarben zum Maserati gingen, um loszufahren, strich Rhonda Natalie über das Haar und gab ihr einen Kuss auf die Wange. „Natalie, tut mir leid", flüsterte sie leise, so dass die Anderen es nicht hören konnten.

Die vier Frauen fuhren nach Cascais in ein Strandlokal. Lisa fuhr den Maserati, weil Rhonda sich abgespannt fühlte. Natalie saß hinten mit Caterina, die während der Fahrt ihr Höschen auszog, um zu schauen, ob ihr neues Piercing denn auch leuchten würde. Alle Lämpchen gaben ein sanftes Licht ab. Natalie fasste sich ans Herz, griff Caterina zwischen die Beine und drang mit dem Mittelfinger in sie ein. Caterina schien überrascht, ließ aber Natalies kleinen Angriff zu. Natalie massierte sie solange, bis der Maserati in die Straße zum Lokal abbog. Caterina streifte liebevoll Natalies Hand und zog schnell ihr Höschen an.

Natalie kam kaum aus dem Wagen heraus. Von Matilda hatte sie heute telefonisch die Erlaubnis erhalten, dass sie nach der kleinen Operation bei ihr ab sofort noch höhere Absätze tragen konnte. Deshalb versuchte Natalie es in kurzen, dunkelblauen Schnürstiefeln, die Rhonda ihr nach der kleinen OP gegeben hatte. Sie stand darin mit ihren Füssen beinahe senkrecht. Die Zehen waren um beinahe neunzig Grad nach vorne gebogen, weil die Schuhspitze vorne selbst wieder ein wenig nach oben stand. Rhonda konnte auf Schuhen dieser Höhe sehr elegant gehen und sagte einmal zu Natalie, dass sie stolz wäre, wenn sie es irgendwann auch könne. Sie fand den Halt nur noch in dem vorderen Teil ihrer Fußballen und in den Zehen auf einem sehr kurzen, spitz zusammenlaufenden Vorderblatt des Schuhs. Der sehr lange Absatz, es mochten beinahe neunzehn Zentimeter sein, war nur noch drei Zentimeter von der Sohle des Fußballens entfernt, so dass jeder Schritt ein absoluter Balanceakt war. Natalies Waden waren durch die Absätze derart gespannt, dass sie nicht genügend Kraft hatte, um aus dem Wagen zu steigen. Das eng geschnürte Korsett mit der röhrenförmigen Taille und der damit scharf konturierten Hüfte tat ein Übriges, weil Natalie nur noch kerzengerade sitzen konnte. Rhonda lachte, fasste sie an beiden Beinen und drehte sie auf dem Sitz einfach in Richtung der Autotür. Dann zog sie Natalie an den Händen aus dem Wagen. In kleinen, schnellen Schritten lief Natalie mit laut klackendem Geräusch hinter den Anderen her. Rhonda nahm sie an der Hand, als Natalie sie einholte und führte sie in das Lokal.

Es war ein herrlicher Abend in einer angenehmen Abendluft. Grillen, die direkt am Felsen lebten, zirpten im Konzert. Die Vier machten sich über eine große Fischplatte her und tranken einen gut gekühlten Vinho Verde. Natalie musste sich etwas seitlich zum Tisch hinsetzen, weil sie aufgrund ihrer mörderisch hohen Absätzen Ihre Beine nicht mehr unter dem Tisch abstellen konnte, ihre Knie hoben den Tisch an, als sie es einmal versuchte. Die anderen Drei machten bei dem Versuch allesamt hektische Bewegungen, um ihre Weingläser vor dem Umfallen zu bewahren.

Auch Matilda kam noch zu späterer Stunde hinzu. Sie schien genervt, weil sie so lange hatte arbeiten müssen. Aber sie geriet direkt in die Witzrunde und taute schnell auf. Irgendwie wirkte sie ein wenig jünger als beim letzten Treffen, fand Natalie. Matilda schaute mit einem schlechten Gewissen auf Natalies Brustpiercing, das sich mal wieder kräftig durch das Kleid drückte und sah mit dem nächsten Blick zu Rhonda, die Natalie gegenüber saß. Die machte nur eine Geste mit ihrer Hand, als wolle sie ihre Stirn abwischen und lächelte Natalie dabei an. Dann beugte sich Natalie zu Matilda hinüber und sagte: „Es ist alles in Ordnung." Von da an waren die fünf Frauen der am lautesten gackernde und lachende Tisch auf der Terrasse des Lokals.

Zu fortgeschrittener Stunde erzählte Rhonda noch von ihrem Treffen in London. „Ich habe nach meinem Vortrag einige interessante Leute kennengelernt, einige aus Deutschland, dann noch welche aus den Benelux Staaten und jemanden aus Frankreich. Es ging hier insbesondere um das Thema Transformation. Kommende Woche möchte ich gerne einige von ihnen besuchen. Natalie, würdest Du mich dafür begleiten?" „Gerne", antwortete Natalie, „wenn ich Dir dabei helfen kann?" Rhonda strahlte über ihre Zusage. „Wir fahren dann auch einige Tage nach Starnberg. Ich möchte dort gerne nach dem Rechten sehen. Mein Hausmeister hat mir eine SMS geschrieben, dass es dort einen Rohrbruch gegeben hat. Er schrieb zwar, er hätte alles geregelt, aber ich möchte doch gerne nachschauen." Rhonda sah Natalie an und sie nickte.

Es war schon fast halb zwei, als sie gingen. Der Kellner war inzwischen auch ziemlich verwirrt. Natalie hatte ihn nach zwei Eispacks gefragt. Als er dann sah, wofür sie sie nutzte, stand er nur noch mit großen Augen an ihrem Tisch. Natalie setzte sich im Auto wieder nach hinten. Diesmal zogen Caterina und sie sofort ihre Höschen aus.

Reiselust

Natalie verbrachte die Nacht in Caterinas Zimmer. Caterina ließ ihr nicht viel Zeit für Zärtlichkeiten, sie setzte sich in bewährter Manier auf Natalies Gesicht und wühlte mit ihren Händen in ihren roten Haaren. Es war richtig hell um ihren Schambereich. Die Edelsteine waren so geschliffen und eingefasst, dass sie lediglich als harter Gegenstand auffielen, wenn man über die Scham streichelte, aber sie verletzten nicht. Sie wechselten mehrfach die Position und Natalie hörte auf einmal, wie Caterina unter ihr „Wow!" rief. Sie war von Natalies perfektem Schambereich beeindruckt. Caterina besaß einen großen Dildo, der aus vielen Ringen und einem Griff bestand, am vorderen Ende befanden sich einige Kugeln. Das leicht unförmig ausschauende Gerät war leicht gebogen, aber auch sehr lang. Caterina drehte und schob ihn Ring für Ring in Natalie hinein. Es wurde schnell zu eng und Natalie musste sich ihren Befehlsgeber aus dem Anus herausnehmen. „Du trägst das Ding immer noch?", fragte Caterina verwundert. „Rhonda will es so, dafür darf ich mich hier frei bewegen", antwortete Natalie. Zwischenzeitlich hatte sie sich an den Befehlsgeber gewöhnt und wusste, was zu tun war, wenn sie auf die Toilette musste. Aber Rhonda hatte ihn auch lange nicht mehr benutzt. Trotzdem, viel Vertrauen schien sie nicht zu haben, befand Caterina und schaltete den batteriebetriebenen Dildo ein. Er wand sich in Natalie wie eine Schlange.

Caterina wusste, wie sie Natalie erregen konnte. Sie rieb an ihren Brutwarzen, die wegen des mörderischen Piercings immer noch spitz in den Himmel ragten und fuhr ihr mit der Zunge vom Hals zum Ohr hinauf. Dabei bewegte sie den laufenden Dildo langsam hin und her. Natalie konnte sich mehrere schwere Seufzer nicht verkneifen und gab sich ihren Zärtlichkeiten hin. Doch auch Caterina lebte mit Natalie ihre sexuell dunklen Träume aus. Als Natalie nicht richtig aufpasste, fesselte Caterina sie an ihr Bett, so dass sie auf dem Bauch lag und alle viere von sich strecken musste. Das Brustpiercing brannte heftig unter dem Druck ihres

Gewichtes. Unter Natalies Bauch hatte Caterina ein dickes Kissen platziert, so dass Natalie ihr Hinterteil stark nach oben halten musste. Dann knebelte Caterina sie mit einem Ballknebel, der zum Glück nicht den Umfang von dem aus Rhondas Zimmer hatte. Sie holte eine Crème heraus und rieb Natalies hübschen Po sorgfältig damit ein. „Das erhöht Deine Sensibilität", hauchte sie ihr in ihr Ohr. Sie drehte das Licht so weit herunter, dass Natalie davon ausging, dass ihr Piercing nun im Raum hell leuchten musste. Während Caterina über Natalies prallen Po strich, erhielt sie die ersten sanften Schläge mit ihrem Paddel. Den schlangenartigen Lustspender ließ sie in Natalie weiter laufen. Die Schläge wurden immer kräftiger und begannen zu schmerzen. „Würdest Du bitte mitzählen?", fragte Caterina in einem unwirklich freundlichen Ton. Natalie versuchte, durch den Knebel mit ihrer auf den Unterkiefer festgepressten Zunge eine Zahl zu formulieren. „Wie bitte?", fragte Caterina. Natalie wiederholte die Zahl des Öfteren. Jedes Mal erhielt sie einen zusätzlichen Schlag, wenn Caterina der Meinung war, dass sie sie nicht verstand, immer unterbrochen durch ein hilfloses Fiepen, dass Natalie von sich gab und den kümmerlichen Rest eines Schmerzensschreis darstellen sollte. Bei fünfzig stoppte sie endlich und kühlte das ihr unfreiwillig entgegen geschobene Hinterteil Natalies mit einem eiskalten, feuchten Tuch, dass sie in ihrem Kühlschrank im Zimmer aufbewahrte. Zuerst schmerzte es durch die plötzliche Kälte noch stärker, ließ dann aber nach einigen Sekunden nach. Nach etwa zehn Minuten Pause öffnete Caterina mit einem gekonnten Griff Natalies Knebel, allerdings nicht, um ihn ihr abzunehmen, sondern um die Schnalle mit dem nächsten Loch noch fester zu ziehen als vorher. Außerdem stellte sie den Dildo auf eine höhere Stufe ein. Bei dem ersten Schlag sagte sie wieder: „Komm, mitzählen!" Diesmal war es noch schwieriger, eine Zahl zu formulieren. Der Knebel saß jetzt tiefer im Mund und das batteriebetriebene Gerät in ihr raubte ihr fast den Verstand. Jedes Mal, wenn Caterina Natalie nicht verstand, bekam Natalie diesmal zwei Schläge extra. „Wie bitte?", fragte sie wieder mit einer ruhigen, monoton wirkenden Stimme, während Natalie sich kaum noch konzentrieren konnte, weil sie sich nicht mehr zwischen Orgasmus und Schmerz entscheiden konnte und heftig in den Knebel hinein stöhnte. Wieder hörte

Caterina bei fünfzig auf, strich mit ihren spitzen Fingernägeln fest über Natalies wunden Po und legte erst danach das kalte Tuch wieder auf. Dann ging sie hinaus auf ihre Terrasse und trank ein Glas Champagner. Den Dildo ließ sie in Natalie weiterlaufen. Als sie wieder herein kam, band sie sie los und küsste sie zärtlich. „Das war richtig nett mit Dir. Wenn Du mal wieder Spaß haben möchtest, können wir das gerne wiederholen. Allerdings wirst Du wohl dieses Mal ein paar Tage nicht richtig sitzen können", grinste sie. Frauen und ihre Phantasien, dachte Natalie und damit auch gleichzeitig an ihren malträtierten Po, der jetzt voller Striemen und dazu mindestens dunkelrot sein musste. Sie sagte nur: „Ich gehe jetzt lieber in mein Bett, wenn es Dir recht ist." „Okay", erwiderte Caterina, „dann sehen wir uns morgen. Träum was Schönes."

Natalie schlief nicht besonders gut, weil sie als einzigen Kompromiss herausfand, dass sie nur auf der Seite schmerzfrei liegen konnte. Das hatte sie so nicht erwartet. Caterina war die Jüngste der Drei und hatte ein unschuldig wirkendes Gesicht. Ich hätte es wissen müssen, sinnierte Natalie, sie leben ihre sexuellen Phantasien aus, wie sie es gerade wollten. Aber darauf drängen taten sie dabei allerdings auch nicht, es ergab sich einfach. Sie entschied, beim nächsten Mal wieder vorne im Auto zu sitzen und die Finger bei sich zu halten. Aber immerhin, ein bisschen von meinem Urtrieb habe ich ja behalten, auch wenn man es mir äußerlich vielleicht nicht mehr ansieht, befand Natalie in ihren Gedanken und hatte ein leichtes Lächeln auf dem Gesicht.

Der Fototermin an dem Dienstag dauerte nicht sehr lange und die Jungs von der Agentur schossen ihre Fotos. Natalie hoffte nur, dass sie die Bilder aus Nervosität nicht zu sehr verwackelten, schließlich sah man so ein extremes Piercing auch nicht alle Tage. Fotograf, Aufnahmeleiter und Lichttechniker wollten Natalie nach Hause bringen, aber sie wiegelte ab, stieg lieber in den dunkelblauen Aston Martin und fuhr zu Matilda, die sie nochmal untersuchen wollte und um sie natürlich zügig von den Stretchern zu befreien.

Als Natalie hereinkam, war Matilda gerade in einem Operationstermin und hatte keine Zeit. Also lief sie herum, ging auf eine weitläufige Terrasse der Krankenhauskantine, trank dort einen hervorragenden portugiesischen Espresso und betrachtete das weitläufige Panorama mit dem Meer in der Ferne. Matilda hatte ein schönes Plätzchen für ihre Klink ausgesucht, es lag auf einer kleinen Anhöhe. Sie versuchte die Rennstrecke von Estoril zu erkennen, die irgendwo in der Nähe liegen musste, aber sie fand nichts, was darauf hindeutete. Natalie zog die Sonnenbrille, die sie sich in das Haar gesteckt hatte, wieder in ihr Gesicht und las in ein paar Magazinen, die sie auf einem Beistelltisch neben einer Liege gefunden hatte. Es gab nur Modezeitschriften wie Elle und Vogue, aber damit würde sie sich ja in Zukunft öfter beschäftigen müssen, wenn sie modern und am Puls der Zeit bleiben wollte. Sie las auch einen Testbericht über ein Damenhandy, das mit Swarovski Steinen verziert war, womit sie sich im früheren Leben normalerweise nie beschäftigt hätte. Aber die Zeitschrift empfahl ein anderes, das aus poliertem Edelstahl und aufklappbar war. Scheinbar hielt die Verzierung mit den Steinen nicht lange und die Kristalle fielen ab, so der Hauptkritikpunkt. Die Ausstattung der Handys schien für die Tester der Frauenzeitschrift nur nebensächlich zu sein.

An ihrer Gestik stellte Natalie fest, dass sie langsam immer mehr Eigenschaften von einer Frau annahm. Besonders bei den morgendlichen Schönheitsritualen wollte sie ihren neuen Freundinnen nichts nachstehen und war inzwischen mit Kajal, Mascara und Eyeshadow genauso geschickt geworden wie sie. Die Drei grinsten jedes Mal, wenn sie top gestylt zum Frühstück erschien. Diese Gedanken waren häufig eine Kehrtwende für Natalie, wenn sie in ihr hochkamen. Eigentlich war sie traurig, dass Andere über ihr Schicksal befunden hatten und sann insgeheim auf Rache. Sie hatte eine neue Identität, ob sie nun wollte oder nicht. Ein Zurück gab es nicht, sie konnte nur nach vorne denken und das Beste aus ihrem Leben machen. Als Mann wäre es ein Traum gewesen, mit drei derart attraktiven Frauen zusammenzuleben, die jede für sich ein persönliches Interesse an ihr hatten. Sie umfasste sogar auf einmal die Gelegenheit, einen Sportwagen zu fahren, den sie sich unter normalen Umständen frühestens in zehn Jahren hätte leisten können und der ihr Jugendtraum war. Und da war Rhonda, die trotz ihrer dunklen Seite etwas mehr für sie zu empfinden schien. Es war für Natalie eine ziemlich verkappte Situation. Sie vermisste ihre Freunde aus dem alten Leben und die sie sicher auch. Aber würde sie ihnen so wie sie jetzt war noch einmal entgegen treten können? Sie würden es wahrscheinlich nicht verstehen.

Natalie wurde anhand ihres sich langsam verändernden, zunehmend femininen Auftretens von Tag zu Tag deutlicher, dass ihr neues, äußeres „Ich" langsam von ihrem Gehirn Besitz ergriff, dass es wie eine unsichtbare Schlange in sie eindrang und ihre Gesten, ihre Denkstrukturen und ihr Handeln veränderten. Die früheren Prägungen verschwanden nach und nach und wurden durch neue, weibliche ersetzt. Nicht das diese geistige Mutation spürbar war, das Vergangene erlosch einfach und wurde durch das neue ersetzt. Sie konnte zwar nicht einschätzen wann, aber bald würde sie wirklich nur noch Natalie sein, das perfekte Objekt der Begierde, dass Rhonda für sich geschaffen hatte. Das Einzige, was blieb, war ein Archiv mit Erinnerungen. Wenn man es technisch darstellen wollte, hatten Rhonda und Matilda eine Möglichkeit geschaffen, die Software, die auf die Erinnerungen zugriff, mit Matildas spezieller Hormontherapie zu überschreiben. Natalie hatte zu ihrem Äußeren eine völlig neue neurolinguistische Programmierung erhalten, die sie nun schleichend verinnerlichte. Als sie so gedankenversunken da saß, kam in ihr die Frage auf, warum sie dieser Zustand nicht ängstigte oder sogar in Panik versetzte und warum sie nicht an den alten Prägungen festhielt? Sie fand die Antwort schnell. Zum einen gab es für sie keinen Weg, diesen Prozess zu stoppen, und zum Anderen, was ihr wesentlich wichtiger schien, war, dass sie ihr neues Äußeres nicht mehr rückgängig machen konnte. Davon abgesehen, dass sie ihr Schicksal zwangsläufig akzeptieren musste, war es also eher noch hilfreich, dass die Verwandlung irgendwann mal vollständig sein würde. Ob die ihr dann zur Verfügung stehenden Eigenschaften noch Rhondas Wünschen und Vorstellungen entsprechen würden, das stand in den Sternen.

Eine junge Frau kam heran und setzte sich direkt an den Nachbartisch. Sie schien Anfang zwanzig zu sein und war sehr schlank, fiel aber durch ihre extrem großen und prallen Brüste auf. Solche Oberweiten kannte Natalie höchstens von Bildern amerikanischer Frauen, die meist als Nachtclub Tänzerinnen durch die Bars im Lande zogen und sich mit Tanzshows ihr Geld verdienten. Und auch da gab es nur wenige, die sich die Brüste auf derartige Größen vergrößern ließen wie diese junge Frau. Natalie hatte vor längerer Zeit mal einen Bericht über sogenannte Polypropylen Brust Implantate gelesen, die aber zwischenzeitlich in den USA und in Europa nicht mehr genutzt werden durften. Diese Implantate nahmen Flüssigkeit aus dem Körper auf und vergrößerten sich dadurch mit der Zeit. Damit gab es wohl gelegentlich Komplikationen. Die wenigen Frauen allerdings, die diese Implantate behielten und damit keine Probleme hatten, schienen in den USA bei Entertainment Shows heiß begehrt zu sein, weil der Umfang ziemlich beachtliche, teilweise ungewöhnliche Größen erreicht hatte. Matilda schien augenscheinlich einen anderen Weg gefunden zu haben. Die junge Frau hatte Gewänder an, die darauf schließen ließen, dass sie nicht aus den USA, sondern aus einem moslemischen Land kam, auch ihre Hautfarbe und ihre dunkeln Augen deuteten unmissverständlich darauf hin. Natalie und die Frau unterhielten sich ein wenig in Englisch. Es kam heraus, dass sie einer Tätigkeit als Bauchtänzerin in Bahrain nachging. Also lag Natalie mit ihrer Vermutung doch gar nicht so falsch. Bloß spielte sich das Entertainment in diesem Fall in den Emiraten ab. Nur hatte Natalie so eine extreme Brustvergrößerung bei einer Frau, die aus einem moslemischen Land kam, nun überhaupt nicht vermutet. Auf der anderen Seite konnte sie sich gut vorstellen, dass die junge Bauchtänzerin bei ihren Auftritten ihre Fans hatte, insbesondere natürlich Männer. Ob die sich allerdings bei so einem Anblick noch für den Bauchtanz der jungen Moslemin interessierten, mochte Natalie nicht so recht glauben. Die Frau war schon das zweite Mal bei Dr. Martinez, wie sie Matilda korrekterweise nannte. Sie konnte kaum mehr klare Worte formulieren, weil ihre Lippen so stark vergrößert waren, dass sie den Mund kaum schließen konnte. Es blieb in der Mitte trotzdem eine Öffnung, wenn sie den Mund geschlossen hatte und so besaß sie außerdem ein ungewöhnliches, wenn auch nettes, witziges Lispeln. Sie war die Freundin eines Scheichs, erklärte sie Natalie in ihrem gebrochenen Englisch, der sie gerne zu Events in seinen Palast einlud. Da er spezielle Schönheitsvorstellungen hatte, war er bereit, die Schönheitsoperationen zu finanzieren, solange sie in seinem Sinne waren. Die junge Moslemin erklärte Natalie, dass es für sie eine Ehre gewesen wäre, dieses Angebot von dem Scheich anzunehmen. Diesmal war sie da, um sich mit einer revolutionierenden Lasertechnologie ein katzenhaftes Gesicht machen zu lassen. Natalie war leicht schockiert, als ihr die junge Frau ihre Geschichte erzählte, aber als sie Natalie dann fragte, was sie denn bei Matilda genau verändern lassen wollte, verschlug es ihr die Sprache.

Natalie saß noch auf der Terrasse, die zur Kantine gehörte, als sie Schritte hinter sich ankommen hörte. Es war Matilda. „Du willst bestimmt diese Folterinstrumente los werden", sagte sie zu Natalie und grinste hämisch. Da haben wir es, Matilda ist auch nicht besser als die Anderen, ärgerte sich Natalie stumm. „Ja", erwiderte sie, „wir haben heute die Bilder gemacht, die ich im Anschluss auch geprüft habe, damit ich dieses Zeug nicht nochmal anlegen muss." „Es steht Dir doch gut, Natalie. Du hättest es ruhig weiter tragen sollen", witzelte Matilda mit einem Augenzwinkern. Tatsächlich hatte Natalie sich unmerklich an den kräftigen Zug, den diese Stretcher auf ihre Brustwarzen ausübten, gewöhnt. Matilda nahm Natalie lächelnd an der Hand und ging mit ihr in ihr Sprechzimmer, wo sie Natalie endlich von der bereits mehrtägig andauernden Folter befreite. Danach rieb sie ihre Brustwarzen mit einem entspannenden, kühlenden Gel ein. „Wundere Dich nicht, mein Schatz. Du wirst es noch einige Tage vermissen. Möchtest Du denn gerne etwas anderes tragen? Die Löcher sind ja vorhanden.", fragte sie. „Nein! Danke", antwortete Natalie leicht erschrocken, „ich glaube, ich möchte erst mal wieder eine normal geformte Brust genießen." Während sie miteinander sprachen, zog Matilda eine Spritze auf und jagte sie Natalie ohne zu fragen in ihren Hintern. „Autsch!", schrie Natalie. Matilda grinste. „Schon erledigt", sagte sie, „dann mach es gut, grüß die Anderen. Richte bitte aus, dass es ein schöner Abend mit euch in Cascais war. Wir sollten das bald wiederholen." Dann gab sie Natalie einen flüchtigen Abschiedskuss. „Mache ich gerne", antwortete Natalie und rieb an der Stelle, wo Matilda sie gestochen hatte. „Ciao Bella", sagte Natalie und stand auf. Matilda lachte über das kleine Kompliment und strich über Natalies Gesicht. Dann verließ Natalie die Klinik. Jetzt ab nach Hause, dachte sie und setzte sich damit unter Druck. Die Koffer mussten noch für die gemeinsame Reise mit Rhonda gepackt werden und die Präsentationen waren noch nicht auf dem Laptop gespeichert, den sie mitnehmen wollte. Sie musste über Matildas Abschiedskuss schmunzeln. Das war doch eine ziemlich eigenartige Welt mit ziemlich eigenartigen Menschen, fand sie, zog an der Wippenschaltung und ließ den Aston Martin nach vorne schießen, so dass er leicht schlingernd eine kräftige Staubwolke im Rückspiegel hinterließ.

Als Natalie ihre Koffer zusammenpacken wollte, war sie mit den ganzen Damenklamotten, Handtaschen, Schuhen und was eine Frau sonst noch brauchte, ziemlich überfordert. Rhonda, die gerade an ihrem Zimmer, bei dem die Tür offen stand, vorbeigehen wollte, kam herein und half ihr beim Packen. So beiläufig sagte sie: „Du brauchst den Befehlsgeber nicht mehr zu tragen. Ich bestehe nicht mehr darauf. Ich vertraue Dir auch so." Als Reaktion darauf nahm Natalie Rhonda in den Arm, drückte sie fest an sich, so dass sich ihre Brüste aneinander rieben und gab ihr einen Schmatzer auf den Mund. Dann wandte sie sich wortlos wieder den Koffern zu. Rhonda stand da wie ein begossener Pudel, erst nach einem Moment wandte auch sie sich mit einem kleinen Lächeln wieder den Koffern zu, um sie mit Natalie zu packen.

Am nächsten Morgen saßen die Beiden gemeinsam in Rhondas Falcon und befanden sich auf dem Weg nach Amsterdam, wo am Nachmittag ihr erster Termin stattfinden sollte. Diesmal hatte Rhonda zwei Piloten und eine Stewardess an Bord, die sich um alles kümmerten. Auf dem Weg gab Rhonda Natalie eine Scheck- und eine Kreditkarte. „Du verdienst ja jetzt was, also kannst Du damit auch machen, was Du möchtest. Das Geld, das Dir in Deiner Vergangenheit gehörte, ist in gleicher Höhe ebenfalls auf diese Konten transferiert worden. Die Karten sind auf Deinen Namen ausgestellt. Du musst sie nur noch unterschreiben." Natalie unterschrieb mit Natalie Dupont und tat die Karten in die noch leeren Einschübe eines Portemonnaies, das sie in ihrer Handtasche bei sich trug. Es war ein schönes Gefühl, endlich wieder handlungsfähig zu sein und im Zweifel auch für sich selbst entscheiden zu können.

Natalie schaute zu dem Platz, wo der Schrank stand, in dem sie gefesselt den Hinflug verbringen musste. „Ich habe ihn ausbauen lassen", sagte Rhonda knapp, als sie ihren suchenden Blick sah.

Natalie und Rhonda aßen etwas und tranken einen wohlschmeckenden singalesischen Tee. Als sie in Amsterdam gelandet waren, holte sie direkt am Flugzeug ein Wagen mit Chauffeur ab, um sie zu ihrem Termin zu bringen. Natalie trug das erste Mal ein dunkelblaues, stark Figur betonendes Business Kostüm von Jil Sander, passende halterlose Strümpfe und gerade noch in der Höhe akzeptable Pumps. Im Flugzeug mussten sie von der Jacke noch schnell die oberen Knöpfe der Jacke weiter außen annähen, obwohl die Sachen bei der Anprobe letzte Woche exakt gepasst hatten. Natalie machte Matildas Spritze vom Vortag dafür verantwortlich, denn seitdem hatte sie das Gefühl, dass sich ihre Brüste spannten und an Größe zugelegt hatten. Rhonda trug ein Kleid in dunkelrot, obwohl sie ja eigentlich immer in schwarz auftrat. Nur als Natalie sie in dem Lokal in München kennenlernte, trug sie dieses kräftiges Rot, mit dem sie auch sofort auffiel.

Der Termin bei einem Pharmaunternehmen verlief reibungslos, auch wenn Natalie längere Zeit kaum Englisch gesprochen hatte. Sie hatte selbst einen Teil der Präsentation gehalten, was sie aufgrund ihres früheren Jobs perfekt beherrschte. Die drei Vorstandsmitglieder waren perplex, dass Natalie als so junges Ding in ihrer Argumentation locker mithalten und sie parieren konnte. Rhonda lächelte in sich hinein. Als Ergebnis kam ein Auftrag über zwei Komma acht Millionen Euro heraus. Natalie hatte ihre erste Feuerprobe bestanden.

Auf dem Weg zum Hotel klapperten die Zwei ein paar Fetisch Geschäfte ab. Rhonda zückte einige Produktmappen und nahm Bestellungen für ihre neuen Produkte entgegen. Sie schien aus allem Geld machen zu können. Allerdings war ihr Firmenlogo R.B. Inc. nirgends zu erkennen. Sie nannte sich Dark Clothes Production und jeder in diesem Metier empfand diesen Firmennamen als passend.

Danach aßen sie noch etwas in einem Sushi Restaurant in der Innenstadt und fuhren dann in ihr Hotel, das direkt an einer Gracht lag. Natalie bekam ein eigenes Zimmer, was sie dann doch ein wenig überraschte. Aber Rhonda schien in sich gekehrt und wollte scheinbar mit sich etwas ausmachen.

Bevor sie am nächsten Morgen die Falcon für den kurzen Flug nach Brüssel bestiegen, kaufte Rhonda für Natalie noch einige Seidentücher und eine rote Herrenkrawatte, die ihr Rhonda auch gleich um den Hals band. Grund dafür war das zweite, eigentlich auf Passform genähte Business Kostüm, dessen Jacke ebenfalls nicht mehr so recht passen wollte. Während es um die eng geschnürte, korsettierte Taille herum exakt passte, war es im Brustbereich ebenfalls knapp bemessen und spannte sich bei geschlossenen Knöpfen. Gleiches galt für die Knöpfe ihrer weißen Bluse. So aber konnte Natalie die Jacke auflassen und die gespannten Knöpfe verbergen. Rhonda versuchte sie zu beruhigen. Sie sagte, ihr Zustand wäre nur vorübergehend. Während sie vor einem Schaufenster standen und exklusive Damenmode bestaunten, kam Rhonda eine Idee. Sie gingen ein Stück zurück zu einem Brillengeschäft, wo Rhonda eine kleine, rechteckig geformte Hornbrille aus dem Sortiment herauszog und sie Natalie auf die Nase setzte. Ein Blick in den Spiegel klärte Natalie auf. Zusammen mit ihrer üppigen Oberweite, ihrem eng geschnittenen Businesskostüm, ihrem kurzen Rock, der schmalen Taille und den hohen Pumps sah Natalie aus wie eine Sekretärin aus der typischen Männertraumwelt in einem Herrenmagazin, die sich auf dessen Folgeseiten entblättern würde. Beiläufig benötigte es von ihr nur einen kleinen Ausfallschritt, um den Blick zusätzlich auf den Ansatz des breiten Spitzenabsatzes ihrer Strümpfe unter dem kurzen Rock zu lenken.

In einem weiteren Geschäft kaufte Rhonda ihr eine Aktentasche aus beigefarbenem Leder, die man unter dem Arm trug. Natalie machte Rhondas Spaß mit, ließ ihr auffälliges, rotes und welliges Haar ein wenig in ihr Gesicht fallen und stellte sich mit leicht lasziver Haltung vor einen großen Spiegel. Dann zog sie die Brille leicht nach vorne und schaute über das Gestell hinweg, während sie es zwischen ihren rot lackierten Fingernägeln hielt. Ihren Mund verzog sie unmerklich zu einem Kuss. Rhondas Augen blitzten vor Begeisterung, als sich ihr erotischer Wunschtraum in dem Spiegel ansah. Sie bemerkte, dass sich ihr Objekt der Begierde zum ersten Mal selbst gefiel und seine noch ungewohnten, femininen Reize gezielt zur Schau stellte. Natalie hatte ab jetzt nicht nur einen Vertrag als persönliche Assistentin abgeschlossen, sie sah ab sofort auch so aus.

In Brüssel hatte Rhonda ihren großen Auftritt. Sie hielt einen Vortrag über Laseroperationen, wie sie auch Matilda in Estoril durchführte. Hier wurde Natalie klar, warum Rhonda so erfolgreich war. Kaum sichtbar kokettierte sie mit ihren weiblichen Reizen, so dass ihr die Männerblicke folgten, wohin immer sie auch ging. Wieder sah man, dass Rhonda stolz darauf war, eine Frau zu sein. Sie stand mit ihrem Körper im Einklang und bewegte sich völlig ohne Anspannung durch den Raum. Genauso hielt sie auch ihr Champagnerglas oder stand vor einem Rednerpult, wo ihr bei einem Vortrag mindestens hundert Doktoren und Professoren zuhörten. Zwar war sie bei ihrer Wortwahl nicht immer fehlerfrei, aber wenn sie Fehler machte, nutzte sie sie geschickt, um die Zuhörer wieder in ihren Bann zu ziehen. Als Natalie sie später danach fragte, erklärte sie ihr dazu: „Glaub' nicht, dass das bei mir immer so war. Aber ich hatte einige Jahre einen sehr guten Arbeitgeber, der mir eine besondere Ausbildung in der Kommunikation ermöglichte. Dabei habe ich gelernt, mich als Ganzes zu respektieren und meine Stärken, die ich bis dato noch nicht wirklich kannte, gezielt zu nutzen. Inzwischen habe ich das als völlig selbstverständlich verinnerlicht und es ist ein Teil von mir geworden. Von da an kam auch der Erfolg. Verrückt, nicht wahr?"

Die nächsten Tage verliefen nur unwesentlich anders. Nur musste Natalie bei dem Termin in Luxemburg ihre eigene Transformation vor einem Ärztegremium präsentieren. Aber noch während ihres Vortrages dämmerte es ihr. Sie hatte sich bislang immer als Opfer Rhondas kompromissloser, sexueller Neigungen gesehen, sie war jedoch auch noch etwas anderes: Ein neuer, revolutionärer Meilenstein in der Geschichte der Schönheitschirurgie, ein am Computer erzeugtes, mit perfekter Symmetrie ausgestattetes, neues Schönheitsideal. In dem Moment wurde ihr auch bewusst, warum die Fachexperten und Ärzte sie die ganze Zeit während ihres Vortrages so ungläubig anstarrten. Sie wussten es! Das vor ihnen stehende Wesen war die neue Referenz, die eine neue Ära von Schönheitsidealen einläutete - das maximal technisch machbare, das bis zur endgültigen Entschlüsselung aller Gene und auch darüber hinaus Bestand haben würde. Rhonda hatte ihre zwanghaften Neigungen zu ihrem Vorteil nutzen können und mit ihrem Team um sich herum ein neues Tor aufgeschlagen, so dass die permanent mit ihren äußerlichen Unzulänglichkeiten beschäftigte Gesellschaft dies endgültig beseitigen konnte. Zwar konnte man auf den Bildern, die der Beamer an die Wand warf, nicht sehen, dass Natalie die Patientin war, aber das Fachpublikum hatte sie ertappt. Nicht umsonst wurde ihr Vortrag frenetisch beklatscht. Nicht umsonst drückten ihr unzählige Zuhörer nachher die Hand und beglückwünschten sie. Rhonda, diese Teufelin, stand selbstzufrieden am Rand und lächelte in sich hinein.

Einer der Ärzte schlich nach dem Vortrag immer um Natalie herum und betrachtete unverhohlen ihre vollen Brüste, die sie auf Bildern auch als Ergebnis der Transformation und als Referenzarbeit mit Rhondas Lasertechnologie präsentiert hatte. Nur hatten sie damals noch nicht die heutige Größe. Natalie wurde sichtlich nervös und unsicher. Rhonda bemerkte es, holte Natalie von dem Arzt weg und zog sie in eine Diskussion mit anderen Kunden hinein. „Der steht bloß auf Dich", flüsterte sie leise in ihr Ohr. „Meinst Du?", fragte Natalie im Spaß. „Hoffentlich stehen auch mal attraktivere Typen auf mich", schätzte sie den Arzt ab, der kleiner war als sie und zudem noch stark untersetzt daherkam. Rhonda lachte und flüsterte ihr leise in ihr Ohr: „Ich auf jeden Fall."

Trotz dieses Kommentars bekam Natalie auch bei den kommenden Übernachtungen weiterhin ihr eigenes Zimmer.

Als sie endlich alle Termine hinter sich hatten, flogen sie nach Starnberg und landeten dort auf dem Flughafen, wo die Falcon üblicherweise in einem Hangar stand.

Natalies Rache

Rhondas roter Maserati stand funkelnd in der großen Halle.

Ein Mitarbeiter vom Bodenpersonal half Natalie und Rhonda, die Koffer in den Maserati zu laden. Ein junger Mann, der herangeeilt kam, übergab ihnen die Schlüssel für den Wagen. Er war vom Vertragshändler in München beauftragt worden, den Wagen von der Inspektion zurück nach Starnberg zu fahren. „Keine besonderen Vorkommnisse, alles in bester Ordnung", fasste er die Inspektion in kurzen Worten für Rhonda zusammen und schien bei dem Anblick der beiden gutaussehenden Frauen leicht verunsichert. Er machte sich schnell aus dem Staub. Dann fuhren sie in Rhondas typisch dynamischen Fahrstil zu ihrer Villa am See.

Dort begrüßte sie der Hausmeister und gab ihnen einen Lagebericht wegen des Rohrbruchs, der sich vor einigen Tagen ereignet hatte. „Die Handwerker waren schon da. Ich habe mit ihnen den Schaden begutachtet und mich dann entschlossen, in Auftrag zu geben, dass besser das ganze Rohr getauscht werden sollte", erzählte er. „Ich habe extra Fotos gemacht, damit Sie sehen können, dass es eine Notwendigkeit war." Rhonda begutachtete die Bilder und sagte: „Keine Frage, das Rohr sieht völlig verrottet aus. Hätte man es geflickt, wäre es in nächster Zeit an einer anderen Stelle gebrochen. Das haben Sie gut gemacht, Helmut." Sie bedankte sich bei ihm und ging mit Natalie in das Haus. Schnell schaute Natalie noch in Richtung Garage und sah dort das dunkelblaue Heck eines Sportwagens.

Am Abend saßen die Beiden im Salon und aßen lediglich einen Fruchtsalat, den Natalie zubereitet hatte. Helmut hatte in weiser Voraussicht jede Menge Früchte vom Markt mitgebracht und im Kühlschrank verstaut. Als Natalie dort einige exotische Früchte ausmachte und zudem einen kanadischen Ahornsirup fand, der in der hintersten Ecke des Kühlschranks stand, war ihr klar, was es abends zu essen geben würde. Danach stießen

Natalie und Rhonda auf ihre ersten gemeinsamen Erfolge an. Die Tour hatte ihnen über zwölf Millionen Euro an Aufträgen eingebracht. Nur ein Kunde wollte noch etwas Bedenkzeit. Sollte dieser Auftrag auch zustande kommen, würden es sogar fast sechzehn Millionen sein.

Trotz allem fand Natalie eine nachdenkliche Rhonda vor. Nach einiger Zeit fing Rhonda endlich an zu reden: „Weißt Du, ich bin im Alter von siebzehn Jahren von einer Jugendgang vergewaltigt worden." Sie begann plötzlich zu schluchzen und erzählte dann stockend unter Tränen, wie es zu dieser Begebenheit gekommen war. Das Ereignis saß immer noch tief in ihrer Seele fest, wie Natalie anhand ihrer Reaktion feststellen musste. Es waren alles Jungen aus einem Internat. Ihre Eltern waren ausschließlich reich und so schienen wohl alle der Meinung zu sein, dass ihnen die Welt zu Füßen liegen müsste. Die Mädchen, mit denen Rhonda zur der Zeit in der Nähe ein Mädcheninternat besuchte, flüchteten vor ihnen, weil sie sie permanent belästigten. Bei der Gang war ein Junge dabei, der sich für Rhonda interessierte. Allerdings war das Interesse einseitig gelagert, sie ließ ihn mehrfach rüde abblitzen. Er fühlte sich von Rhonda gedemütigt und suchte sich fünf Jungen aus der Gang, die er aufforderte, ihm bei der Jagd nach Rhonda zu helfen. Eines Abends lauerten sie ihr auf, als sie gerade von ihrem Fitnesstraining zum Internat zurück wollte und an einer wenig beleuchteten Gasse vorbeigehen musste. Die Jungs hatten sich auf den Überfall vorbereitet, fesselten und knebelten Rhonda und brachten sie zu dem Studio einer Domina, deren Räume sie im Vorfeld extra für diesen Abend gebucht hatten. Dort entkleideten die Jungen die siebzehn jährige Rhonda, banden sie an ein Kreuz und peitschten sie nacheinander aus. Sie peitschten sie so lange und so heftig, bis sie von Schmerzen gepeinigt einverstanden war, jedem der Jungen zu Diensten zu sein und das zu tun, was er gerade von ihr wollte. Keiner von ihnen ließ die Chance aus, sich brutal an ihr zu vergehen. Als sie am frühen Morgen mit ihr fertig waren, ließen sie sie gefesselt und geknebelt zurück, bis die Domina am späten Nachmittag zurück kam, sie dort hilflos vorfand und sie endlich aus ihrer undankbaren Lage befreite.

Rhonda kam mit Unterleibsverletzungen in ein Krankenhaus, konnte aber glücklicherweise ohne körperliche Folgeschäden nach mehreren Woche wieder nach Hause. Nur für ihren Seelenschmerz konnten die Ärzte nichts tun. Ihre Eltern zeigten die Jungen aus dem Internat wegen Vergewaltigung an, besonders ihr Vater war außer sich vor Wut und schrie tagelang immer wieder Hasstiraden über ihre Vergewaltiger im Haus herum. Aber er hatte nicht mit den Anwälten der reichen Eltern der Angeklagten gerechnet.

Rhonda unterbrach ihre Geschichte, weil sie ihre Tränen abwischen musste, dann aber fuhr sie fort: „Meine Eltern und ich verloren den Prozess, weil laut Gutachten nicht klar wurde, ob der Samen, der bei mir gefunden und dann analysiert wurde, eindeutig einem der Jungen zuzuordnen war. Bei sechs Vergewaltigungen hintereinander allerdings kein Wunder. Aber darauf stützten sich die Richter. Dagegen wurden eindeutige Spuren von Körperflüssigkeiten in dem Studio als Beweis nicht zugelassen, da sich die Jungs auch zu einem anderen Zeitpunkt hätten dort aufhalten können. Daraufhin habe ich geschworen, mich an denen zu rächen, die mir das angetan haben", erzählte sie Natalie mit stockender Stimme.

Da stand sie nun im Raum, die Ursache allen Übels. Das Ereignis, dass die Lebenslinie von Rhonda drastisch veränderte und letztendlich in dem neu geschaffenen Wesen ihr gegenüber endete, dessen eigenes Schicksal sich auf tragische Weise mit in die Lebenslinie Rhondas eingeflochten hatte. Für Natalie schloss sich der Kreis. Aufgrund ihrer Erlebnisse verlor Rhonda die Fähigkeit, mit einem Mann zusammen zu leben. Sie war zwar wie alle Frauen dieser Welt auf der Suche nach ihrem Alphamännchen, aber wenn sie es denn gefunden hatte, konnte sie mit ihm nicht mehr zusammenleben. Auch lesbische Beziehungen reichten ihr nicht aus, weil ihr eine andere Frau diese Art von Wärme nie hätte geben können. Also beschloss sie, die Geborgenheit, die sie verzweifelt suchte, mit dem Geschlecht zu kombinieren, dem sie vertraute.

Rhonda begann zu erzählen, wie sie den Eltern der Jungen falsche Beweise aus deren Geschäftsleben unterschob, inkognito Informationen an die

Finanzämter weitergab, Fotos von fremdgehenden Ehemännern den gehörnten Ehefrauen zuspielte oder einfach den Unternehmen der Eltern lebensentscheidende Lizenzen vor der Nase wegkaufte. Die reichen Familien fielen entweder auseinander, weil die Eltern sich scheiden ließen, der Eigner in das Gefängnis musste oder weil die Firmen ohne die lebensentscheidenden Lizenzen in die Pleite gingen.

„Naja, und heute wohne ich in der Villa, die den Eltern des Jungen gehört hat, der die Gang angeführt hat", schloss sie mit einem gequälten Lächeln. „Hat Dir die Rache etwas gebracht?", fragte Natalie sie. „Genugtuung in jedem Fall, innere Ruhe aber nicht". Sie schluckte, als sie das sagte. „Da wird mir auch langsam klar, warum Du mir das alles angetan hast", resümierte Natalie mit einem verbitterten Blick. „Das stimmt leider", stimmte Rhonda zu, „ich habe Dich in meinen persönlichen Rachefeldzug eingeschlossen. Mir ist das in der einen Nacht klar geworden, in der ich Dich gefesselt in meinem Zimmer zurückgelassen habe. Ich wusste auf einmal, dass ich mich in Dich verliebt hatte und ich wusste, dass ich mit meiner Rache, die sich zwischenzeitlich gegen die ganze Männerwelt richtete, selbst alles zerstört hatte." Ihr schossen wieder die Tränen in die Augen. So hatte Natalie die sattelfeste Rhonda noch nie gesehen, sie war ein Häufchen Elend. Ihre Einsicht war sicher der erste Schritt in die richtige Richtung, aber sie hatte auch kein Mitleid mit ihr.

Rhonda war zwar ehrlich gewesen und hatte sich offenbart, was Natalie ihr hoch anrechnete, aber Rhonda hatte Natalie so tief verletzt, dass sie ihrer Rache nicht mehr entkommen würde. In Natalie loderte ein Feuer, das ihr sagte, dass Rhonda die Qualen, die sie durch sie erlebt hatte, auch würde erleben müssen. Als Natalie später nochmals darüber nachdachte, dämpfte sie ihre Rachepläne ein wenig, Rhonda würde durch ihre Offenbarung etwas mildernde Umstände bekommen.

Die beiden Frauen verabschiedeten sich und gingen auf ihre Zimmer. Bei Natalie drehte sich alles im Kopf herum. Sie wälzte sich nachts im Bett, außerdem nervte sie die stark gespannte Brust, so dass es unmöglich war, mehr als fünfzehn Sekunden auf dem Bauch zu liegen. Sie stand auf und ging nackt wie sie war hinunter in die Küche. Ihre High Heels hallten laut durch die dunkle Halle, als sie die Treppen hinunterging, aber anders ging es nicht, weil sie ohne sie nicht laufen konnte. Rhonda schien fest zu schlafen. Natalie ging zum Kühlschrank und trank Milch, um den Brand zu mildern, den der Rotwein an dem Abend verursacht hatte. Dann machte sie sich auf und lief zu der Garage, wo ihr neuer Aston Martin stand. Trotz der warmen Nacht fühlte sie einen leichten Schauer auf ihrer nackten Haut, der durch einen leichten Wind verursacht wurde. Der Wagen glänzte im schwachen Garagenlicht. Als Natalie hineinschaute, erschrak sie. Aber es war nur ihr Piercing, das sich in den Fenstern des Wagens spiegelte und Natalie anleuchtete. Sie lief um die Garage herum und ging in die Stallungen, wo Lisa sie den einen Abend in der Box abgestellt hatte und wo sie fast die ganze Nacht hatte verbringen müssen. Erst gegen fünf Uhr morgens war Lisa gekommen und hatte sie – immer noch als Pony verkleidet - in das Haus und in ihr Zimmer geführt. Dort hatte sie Natalie damals betäubt und zog ihr endlich das Gummioutfit mit der Halskorsage aus, welches sie den ganzen Tag hatte tragen müssen.

Natalie fand in den Stallungen nichts Besonderes. Rhonda hatte keine Pferde. Gedankenversunken machte sie sich auf den Weg hinunter zum See und schaute auf die kleinen Wellen, die leise an das Ufer schlugen. Nur wenige Lichter auf der anderen Seite des Sees waren zu sehen, vereinzelt leuchteten Scheinwerfer auf der gegenüberliegenden Uferstraße, die ihr Licht in die dunkle Nacht hineinschnitten. Natalie überkam ein kühler Schauer, eine Gänsehaut lief ihr über ihren nackten Rücken. Also lief sie wieder zurück in das Haus, wo sie eine unverschlossene Tür fand, die zum Keller hinunter führte. Eigentlich war es im typischen Sinne kein Keller, er war komplett ausgebaut. Man hätte hier locker eine Party feiern können, ein langer Tisch mit einer Menge Stühlen daran und eine Bar im Hintergrund waren ein eindeutiger Hinweis. Natalie öffnete eine Tür, die sie anfangs übersehen hatte und fand, wonach sie insgeheim suchte. Hier hast Du also Deine ganzen Spielzeuge, schmunzelte sie. Alles lag sauber drapiert in Regalen oder hing auf Bügeln in einem teuren Holzschrank. Natalie schaute sich länger um, fand einiges wieder, was sie schon kannte, aber auch einiges, was Rhonda noch nicht an ihr ausprobiert hatte. Was ein kleiner metallener Wagen mit Rollen aber dort sollte, kam ihr nicht in den Sinn. Auf dem Wagen stand eine kleine Holzkiste, in der sie eine komplette Gummihund Ausrüstung fand. Rhonda hatte also noch eine Version davon. Sie holte die Halskorsage heraus und versuchte sie zu biegen. Doch die Korsage änderte ihre Form nicht. Da ist der Kelch ja an Dir vorbeigegangen, stellte sie aufatmend fest. An Rhonda würde er nicht vorbeigehen. Beim Hinausgehen stieß Natalie gegen einen vollen Kasten stillen Mineralwassers. Schau an. Auch damit konnte sie doch noch etwas anfangen.

Am nächsten Morgen fuhren Rhonda und Natalie zu einem bekannten Frisör nach München. „Sassoon am Odeonsplatz ist einer der Besten!", schwärmte Rhonda, die immer noch durch leicht rot unterlaufene Augen auffiel. Es war die Jungfernfahrt mit Natalies Starnberger Dienstwagen. Zwar war es nicht das gleiche Modell wie das in Estoril, weil es dieses hier nicht als Roadster gab, wie Rhonda erklärte, dafür war es aber ungleich leistungsstärker und so konnte Natalie es sich nicht nehmen lassen, auf der Autobahn einen Angeber mit seinem neuen Porsche Carrera stehen zu lassen. Rhonda musste lachen. Für sie schien es offensichtlich zu sein, dass sie nur Natalies Äußeres verändert hatte.

Sie flanierten durch die Maximilianstrasse und betrachteten die teuren Geschäfte. Natalie kaufte sich eine Uhr von Jäger LeCoultre, die eigentlich für Herren gedacht war. Rhonda konnte es ihr nicht ausreden, obwohl die Uhr an Natalies schmalen Arm ziemlich groß aussah. Natalie bestand darauf. Abends fuhren sie zur Gasteig und besuchten dort ein Konzert. Auf der Empore begann Rhonda Natalie intensiv zu streicheln. Natalie zuckte zusammen, als Rhonda über ihre intimsten Stellen strich. Gekonnt wand sie sich mit ihrem Mittelfinger an Natalies Höschen vorbei und massierte sie sanft. Natalie versuchte ruhig zu bleiben und nicht aufzufallen. Doch dies war sowieso schon schwierig, denn viele Besucher schauten sie entgeistert an, als sie im Halbdunkeln Natalies sanft leuchtendes Piercing an Ohren und Nase sahen. Es war ihr egal, heute Abend genoss sie die ganze Aufmerksamkeit.

Der nächste Morgen nahte und Natalie war ziemlich nervös. Es war noch früh. Sie lief hinunter in den Keller und holte die Sachen hoch, die sie für ihren Rachefeldzug vorgesehen hatte. Dann ging sie leise in Rhondas Zimmer. Rhonda wurde wach, als Natalie durch ihr Haar ging, aber bevor sie reagieren konnte, setzte sich Natalie auf sie und betäubt sie mit Chloroform, das sie bereits in ihrer Hand hielt. „Schön tief einatmen", riet sie ihrer sich windenden Freundin. Rhonda zuckte noch einige Male unkoordiniert herum, dann erlahmte ihre Gegenwehr und sie schlief ein.

Natalie zog Rhonda das halbtransparente, rote Nachthemd aus und legte sie auf den Bauch. Dann schob sie ihr langsam den Befehlsgeber mit dem knuddeligen Schwanz in den Anus, den sie ebenfalls im Schrank gefunden hatte und spannte ihn in Rhonda weit auf. Danach bestrich sie Rhondas Körper mit Öl, zog ihr das Gummioutfit an, mit dem sie bald aussehen würde wie ein Hund und schnürte das eingearbeitete Korsett zusammen, bis keine Luft mehr zwischen den Ösen auf beiden Seiten zu sehen war. Alles lief so, wie sie es sonst so häufig mit ihr gemacht hatten. Natalie knebelte Rhonda allerdings nicht mit dem Panzertape, sondern schob ihr einen Ball in den Mund, an dem ein langes Chromrohr befestigt war. Dann drückte sie ihr die Metallnase auf, allerdings ohne den Kleber, der bei Natalie lange das Abnehmen verhindert hatte und strich ihren Kopf mit Fett ein. Dabei ruinierte Natalie mit Schadenfreude ihre neue 200 € Frisur, die sie gerade gestern hatte machen lassen. Rhonda bekam eine Gummimaske mit einer kleinen Öffnung am Mund über das Gesicht gezogen, wo sie dann das Chromrohr hindurch steckte und wiederholte den Vorgang nochmal mit der Frauenmaske. Darüber bekam Rhonda dann endlich die Hundemaske übergestülpt und auch die wie ein Schraubstock funktionierende Halskorsage, bei der sie keine Öse an ihrem Hals ausließ. Dann zog sie Rhondas Beine nach oben, so dass sie fest an ihrem Po anstießen und schnürte sie so zusammen. Die Füße, die nach oben gestreckt wurden, waren wie bei Natalies Version, die jetzt in Estoril im

Haus lag, an der Fußspitze wieder mit spitz zulaufenden Chromkappen verziert worden. Sie schaute sich die Chromkappen an, die auf sie wirkten wie zwei lange, parallel stehende Kirchenspitzen, und betrachtete die angewinkelten, verschnürten Beine. An den Knien fanden sich auch hier die dicken Gummipolster. Nun kamen Rhondas Arme dran, die Natalie soweit umbog, dass die Hände flach auf den Schulterblättern auflagen und verschnürte sie ebenfalls. Wie bei ihr damals hakte sie an Rhondas Beinen und Armen die Kettchen ein, die die Koordination des Gangs vorgaben. Mit Halsband und Leine beendete Natalie ihr Vorhaben.

„Das war's, mein Schatz!", sagte Natalie laut, schaute mit sadistischer Genugtuung auf den noch schlafenden Gummihund und ging hinunter in die Küche, um zu frühstücken. Nach einer halben Stunde kam sie wieder hoch. Rhonda war inzwischen wach geworden und wehrte sich energisch gegen ihr Gefängnis. Natalie setzte sich auf einen Louis Quinze Stuhl und beobachtete sie. „Mmmh, Mmmh", hörte sie Rhonda unter ihrer schwarzen Hundemaske flehen, als sie Natalie sah. Sie wand sich mit ihren umgeklappten Arm- und Beinstummeln hin und her, jedoch begrenzten die Ketten ihre Bewegungsfreiheit erheblich. Ihr Kopf war durch das Halskorsett weit nach hinten gebogen und behielt unerbittlich die gewünschte Position bei. Natalie amüsierte sich und schaute Rhondas hilflosem Zucken so lange zu, bis ihre Gegenwehr erlahmte. „Du bis wohl sauer?", fragte Natalie, erwartete aber keine Antwort. „Komm mein Schatz, wir gehen jetzt eine Runde Gassi", sagte sie, hob die Leine auf, die neben ihrem Stuhl auf dem Boden lag und stand auf. Sie half Rhonda hoch, so dass sie nun auf ihren Knien und Ellbogen stand. Rhonda weigerte sich zu gehen. Natalie nahm die Fernbedienung und verpasste Rhonda ein paar leichtere Stromstöße. Als Rhonda sich immer noch wehrte, erhöhte sie den Impuls gleich um mehrere Stufen. Dann endlich war Rhonda bereit, ihr zu folgen. Natalie machte mit ihr die Runde, die man mit ihr tagelang gemacht hatte. Jedes Mal, wenn Rhonda sich wehrte, bekam sie einen heftigen Stromstoß. „Ich war doch wesentlich braver als Du, meinst Du nicht auch?", frotzelte Natalie.

Wieder am Haus angekommen, band Natalie Rhonda an einen Pfosten und ließ sich auf der Terrasse nieder, um Zeitung zu lesen. Dabei trank sie eine Latte Macchiato, die sie eigentlich eher versehentlich aus der modernen Espressomaschine bekam. Sie hatte wohl den falschen Knopf gedrückt. Auch gut, dachte sie und wandte sich der Tageszeitung zu.

Nachmittags ging sie zurück zu Rhonda, die immer noch angebunden neben dem Pfosten saß und wegen der Korsage schräg in den Himmel schauen musste. Natalie hatte einen Metalltrichter gefunden, dessen Rohr unten seitlich geknickt war und dessen Ende scheinbar exakt auf das Chromrohr des Knebels passte. Sie setzte ihn Rhonda auf und ließ langsam eine der Eineinhalb Liter Flaschen Mineralwasser in den Trichter laufen. Rhonda hatte keine Wahl, sie musste das Wasser herunterschlucken, weil das Rohr nach innen ebenfalls offen stand, so dass das Wasser ungehindert in ihren Hals laufen konnte. Immer wieder versuchte sie sich zu schütteln, aber das Halskorsett unterband die Bewegung. Sobald sich das Wasser in dem Trichter dem Ende neigte, goss Natalie ihn wieder voll. Als sie mit der ersten Flasche fertig war, begann sie das gleiche Prozedere mit der nächsten und leerte sie ebenfalls. Dann ging sie mit Rhonda wieder Gassi. Irgendwann war es dann soweit, Rhonda konnte sich nicht mehr halten und musste Pipi. Natalie lachte böse: „Siehst Du, Du kannst das auch."

Sie band Rhonda auch noch eine Weile an dem Zaun an, in dessen Nähe die Bank stand, ging hinunter und genoss die Aussicht auf den See. Danach ging sie mit ihrem neuen Hund wieder nach Hause. Als sie dort eintrafen, kam Natalie endlich die Idee, wofür der Rollwagen aus Metall gedacht war, der in dem Kellerraum stand. Sie holte ihn hoch und brachte auch das Werkzeug mit, das sie neben dem Wagen hatte liegen sehen. Als sie den Wagen prüfte, fand sie an einer der Radachsen ein Reibrad, mehrere Halter und einige Bohrungen. Wieder kramte sie in den Schränken herum und fand einen kleinen Elektromotor mit Batterie. Daran angeschlossen waren ein kleiner Sender und noch ein weiterer, kleinerer Motor mit einer Art Getriebe und einer Stange daran, die für die Lenkung der Vorderräder gedacht sein musste. Weiter hinten im Schrank lag eine kleine

Fernsteuerung, die einen kleinen Joystick aufwies. Natalie trug alles mit nach oben und drehte Motor und Wagen so lange hin und her, bis es für sie offensichtlich war, wie die Mimik einzubauen war. Sie grinste hämisch vor sich hin. Rhonda, dieses perverse Miststück, würde nun ihr blaues Wunder erleben. Dann machte sie sich daran, den Motor und die Lenkung einzuhängen.

Der Wagen hatte eine kleine Pedal Fußbremse an einem der kleinen Räder. Sie trat das Pedal, so dass der Wagen fest stand, als sie ihn vor Rhonda abstellte. „Hopp, rauf mit dir!", befahl Natalie. Widerwillig und nur mit einigen heftigen Stromstößen an Unterstützung bestieg Rhonda endlich den Wagen. Der Wagen besaß an der Oberfläche vier rundliche Öffnungen, in die die Gummipolster an Knien und Ellbogen exakt hinein passten. Natalie zwang Rhonda, sie darin zu platzieren. Dann schraubte sie Rhonda mit ihren gummierten Fußpolstern und den breiten Schellen am Wagen fest, die neben ihm im Keller gelegen hatten. Rhonda stand jetzt bombenfest auf dem Wagen, so dass sie nicht mehr von ihm herunter springen konnte. Sie bildete mit dem Wagen nun eine Einheit.

Natalie setzte Rhonda nochmal den Trichter auf das Rohr am Mund auf und befüllte ihn wieder mit Mineralwasser. Diesmal waren es gleich drei Flaschen, die sie langsam, aber gnadenlos in Rhonda hineinlaufen ließ. Dann löste sie die Bremse am Wagen und zog Rhonda langsam wie ein Zieh Spielzeug hinter sich her. „Das ist doch mal eine nette Idee", stellte Natalie genüsslich fest, „in meiner frühen Jugend hatte ich auch einen kleinen Stoffhund auf Rädern, den konnte ich stundenlang hinter mir herziehen." Rhonda stemmte sich gegen den Zug des Halsbandes, aber es blieb ihr keine andere Wahl, als hinter Natalie her zu rollen. Natalie legte noch zwei Flaschen Wasser und den Trichter auf den kleinen Wagen unter ihr, massierte kurz die fest in Gummi eingeschlossenen Brüste ihres winselnden Opfers und machte dann mit ihm eine weitere Gassirunde. Über das leicht holprige Kopfsteinpflaster zog Natalie Rhonda hinter sich den Weg hinauf. Sie hörte das verzweifelte „Mmmmh", „Mmmmh", dass sie den ganzen Weg hinauf begleitete, aber sie tat so, als würde sie es nicht interessieren. Rhondas Flüche, Hilfe- oder Bettelrufe sollten ruhig ihr Geheimnis bleiben. Diesmal dauerte es nicht lange und Rhonda musste Pipi. Natalie schob sie mit dem Wagen einfach an die Seite, damit sie nicht auf den Weg machte, kniete sich vor sie hin und funkelte sie selbstgefällig an, um sie zusätzlich peinlich zu berühren, bis Rhonda ihr Bedürfnis erledigt hatte. Zurück auf dem befestigten Platz vor der Hazienda zückte Natalie die Fernbedienung und schaltete den Strom an dem Elektromotor ein. Rhonda fuhr in ihrem unnachgiebigen Gummigefängnis zusammen. Ohne dass Natalie an der Leine zog, setzte sie sich plötzlich mit dem Wagen mit Nachdruck in Bewegung. Laut fiepend vor Angst fuhr sie fremdgesteuert über den großen Vorplatz. Natalie zog alle Register. Sie ließ ihren Gummihund, nachdem er mehrfach um den Platz gefahren war, mit hoher Geschwindigkeit auf die Hauswand zufahren und erst kurz vorher abbremsen. Rhonda sah sich schon mit der Mauer schmerzhafte Bekanntschaft machen und schloss die Augen. Nur wenige Zentimeter trennten sie von der Wand, als der Wagen mit leicht quietschenden Reifen zum Stehen kam. Dieses Dreckstück, fluchte sie in ihren Ballknebel hinein. Aber ihre Flüche nutzten ihr nichts, Natalie war am Zug und das kostete sie weidlich aus. Dann wurde die völlig hilflose Rhonda auf den Weg gesteuert, über den sie vorher schon gezogen worden war. Der Wagen holperte über den unbefestigten Boden. Rhonda hörte Natalies Lachen, dass sich nun immer weiter von ihr entfernte. Natalie dagegen hörte nur das angstvolle Fiepen, das langsam immer leiser wurde. Der Wagen fuhr mit Rhonda den Weg hinauf, um eine Biegung herum, so dass Rhonda für einen Augenblick das Meer vor sich sehen konnte. Sie wurde panisch. Würde die Sendeleistung der Fernbedienung für diese große Entfernung ausreichen? Und wo war Natalie? Rhonda bekam das Gefühl, dass der Wagen mit ihr völlig steuerlos den unbefestigten Weg weiterfuhr. Weiter und weiter ging es den Weg hinauf. Aber ihre Hilferufe endeten immer wieder in dem schon bekannten Ton. Endlich stoppte das Gefährt. Der Wagen benötigte mehrere Wendeversuche, um dann wieder der Gegenrichtung zugewandt zu sein. In weiter Entfernung sah Rhonda Natalie mit der Fernbedienung stehen. Sie hatte die ganze Zeit ihre Fahrt beobachtet. Rhonda konnte nun vor sich wieder die Küste und das Meer erkennen, aber nun stand der kleine Wagen mit dem Gummihund wie eine grotesk anmutende Skulptur auf einem kleinen Plateau und bewegte sich nicht mehr. Plötzlich bekam Rhonda einige heftige Stromstöße. Sie konnte nur sehr begrenzt zusammenzucken, da ihre Haltung von dem Wagen, der ihre umgeklappten, in festes Gummi gepackten Beine und Arme hielt, von dem Korsett und ihrer Halskorsage eisern vorgegeben wurde. Immer wieder musste sie feststellen, dass ihre Schmerzensschreie in dem großen Ballknebel endeten. Langsam wurde ihr bewusst, was Natalie alles mit ihr hatte mitmachen müssen. Aber auf der anderen Seite erregte es sie immer mehr und schließlich endete es für sie in einem ausgedehnten Orgasmus, den sie beinahe bewegungslos überstehen musste. Rhonda stöhnte laut in den Knebel hinein, während das Panorama, das sie durch ihre Hundemaske erkennen musste, vor ihr verschwamm. Sie würde warten müssen, bis es Natalie wieder in den Sinn kam, ihr schwarz glänzendes Spielzeug wieder von dem Plateau zurück zu holen, den die war unten auf dem Vorplatz vor ihrer Hazienda nicht mehr zu sehen.

Als es schließlich dämmerte, holte Natalie Rhonda zurück zum Haus, nicht ohne sie nochmal gezielt über das holprige Kopfsteinpflaster fahren gelassen zu haben. Sie rollte ihren winselnden Hund in die Eingangshalle und ließ ihn so stehen, dass er auf die Eingangstür schauen konnte. Dann ging sie hoch in ihr Zimmer und packte ihre Koffer. Ihr war klar, dass sie in ihrem Leben nur noch Frauenkleider würde packen müssen und es stimmte sie traurig. Als Natalie Koffer und Beautycase gepackt hatte, brachte sie die Sachen in die Eingangshalle, ging zur fest eingummierten Rhonda, die unverändert auf dem Wagen stand und küsste sie auf ihre Hundeschnauze. „Mach's gut, mein Schatz", verabschiedete sie sich knapp, nahm ihre Sachen und verstaute sie im Aston Martin. Natalie wusste, dass am nächsten Tag um die Mittagszeit der Reinigungstrupp kommen würde, der während ihrer Gefangenschaft nie in ihr Zimmer durfte. Sie würden Rhonda finden.

Sie ließ den Motor ihres Aston Martin an, der sich sanft bollernd zu Wort meldete, fuhr aus dem weißen Tor hinaus und bog ab in Richtung München.

Freiheit

In München nahm Natalie sich in einem guten Hotel mitten im Stadtzentrum ein Zimmer und fühlte sich sichtlich erleichtert. Sie war frei. Endlich hast Du diese Odyssee hinter Dir, dachte sie und flanierte noch ein wenig durch die Stadt, in der inzwischen die Nacht eingekehrt war.

Am Morgen stellte Natalie fest, dass sie noch nie selbst ein Korsett geschnürt hatte. Immer hatten das Lisa, Caterina oder Rhonda übernommen. Sie überlegte. Dann kam ihr die Idee. Sie legte das Korsett an und zog es etwas zusammen, so dass sie die beiden Schlaufen auf der Höhe der Taille, die für das Schnüren genutzt wurden, in der Türklinke zum Bad einhängen konnte. Dann fing sie langsam an zu ziehen und zog mit den Fingern die Schlaufen jedes Mal bis zur Mitte nach. Als sie fertig geschnürt war und die leicht nach vorne gebeugte Haltung einnahm, stand sie mit einer kleinen Wespentaille und stark ausladenden Hüften weit entfernt von der Tür mitten in ihrem Hotelzimmer.

Am späteren Vormittag ging Natalie zur Universität, die nicht weit weg vom Hotel lag. Sie wollte sich eine neue Aufgabe suchen und dachte daran, vielleicht nochmal ein Studium zu beginnen oder gar eine Doktorarbeit zu schreiben. Schließlich hatte sie ja in ihrem neuen Leben ein hervorragendes Examen an der Sorbonne erhalten. Eine bessere Referenz gab es nicht. Ein Zurück in ihren alten Beruf kam für sie jedenfalls nicht mehr in Frage. Natalie führte ein Gespräch mit einem Professor, aber er schien mehr an ihr interessiert als an ihrer Doktorarbeit, die sie vielleicht schreiben wollte. Er bot sich ohne lange Diskussion als Doktorvater an, obwohl er nicht im Geringsten über ein Thema nachgedacht hatte.

So verlief der ganze Tag. Junge Studenten sprachen Natalie mehr oder minder mutig an, als sie in steifer Haltung auf einer Bank vor dem Universitätsgebäude saß und das Vorlesungsverzeichnis studierte. Es freute sie zwar, aber es brachte sie nicht weiter. Vielleicht war dies noch nicht das

Richtige. Abends ging Natalie in die Discothek P1, weil sie hier im früheren Leben mal eine Weile gerne einkehrte. Sie versuchte zu tanzen, aber sofort scharten sich mehrere Männer um sie herum. Die Männer schienen teilweise sogar ihre weiblichen Begleitungen stehen gelassen zu haben. Natalie schaute sich die Frauen an und stellte fest, dass sie alle blond gesträhnt waren. Sie repräsentierten alle einen ähnlichen Frauentyp, der ihr schon häufig in dieser Szene aufgefallen war. Je mehr sie sich umschaute, desto mehr wurde ihr klar, dass diese Frauen irgendwie alle gleich aussahen und es nur wenige Ausnahmen gab. Tja, grinste sie voller Stolz in sich hinein, blond ist ab heute wohl nicht mehr in.

Am nächsten Tag vereinbarte Natalie ein kurzfristiges Gespräch bei einer renommierten Unternehmensberatung. Die Vorstellung bei der Personalabteilung lief gut. Man war nur nicht bereit, ihren Gehaltsforderungen zu entsprechen. „Für Ihr Alter haben Sie aber schon hohe Vorstellungen", hieß es seitens der Personalleiterin. Verdammt, dachte Natalie, die Frau hatte ja recht. Sie sah ja aus, als hätte sie gerade das Studium abgeschlossen. Trotzdem war man sofort bereit, sie zu einem geringeren Gehalt einzustellen. Auch das tagsüber sehr dezent wirkende Piercing schien die Frau nicht gestört zu haben, obwohl sie Natalie immer wieder kritisch ansah, wenn sie über ihre Kompetenzen redete. Sie schien zu merken, dass Manches irgendwie nicht zusammenpasste. Natalie vereinbarte mit der Personalleiterin, dass sie sie anrufen würde und ging.

Während Natalie zu Fuß durch München lief, kam ihr die Idee, sich Kleidung zu kaufen. Sie wollte etwas Anderes als die Kleider, die Rhonda ihr vorschrieb. Als sie an einer Nobelboutique vorbeikam, ging sie hinein. Es gab einige Sachen, die Natalie interessant fand, aber sie musste sich nun auch neu definieren und überlegte. Die Verkäuferin des Ladens trug nur wenig dazu bei. Sie schien keine Lust zu haben, tausend Euro Klamotten verkaufen zu wollen. Nur unwillig und mit mürrischem Blick suchte sie für Natalie nach der passenden Größe. Als es Natalie zu bunt wurde, verließ sie den Laden ziemlich angesäuert, ohne etwas zu kaufen. Eigentlich war es ähnlich wie in den Autohäusern einiger deutscher Autobauer, bei denen man trotz rückläufiger Wirtschaftslage immer noch arrogant behandelt wurde, zwischenzeitlich aber als Kunde nur noch für einen Markennamen viel Geld auf den Tisch legte und nicht mehr für die Qualität. Natalie war frustriert. Die Qualität der früheren Jahre bekam man schon lange nicht mehr und das ärgerte sie.

In einem anderen Geschäft sah es dann schon völlig anders aus. Natalie fand hautenge Leggings von Marc Aurel aus schwarzen Leder, die ihre Figur perfekt abbildete und dazu eine hochgeschlossene, taillierte, schwarze Lederjacke im Bikerstil von Black Boss. Außerdem kaufte sie ein T-Shirt in einem royal blau mit roten Strass Steinen und kniehohe Stiefel mit einem fünfzehn cm hohem Absatz und kleinen Plateau von Sonia Rykiel. Natalie grinste. Sie hätte bei der Modenschau damals nicht gedacht, dass es mal dazu kommen würde. Insbesondere aber hatte es ihr die Verkäuferin angetan, die sie bediente. Sie war etwas kleiner als Natalie, hatte langes, glattes, schwarzes Haar und war ungemein attraktiv. Natalie bemerkte, dass es der Verkäuferin mit ihr ähnlich ging. Sie half in der Kabine beim Anprobieren der Kleidung. Immer wieder streifte die hübsche junge Frau scheinbar unbeabsichtigt an Natalies Brust oder an ihren Schenkeln entlang, wenn sie ihr etwas an- oder auszog. Als die junge Frau einen Moment nicht aufpasste, zog Natalie sie zu sich heran und küsste sie ohne Vorwarnung. Die Frau zuckte vor Schreck zusammen, legte Natalie aber sofort den Arm um den Hals. Sie küssten sich lange und intensiv. Natalie streichelte sie und sie fing langsam an zu stöhnen. Die junge Frau strich über Natalies Brust und kniff ihr sanft in die Brustwarze. Dann spürte sie das Korsett und tastete vorsichtig an Natalie herum. Als sie ihre schmale Taille umfasste, fragte sie: „Trägst Du gerne solche strengen Korsetts? Du hast ja eine Wespentaille." „Anfangs war es ziemlich unbequem, aber jetzt finde ich es ungeheuer erotisch", antwortete Natalie lächelnd. Das Rhonda ihr dieses Korsett mehr oder weniger aufgezwungen hatte, behielt sie für sich. „Ich finde Dich sehr erotisch", würdigte sie die junge Frau sanft. Sie hatte inzwischen mit ihrer linken Hand Natalies Höschen angehoben und tastete sich vorwärts. „Mein Name ist Nadine", fuhr sie fort, „und wie heißt Du?" Dann schob sie sanft Natalies Schenkel auseinander und drang geschickt mit zwei Fingern in sie ein, obwohl sie sehr lange Fingernägel besaß. „Ich heiße Na-, Na-, Natalie", stotterte Natalie und stöhnte, denn auf einmal durchzuckten Blitze ihren Körper und sie konnte nicht anders, als sich im gleichen Rhythmus zu winden wie Nadine ihre Finger in ihr hin und her bewegte. Ihr Herz begann zu rasen und ihre Atmung beschleunigte sich zu einem leisen Keuchen. Natalie schloss die Augen und bemerkte, dass auch Nadine leise stöhnte. Dabei knetete sie fest ihre Brüste. Mit der rechten Hand tastete Natalie ebenfalls an Nadines Körper und Beinen hinab, bis sie das Ende des Rocks erreichte. Sie hob ihn an und glitt mit ihrer Hand wieder hinauf bis an Nadines Schambereich. Sie trug kein Höschen. Nadine schaute sie kurz lüstern an und lächelte. „Mach weiter!", flüsterte sie so leise, dass Natalie sie kaum hören konnte. Sie wusste, was Natalie gerade herausgefunden hatte. Auch stellte Natalie fest, dass sie rasiert war. Trotzdem fühlte es sich irgendwie ein wenig kratzig an. Natalie bemerkte nun den Unterschied zu Matildas endgültiger Enthaarung, die man bei ihr vorgenommen hatte. Auch Nadine bemerkte es und rief: „Oh, das ist ja überirdisch!", als sie Natalie an ihren intimen Stellen streichelte. Dann schob Natalie Nadine vorsichtig auf einen kleinen Hocker, der in der Kabine stand, und kniete vor ihr nieder. Sie hob den Rock und stutze auf einmal. Nadine besaß ein Tatoo auf ihrer rasierten Scham. Es war sehr aufwendig tätowiert worden. Natalie erkannte zwei fein gearbeitete Engelsflügel mit einer wolkenartigen Umrahmung, die nach unten spitz zuliefen und ihr den Weg in Nadines Glückseligkeit wiesen. Sie drückte Nadine an die Wand, saugte sich zwischen ihren Beinen an ihr fest, so dass diese erschrocken aufstöhnte. Trotzdem drückte sie Natalies Kopf vor Lust in sich hinein, begann zu zittern und zu keuchen. Doch da war noch etwas. Natalie war mit der Zunge an etwas Unbekanntes gestoßen. Ein kleiner, goldener Ring bewachte die intimsten Sphären dieses schwarzhaarigen, erotischen Wesens. Wie schön, schmunzelte Natalie, auch Du hast Deine intimen Geheimnisse. Auf einmal hörten die Beiden einen Glockenton und zuckten gleichzeitig heftig zusammen. Jemand war in das Geschäft gekommen. Nadine brachte schnell ihre Kleidung in Form und lief aus der Kabine. „Guten Tag, was kann ich für Sie tun...", hörte Natalie sie mit professionell freundlicher Stimme sagen. Während Nadine bediente, zog

Natalie sich wieder an und nahm die Sachen, die sie kaufen wollte, mit zur Kasse. Als die Kundin, die das Liebesszenario der Beiden gestört hatte, sich im Geschäft nicht endend wollend Kleidung ansah, die Nadine für sie bereit gelegt hatte, bediente Nadine Natalie zu Ende und packte ihr die neue Kleidung in eine hochwertig aussehende Tüte. „Nächste Woche bin ich leider nicht da, aber die Woche darauf werden wir beliefert und ich kann Ihnen unsere neue Kollektion zeigen", erklärte Nadine mit leicht bebender Stimme. „Gut", entgegnete Natalie lächelnd, „dann richte ich es so ein, dass ich übernächste Woche wieder in München bin. Allerdings werde ich wohl erst zum Abend hin bei Ihnen sein können." „Das ist kein Problem. Hier haben Sie sicherheitshalber eine Karte mit den Kontaktdaten unseres Geschäftes. Am besten rufen Sie mich kurz vorher an", erwiderte Nadine und übergab Natalie die Karte. Damit war klar, dass sie wohl die nächste Woche in Urlaub war, aber vermutlich nicht allein. Dagegen galt ein Rendezvous für die übernächste Woche schon als ausgemacht. „Dann machen wir das so", schmunzelte Natalie, „herzlichen Dank für Ihre freundliche Bedienung." Nadine errötete leicht, lächelte sie aber weiter an. Als Natalie die Rechnung bezahlte, wurde ihr klar, dass sie einen teuren Geschmack hatte. Aber sie sah mit dem neuen Outfit richtig heiß aus und hatte zudem noch ein Rendezvous. Es war ihr nur noch nicht klar, dass sie es nicht würde wahrnehmen können.

Wehmut

Gegen Abend kamen Frustrationen bei Natalie hoch. Die Aktivitäten des Tages hatten ihre Laune hoch gehalten, besonders die erotische Erfahrung mit Nadine, aber jetzt schlug der Gedanke bei ihr durch, den sie den ganzen Tag verdrängt hatte. Was hatte sie nur mit Rhonda gemacht? Natürlich hatte sie es verdient. Aber Natalie merkte, dass sie Rhonda trotz ihrer Eigenarten mochte. Sie hatte zumindest ihre Fehler erkannt, auch wenn es ihr nicht dabei helfen würde, jemals wieder normal in Männerkleidung durch die Stadt gehen zu können. Rhonda hatte ihr Schicksal besiegelt.

Natalie fing immer mehr an zu zaudern. Dann fragte sie sich, ob denn der Putztrupp auch bei Rhonda zu Hause gewesen war. Zwei Tage in Gummi eingeschlossen und dann auf dem Wagen fixiert in der Eingangshalle zu stehen musste die absolute Folter sein. Trotzdem musste Natalie böse lächeln, als sie sich den Gummihund auf dem Wagen in der Halle stehend vorstellte.

Aber es war der Impuls. Natalie wollte nicht so werden wie Rhonda es war. Sie kündigte das Zimmer, nahm ihre Koffer und fuhr zur Villa nach Starnberg. Da sie noch die Fernbedienung für das weiße Tor hatte, konnte sie problemlos hinein. Das Tor schwang auf und Natalie gab Gas. Um das Haus brannte zwar Licht, aber es war alles ruhig. Nervös kramte sie in ihrer Handtasche nach den Schlüsseln. Nun wusste sie, was lange Fingernägel ausmachten. Mit zwei Fingern fischte sie zielsicher den Schlüssel heraus.

Zittrig schloss sie die Tür auf, aber die Eingangshalle war leer. Sie atmete auf. Jemand musste Rhonda aus ihrer misslichen Lage befreit haben. Um sicher zu sein, lief Natalie nochmal durch das Haus, fand Rhonda aber nicht. In der Küche hängt doch ein Zettel mit der Handynummer des Hausmeisters, erinnerte sich Natalie, als sie durch den Salon eilte. Sie ging zum Telefon und rief ihn an: „Nein, tut mir leid. Frau Burns ist heute Morgen nach Estoril abgereist", informierte sie Helmuts Stimme.

Man hatte sie also gefunden, Gott sei Dank! Natalie überlegte, was sie nun tun sollte. Diese Abreibung, die sie Rhonda verpasst hatte, würde sie bestimmt einige Monate ein Leben als Gummihund oder Pony kosten, wenn sie wieder auf sie treffen würde, dachte Natalie und stellte sich vor, wie Rhonda sie unter den Zypressen den Weg langziehen würde.

Sie legte sich in ihrem Zimmer auf ihr Bett und überlegte. „Verdammt noch mal", sagte sie leise, „Du liebst diese Frau und sie liebt Dich, also nimm sie Dir." Nach einigen Hin und Her setzte Natalie sich an den Laptop, der bei Rhonda im Arbeitszimmer stand, wählte sich in das Internet ein und buchte für den nächsten Vormittag einen Flug von München nach Lissabon.

Nachts wachte Natalie schweißgebadet auf und wanderte im Zimmer umher. War diese Entscheidung richtig? Auf einmal trat sie gegen etwas hartes, das unten auf dem Boden stand. Es war die Waage, auf der sie schon einige Male gestanden hatte. Sie zog die Pumps aus und stellte sich auf Zehenspitzen auf sie, weil die verkürzten Sehnen es nicht anders zuließen und bekam 62 kg angezeigt. „Wow!", entfuhr es ihr laut. Obwohl sie in Estoril und auf der Geschäftsreise gut gegessen hatte, musste sie weiter abgenommen haben. Da Natalie nackt war und tagsüber kaum etwas gegessen hatte, war dies tatsächlich ihr Nettogewicht. Da habe ich wohl seit heute mein Idealgewicht, dachte Natalie und betrachtete sich stolz im Spiegel. Sie prüfte das Gewicht ihrer Brüste, die seit der letzten Spritze von Matilda noch einmal an Größe gewonnen hatten. Im Verhältnis zu dem Brustkorb fand sie ihre Brüste jetzt aber zu groß. Kleiner geworden waren sie trotz Rhondas beruhigender Worte in der Zwischenzeit jedenfalls nicht. Es war eindeutig das Gegenteil der Fall. Aber Natalie wurde auch klar, dass Matilda sich im Bereich des Körperbaus besonders viel Arbeit gemacht hatte. Ihr Brustkorb war schmal und weiblich. Die roten Linien, von denen sie anfangs unzählig viele an ihrem Körper fand, waren völlig verschwunden. Matilda musste es also schon drauf haben. Es hätte auch schlimmer kommen können, auch wenn Natalie sich immer wieder fragte, ob das in dem Spiegel denn tatsächlich sie war. Sie ruderte heftig mit ihren Armen und hoffte, dass der Spiegel es nicht tun würde, dass alles nur ein viel zu langer Traum war. Aber ihr Spiegelbild ruderte synchron mit. Daniel als Mann gab es nicht mehr. Die Natalie, die sie im Spiegel sah, hatte sehr harmonische Gesichtszüge und sah extrem attraktiv aus. Die Waage schien ebenfalls mit ihr einverstanden zu, es gab keinen Warnhinweis, dass sie mehr trinken sollte. Rhonda würde es wohl augenblicklich ähnlich gehen, grinste Natalie in sich hinein und dachte an die nette, kleine Folter mit dem Mineralwasser.

Am nächsten Morgen bestellte Natalie ein Taxi, das sie zum Münchener Flughafen bringen sollte. Den Aston Martin stellte sie in der Garage ab.

179

Rückkehr

Am Flughafen München entlud Natalie ihre zwei Koffer. Sie hatte sich mit dem türkischen Taxifahrer angelegt, weil sie nicht mit zu ihm fahren wollte. „Sie sind nicht mein Typ!", konstatierte sie kurz und war nun die Stunde, die sie zum Flughafen brauchten, seinen Litaneien ausgesetzt. Jedenfalls war dies wohl der Grund, warum er gar nicht aus seinem Taxi ausstieg und Natalie ihre Koffer selbst aus dem Wagen lud. Dafür war die Dame am Check-in netter zu ihr. „Frau Natalie DuPont?", fragte sie Natalie lächelnd. „Ja, das bin ich", antwortete Natalie. „Eigentlich haben sie zu viel Gepäck dabei, aber der Flug ist ziemlich leer. Wir können es ohne zusätzliche Kosten mitnehmen." „Oh, vielen Dank!", antwortete Natalie erfreut. „Wo möchten sie denn sitzen?", fragte die Frau. „Fensterplatz am Notausgang, wenn noch etwas frei ist", erwiderte Natalie. Die Frau nickte und tippte die Daten in das Check-in System. Sie war außerordentlich attraktiv und schien lateinamerikanische Gene in sich zu haben. Sie war groß, hatte sehr lange Beine, die Natalie schon von der Seite gesehen hatte, als sie auf den Schalter zuging und trug die Uniform der Airline. Sie sah damit zum Anbeißen aus. Als Natalie ihr Ticket nehmen wollte, berührte die Frau Natalies Hand und ließ ihre Visitenkarte auf das Ticket fallen. „Ich wünsche Ihnen einen angenehmen Flug", sagte sie mit einem strahlenden Lächeln. Als Mann ist mir das nie passiert, dachte Natalie, aber scheinbar mochten gutaussehende Frauen auch nur gutaussehende Frauen und niemand anders. Jedenfalls schloss Natalie dies aus ihrer noch kleinen Statistik mit den zwei Frauen, die sie kennengelernt hatte, seitdem sie ihre Freiheit genoss. Sie überlegte, ob sie nicht auch eine persönliche Assistentin brauchte. Zwei Kandidatinnen hatten sich ja innerhalb eines Tages bei ihr beworben. Von ihrer Vergangenheit brauchten sie ja nichts zu wissen. Aber es wartete jemand in Estoril auf Natalie.

Beim Sicherheitscheck piepte dauernd der Detektor der Beamtin, die Natalie scannen sollte. Natalie wurde rot, als es in der Nähe der

Schamregion piepte. „Piercing", flüsterte sie leise. „Schon okay", sagte die Frau mit einem Lächeln und ließ Natalie passieren.

Der Flug kam ihr ewig lang vor. Wie würde Rhonda bloß reagieren? Sie musste sich immer wieder von Neuem auf die Zeitung konzentrieren, die sie am Eingang mit in das Flugzeug genommen hatte. Erst als sie die Meeresküste sah und das Flugzeug in einem großen Bogen seinen Landeanflug vorbereitete, wurde Natalie ruhiger. Sie hoffte insgeheim, dass die drei Freundinnen sie vom Flughafen abholen würden, aber sie wusste, dass nur ein Wunsch bleiben würde. Niemand ahnte von ihrer Ankunft. Sie stieg in ein Taxi und ließ sich nach Estoril zu der Hazienda bringen. Ihr klopfte das Herz vor Aufregung bis zum Hals.

Das Tor öffnete sich, nachdem der Fahrer sich anmeldete, um dann weiter bis vor das Haus zu fahren. Caterina kam aus dem Haus und sah Natalie. Natalie musste sofort an ihren Po denken, den sie ihr dunkelrot geschlagen hatte. Caterina aber riss freudig die Arme hoch, schrie lauthals durch die Haustür in das Haus: „Natalie ist da!", und stürmte auf sie zu. Sie drückte sie an sich und küsste ihr fest auf den Mund. „Mein Gott, Natalie, schön das Du wieder hier bist." Lisa und Rhonda kamen aus dem Haus gehetzt. Rhonda sah schlecht aus, war fahl im Gesicht und schien gerade geweint zu haben. Aber ihre Augen strahlten und auch sie stürmte auf Natalie zu und nahm sie fest in den Arm: „Natalie, liebste Natalie. Es tut mir so leid." Rhonda küsste sie so intensiv, dass Natalie den Mund öffnete und Rhonda die Gelegenheit nutzte, ihr einen langen Zungenkuss zu geben. „Bist Du mir böse?", fragte Natalie etwas unsicher. „Wie sollte ich, mein Liebling", entgegnete Rhonda glücklich und mit einem sanften Lächeln. „ Ich dachte nur, Du kämest nie wieder. Es war Dein gutes Recht, Dich an mir zu rächen." Dann flüsterte sie Natalie leise in ihr Ohr: „Deine kleine Rache hat mir durchaus Spaß gemacht. Du bist ja wirklich außerordentlich kreativ." Natalie war völlig verdutzt und konnte nichts darauf sagen. „Glaub' aber nicht, dass ich mir für Dich nicht wieder eine kleine Rache ausdenken werde", warnte Rhonda augenzwinkernd. Sie strich Natalie zärtlich über das rote Haar und sah sie mit geheimnisvollen Augen an. Lisa stand hinter

Rhonda und war inzwischen unruhig geworden. Natalie begrüßte auch sie herzlich und fest umschlungen hüpften sie gemeinsam wie kleine Kinder vor dem Hauseingang umher.

Neue Pläne

Abends saßen die vier Frauen auf der Terrasse und feierten. Wie immer war Natalie für die Getränke zuständig und lief zum Kühlschrank, wenn eine Flasche leer war. Heute machte sie es gerne. Sie machten Witze und lachten. Außerdem hatte Rhonda gute Nachrichten. Der Kunde, der sich nach Natalies und Rhondas Präsentation noch Bedenkzeit ausgebeten hatte, rief an diesem Tag an, sagte zu und korrigierte sogar seine Bestellungen nochmals nach oben. Die Tour durch Europa hatte Rhonda damit im Endeffekt fast 20 Millionen Euro Umsatz eingebracht. Dann erzählte Caterina von einem Bericht, den sie in einer Zeitschrift gefunden hatte. In gut drei Wochen sollte in Las Vegas ein Fetisch Treffen stattfinden, bei dem geplant war, mit Kutschen und menschlichen Ponys durch die Stadt zu fahren. Das schönste Gespann würde mit 25.000 Dollar prämiert werden. Aber es schien schon jetzt klar zu sein, dass nur Kutschen mit mehreren Ponys eine Chance auf die vorderen Plätze hätten.

Rhonda, Lisa und Caterina waren sofort Feuer und Flamme, auch sie wollten an diesem Event teilzunehmen. Rhonda überlegte: „Die Kutsche hat eine Gabeldeichsel, die lediglich für ein Pony ausgelegt ist. Da die Vorderachse drehbar ist und die Deichsel lediglich gesteckt wird, sind ein Umbau und eine Nutzung für drei Ponys grundsätzlich kein Problem. Das ließe sich schnell in Auftrag geben. Dann aber bräuchten wir noch zwei Pony Outfits, Trensen und Zügel. Das Pony, das in der Mitte läuft, muss dann die Ponys führen, die seitlich mitlaufen." Rhonda blickte zu Natalie. Schnell war klar, das Natalie in der Mitte laufen würde, weil sie die meiste Erfahrung hatte, Lisa und Caterina außen. Rhonda hatte die meiste Erfahrung, was das Fahren von Kutschen anging. Nur musste sie den Umgang mit mehreren Ponys üben. Die drei Freundinnen waren begeistert von ihrer Idee, während Natalie etwas skeptisch dreinschaute. Dieser Kelch würde wohl nie mehr an ihr vorbeigehen. Aber wenn sie ehrlich zu sich war, hatte sie *das* schon in Starnberg gewusst. Rhonda kalkulierte, das sie für die Beschaffung des Equipments etwa eine Woche brauchen würde.

„Da bleiben uns noch gut zehn Tage, um intensiv zu trainieren", sagte sie im einen leicht herrschenden Ton.

Dann wurde es ruhig. Die Frauen schauten sich an, standen allesamt fast gleichzeitig auf und gingen zu viert in Rhondas Zimmer. Sie zogen sich gegenseitig aus und befreiten sich gegenseitig aus den eng geschnürten Korsetts. Natalie legte sich auf das Bett und hatte sofort Caterinas Po im Gesicht. Ihr Piercing leuchtete. Nachdem Natalie sie einige Minuten zu höchsten Freuden getrieben hatte, bekam sie nicht die Gelegenheit, sich Rhonda zu widmen. Lisa setzte sich so auf sie drauf, dass sie Natalies Arme unter ihren Beinen verklemmte. Als sie merkte, dass sie damit erfolgreich war, ließ sie ihren Po fest auf ihr Gesicht sinken. In dem Moment sah Natalie, dass auch sie jetzt ein leuchtendes Piercing an ihren Schamlippen trug. Sie hatte sich von Matilda ein Piercing mit Diamanten machen lassen, der einen Pfeil andeutete und mit seiner Spitze auf ihre Vagina zeigte. Als sie bemerkte, dass Natalie es sich anschaute hob sie ihren Po an und sagte grinsend: „Hübsch, nicht wahr? Jetzt weißt Du, wo es langgeht", und drückte ihren Po sofort wieder runter. Nebenan hörte Natalie, wie Rhonda und Caterina sich gegenseitig anturnten.

Es dauerte nicht allzu lange, da setzte sich auch Rhonda auf Natalies Gesicht. Irgendwie scheine ich für diese Stellung besonders geeignet zu sein, dachte Natalie, die mit Rhondas Aktion nun schon unter dem dritten Po eingeklemmt wurde. Aber sie wurde überrascht, auch Rhonda hatte sich bei Matilda ein Piercing machen lassen. Es musste gestern oder heute passiert sein. Mit vielen kleinen Rubinen, Diamanten, Smaragden und Saphiren hatte sie sich eine Tannenform piercen lassen, die durch die Schamlippen in zwei Teile geteilt wurde und nach oben in Richtung ihres kleinen Hügels spitz zulief. Matilda hatte wieder mal ganze Arbeit geleistet. Im sanften, bunten Licht begann Natalie sie zu liebkosen.

Die nächsten Tage verbrachten Rhonda und Natalie viel Zeit zusammen. Sie teilten entweder ihr Bett oder Natalies, gingen tagsüber in Cascais Golf spielen, was unproblematisch war, weil Natalie bei ihren Zeugnissen eine bestandene Platzreife Prüfung und eine Mitgliedschaft in dem Club vorfand

- oder sie fuhren nach Lissabon zum Einkaufen. Zwischendrin lag ein Kulturtag, an dem sie unter anderem den Palácio Nacional in Sintra besuchten und dann noch eine Weile in Richtung Obidos an der Küstenstraße entlangfuhren. Auch Matilda sah Natalie wieder, die sie fest in ihre Arme schloss. Allerdings gab sie Natalie wieder mal eine Spritze. Sie protestierte, aber Matilda beruhigte sie: „Damit wirst Du noch ein paar Wochen leben müssen. Es dauert noch ein bisschen, bis Dein Körper die Hormonversorgung selbst übernommen hat. Früher wären es mindestens sechs Jahre gewesen, also stell Dich nicht so an. Ich werde die Dosis auf Dauer immer weiter verringern, bis alles von selbst läuft." Sie schien wie sonst davon auszugehen, dass alles mit Natalies Einverständnis geschehen war oder sie war einfach eine Meisterin des Verdrängens. Wieder bemerkte Natalie die kommenden Tage, dass ihre Brust ein wenig grösser wurde. Es schien doch so zu sein, als ob Matilda die Vorgaben von Rhonda im Fokus haben würde, über die sie in Starnberg diskutiert hatten. Die Blusen, die sie auf der Geschäftsreise mit hatte und die ihr dort schon fast zu eng waren, konnte sie jetzt jedenfalls nicht mehr tragen.

Dann kam der Morgen, an dem alles, was Rhonda für den Event in Las Vegas bestellt hatte, mit einer Spedition an der Hazienda eintraf. Rhonda und Lisa bauten die Deichsel um und hingen die Haken ein, damit drei Ponys vor die Kutsche gespannt werden konnten. Der Aufwand war hoch, immerhin mussten drei Ponys angezogen werden. Zuerst halfen Rhonda, Lisa und Caterina Natalie in ihr Outfit. Wieder bekam sie den Befehlsgeber - wieder mit einem langen blauen Schweif daran - eingesetzt. „Jeder hat sein Markenzeichen", erklärte Rhonda die Farbzusammenstellung Sie schnürte Natalies neues Korsett so fest, dass sie nochmal ein paar Zentimeter an Taille gewann und Natalie der Begriff Wespentaille noch deutlicher vor Augen geführt wurde. Sie sah aus, als wäre ihre Taille in einer langen Röhre untergebracht worden. Auf mehreren Zentimetern Länge hatte ihre Taille nun den gleichen geringen Durchmesser, Lisa maß mit einem Maßband bei ihr nur noch fünfunddreißig Zentimeter. Aus Natalies roten Haar flocht Rhonda einen Zopf. Um ihn zu fixieren, zog sie ihn durch ein chromfarbenes langes Rohr, das sich im unteren Bereich zum

Kopf hin trompetenähnlich ausdehnte. Nun zog sie mit einer Hand kräftig an dem Zopf und presste mit der anderen Hand das Rohr fest gegen Natalies Kopf. Natalie merkte, wie sich ihre Kopfhaut stark spannte und ihre Augenbrauen nach oben zog. Zu ihrem Entsetzen blieb die Spannung unvermindert bestehen. Dann öffnete Rhonda über dem Rohr wieder das Haar, so dass es wie ein Pferdeschwanz nach hinten hinunterfiel. Als sie damit fertig war, schnallte sie die Arme, die in dem Monohandschuh steckten, an dem Korsett fest und zog den Reißverschluss am Gummianzug bis nach oben hin zu. Natalie fühlte, wie sich die Brüste in dem sich dehnenden Gummi abzeichneten und wie alles zu einer Einheit verschmolz. Wieder bekam sie das Harness und die schreckliche Halskorsage um. Rhonda kannte kein Pardon und nutzte jede Öse. Natalies Hals streckte sich, während ihr Kinn wie auf einem Tablett vorne auflag und ihr Hinterkopf gegen die Platte gepresst wurde. Dann holte Rhonda einen Ballknebel hervor, in dem diesmal bereits eine Trense eingearbeitet war und deren Enden mit Ösen versehen waren, um später daran die Zügel einzuhängen. Nur war der birnenähnliche Knebel diesmal ein ganzes Stück größer als der, den sie bisher als Pony getragen hatte. „Schön weit aufmachen", forderte sie Natalie in einem ruhigen Ton auf. Rhonda presste den Knebel ohne Gnade in Natalies Mund, so dass ihr Kiefer überdehnt wurde und ein wenig zurückschnappte, als das Monstrum ihre Zähne überwunden hatte, dann fixierte sie ihn am Hinterkopf. Es schien ein ähnlich großer Ball zu sein, den sie schon einmal tragen musste, als Rhonda sie gefesselt in ihrem Zimmer zurückließ. Natalies Kiefer blieben ab sofort unnachgiebig in dem gespannten Zustand. Dieser Ball gab so gut wie gar nicht mehr nach, so dass Natalie jeder Tragekomfort verloren ging.

Als Rhonda mit dem Anziehen fertig war, brachte sie Natalie zu der Kutsche und spannte sie an. Die Hufe klackerten laut über die roten Granitkacheln im Hausflur, als sie sie dorthin brachte. Es dauerte fast eine halbe Stunde, bis Rhonda mit Lisa herunterkam und sie ebenfalls vor die Kutsche spannte. Lisa trug einen weißen Schweif und weiße Federn, während Natalie wieder die Federn in Blau trug. Wie Rhonda sagte, sollte alles farblich zusammen passen. Natalie sah, dass Lisa einen kleineren

Ballknebel trug als sie, auch bei der Halskorsage hatte Rhonda die letzte Öse ausgelassen. Den Pferdeschwanz im Haar hatte sie lediglich mit einem kleinen chromfarbenen Ring fixiert. Natalie versuchte zu protestieren. Sie war aber von Rhonda ausschließlich darauf vorbereitet worden, eine einzige Aufgabe zu erfüllen, nämlich zu laufen und diese Kutsche zu ziehen. Sonstige Bewegungen und insbesondere Sprechen waren nicht erwünscht und wurden kategorisch ausgeschlossen. Sie scharrte verzweifelt mit den Hufen, um auf sich aufmerksam zu machen, aber Rhonda beachtete es nicht.

Es dauerte nochmals eine halbe Stunde und Rhonda kam mit Caterina, die sie an den Zügeln hinter sich herführte, zu den bereits wartenden Ponys, die schon abfahrbereit dastanden. Caterina trug einen roten Schweif und rote Federn und ergänzte farblich das Trio. Auch bei ihr sah Natalie, dass Rhonda einen kleineren Knebel verwendet hatte als bei ihr. Und wieder hatte sie bei Caterina die letzte Öse am Halskorsett ausgelassen. Natalie sah rot. Sie selbst wurde von Rhonda bis zum Äußersten geschnürt und geknebelt. Das war ungerecht. Wieder scharrte Natalie wild mit den Hufen, um auf sich aufmerksam zu machen. Der Knebel schmerzte in ihrem völlig überspannten Mund und sollte schnellstmöglich entfernt werden. Rhonda nahm wie vorhin keinerlei Notiz davon und verband noch die Trensen von Lisa, Natalie und Caterina mit kleinen Ketten. Dann bekam jede von ihnen ein kleines Glöckchen an das Halsband, wo Natalie es bisher auch immer getragen hatte und justierte die Scheuklappen, so dass Natalie ihre beiden Kolleginnen noch nicht mal mehr aus den Augenwinkeln sehen konnte. Als Rhonda fertig war, ging sie selbst hoch, um sich umzuziehen. Wieder dauerte es, bis Rhonda angezogen war und in dem schwarzen Outfit, das Natalie schon kannte, herunterkam. Dann stieg Rhonda auf den Kutschbock und peitschte Natalie fest über ihren Po, der ihr aufgrund der nach vorne gebückten Haltung schutzlos entgegen ragte.

Rhonda fuhr mit der Kutsche und den drei Ponys quer durch die Hügel. Auf einem Platz übte sie mit ihnen das Wenden, wie man am besten mit einem Gespann in einer Lücke einparkt und wie man mit ihm rückwärts wieder hinauskommt. Natalie war wütend und wollte Rhonda wegen des Knebels unbedingt zur Rede stellen, aber wenn sie bockte, holte Rhonda nur kurz ihre Fernbedienung hervor und verpasste ihr einen kräftigen, aber heilsamen Stromstoß. Auch legte sie Wert auf ein einheitliches „Pling, Pling, Pling" der Glöckchen, das ihre Ponys mit ihrem Geräusch beim Laufen begleitete. Rhonda bemerkte sofort, wenn die Ponys nicht mehr im Gleichtakt liefen und bestrafte dasjenige, das nicht mehr im Takt mit den Anderen war, mit einigen Peitschenschlägen.

Als sie gegen Mittag aus den Hügeln zurück zum Haus kamen, wartete Matilda bereits vor ihrer Tür. Natalie hörte Caterina laut schnaufen. Rhonda band die Zügel am Zaun fest und klickte die Fußfesseln mit einem Haken zusammen. Natalies Beine verband sie auf der einen Seite mit den Fußfesseln von Lisa, auf der anderen mit denen von Caterina. Natalie musste nun so lange breitbeinig in ihrer gebückten Haltung stehen, bis Rhonda wiederkommen würde. Mit dieser unkomfortablen Haltung ging es ihren Begleiterinnen allerdings auch nicht besser. Die kleine Kette, die zwischen den Beinen hindurch bis zur Deichsel reichte und dort befestigt worden war, wurde auch ihnen nicht erspart. Die Haltung der Beiden war damit ebenfalls fest vorgegeben. Matilda und Rhonda verschwanden wortlos in Richtung Terrasse.

Das Gespann stand seit beinahe zwei Stunden unbeweglich unter den Zypressen in der Nähe des Eingangs, als Rhonda und Matilda zurückkamen. Matilda betrachtete die drei nach hinten freiliegenden und hochstehenden Hinterteile der Ponys und sah die Piercings. „Ich kann mir fast denken, wer die Drei sind", sagte sie grinsend, „wie fährt sich denn so ein Gespann?" „Es ist schon schwieriger als mit nur einem Pony", erklärte ihr Rhonda, „das Pony, das in der Mitte läuft, gibt die Geschwindigkeit vor. Ich kommuniziere ausschließlich mit ihm, wenn es um Geschwindigkeit geht. Das tue ich entweder mit Peitsche und Rohrstock oder, wenn das Pony zu langsam wird oder bockt, wie Natalie es häufiger tut, auch mit dem Befehlsgeber. Allerdings gibt es auch einen Schalter, mit dem Du die Befehlsgeber der Anderen dazu schalten kannst. Die anderen Ponys laufen aber normalerweise mit, wenn das Pony in der Mitte die Befehle erhält. Dann musst Du darauf achten, welche Zügel Du benutzt und das Du sie gleichmäßig auf Spannung hältst. Wenn Du anhalten willst, ziehst Du an allen, in diesem Fall sind es sechs. Wenn Du eine Kurve fahren willst, nutzt Du nur die beiden Zügel, die ganz außen sind. Du ziehst an dem, in dessen Richtung Du fahren willst, den anderen lässt Du locker. Dadurch, dass die Trensen der Ponys durch Ketten miteinander verbunden sind, wird der Befehl sofort an das nächste Pony weitergeleitet. So wissen alle sofort Bescheid. „Darf ich es mal versuchen?", fragte Matilda neugierig. „Klar, gerne", antwortete Rhonda, „steig auf, wir fahren zusammen."

Natalie hörte von ihren Nachbarponys ein „Mmmh, Mmmh". Sie schienen nicht damit einverstanden zu sein, zwei Kutscher auf dem Kutschbock sitzen zu haben und dass sie damit nochmal sechzig Kilo mehr ziehen mussten. Auch Natalie scharrte mit den Hufen. Aber Matilda schien den Knopf auf der Fernbedienung schon gefunden zu haben und Natalie bekam unvermittelt einen Stromstoß. Dann bekam sie einen festen Schlag mit dem Rohrstock auf ihren Po, der ihr neben der Bedeutung, jetzt loszulaufen, auch vermittelte, dass Matilda wohl Linkshänderin sein musste, weil sie den Schlag von links aus über ihren Po zog. Natalie lief los und ihre Begleiterinnen mussten zwangsläufig folgen.

Es war schon dunkel, als sie wieder das Haus erreichten. Auf den letzten Kilometern hatte Natalie schon bemerkt, dass Lisa und Caterina keine Kraft mehr hatten. Matilda hatte sichtlich Spaß an dem Spiel gefunden und Rhonda lud sie ein, mit ihnen nach Las Vegas zu kommen. Vielleicht ließe es sich ja auch mit einigen Geschäftstreffen in den USA verbinden, schlug sie Matilda vor.

Rhonda spannte Lisa und Caterina von der Kutsche ab und brachte sie in das Haus. Dann kam sie zurück und spannte auch Natalie ab. Natalie war froh, endlich diesen höllisch schmerzenden Knebel los werden zu können, der scheinbar im Mund wuchs. Allerdings erfüllte ihr Rhonda ihren Wunsch nicht, sondern führte sie um das Haus herum, was für sie nichts Gutes verhieß. Sie kamen zu einer Hütte, die etwas abseits stand. Rhonda führte

Natalie hinein, hakte die Kette, die sie während der Kutschfahrt permanent in die gebückte Haltung zwang, unten im Boden ein und band die Zügel an einem der oberen Balken fest, der zum Dach gehörte. Mit einer zweiten Kette, die sie Natalie durch den Schritt führte, zwang Rhonda sie, in der Haltung stehen zu bleiben. Sie machte die Kette am anderen, oberen Ende des Raumes fest. Oh, nein! Das kenne ich doch, dachte Natalie verzweifelt.

Kurz danach kam Matilda in den Raum. Sie hatte einen kleinen Koffer dabei, den sie vor Natalie öffnete und holte einen dieser Laser heraus, die sie bei ihr bereits für das Piercing verwandt hatte. Dann ging alles sehr schnell. Rhonda hielt Natalies Kopf und Rhonda schoss mit dem Laser ein Loch durch den unteren Teil der Nasenscheidewand von Natalies Stupsnase. Es roch wieder kurz nach verbranntem Fleisch. Danach setzte Matilda einen mittelgroßen, goldenen Ring mit einem kleinen Diamanten daran in das Loch ein und verschmolz ihn mit einem kleinen Gerät, in dem sie das offene Ende des Rings dort hineinlegte. Danach packte sie wie selbstverständlich alles zusammen und verabschiedete sich. Natalie war so überrascht, dass sie nicht mal daran dachte, aus Protest mit ihren Hufen zu scharren.

Rhonda schmiegte sich an sie und gab ihr einen Kuss auf die Wange, dann sagte sie leise: „Lass mir meine kleine Revanche, mein Liebling. Wir sehen uns morgen."

To be continued

So geht es weiter!

Die äußerst attraktive Rhonda Burns hat sich im Bereich der Schönheitschirurgie ein Imperium aufgebaut. Dank ihrer revolutionären Entwicklungen auf diesem Gebiet kann Rhonda ihre dunkelste Seite ausleben. Mit Hilfe der Chirurgin Dr. Matilda Martinez verwirklicht sie kompromisslos alle ihre geheimsten erotischen Fantasien. Im Zentrum ihrer sexuellen Ausschweifungen steht Rhondas persönliche Assistentin Natalie Dupont, die ihr gleichzeitig als neuestes Referenzobjekt der Branche dient. Als Natalie an Bord eines Flugzeugs entführt wird und spurlos verschwindet, macht sich Rhonda mit ihrer Freundin Caterina auf die Suche nach ihrer Gespielin. Die Suche führt über den Jemen nach Afghanistan. Dort stoßen die beiden Frauen auf einen Händler, der sich auf Sklavinnen der besonderen Art spezialisiert hat ...

ISBN 978-1-4467-8550-8
Zu bekommen im gut sortierten Buchhandel

Sie sind eBook Leser? Die Natalie Romane sind auch unter **www.lulu.com** erhältlich

Antoine du Pré

Natalie

und

das dunkle Geheimnis der

Sexy Aliens

Erotischer Abenteuerroman

Printed in Germany
by Amazon Distribution
GmbH, Leipzig